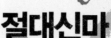

절대신마

황규영 신무협 장편 소설
ORIENTAL FANTASY STORY & ADVENTURE

dream
books
드림북스

절대신마 3

초판 1쇄 인쇄 / 2010년 3월 5일
초판 1쇄 발행 / 2010년 3월 15일

지은이 / 황규영

발행인 / 오영배
편집장 / 김경인
펴낸 곳 / (주)삼양출판사 · 드림북스

주소 / 서울특별시 강북구 미아8동 322-10호
대표 전화 / 02-980-2112 팩스 / 02-983-0660
편집부 전화 / 02-980-2116 팩스 / 02-983-8201
블로그 / blog.naver.com/dream_books

등록번호 / 제9-00046호
등록일자 / 1999년 3월 11일

ⓒ 황규영, 2010

값 8,000원

절대신마

황규영 신무협 장편 소설

ORIENTAL FANTASY STORY & ADVENTURE

3

dream books
드림북스

목차

절대신마

第一章

　정이산이, 나꽃녀의 부어오른 뺨에 손을 댄 채, 삼백 명에
가까운 마교 무사들을 돌아보았다.
　"너희들의 죄는, 크다."

　일대 이백팔십. 하지만 지금 상황에서 단순한 숫자의 비교
는 무의미하다. 양쪽의 숫자가 가진 가치가 다르다.
　마교는 삼류 잡파가 아니다. 힘을 추구하는 곳이다. 무사들
은 사람을 벤 경험이 많다.
　이백팔십은 마교 무사의 숫자다. 그 정도면 어중간한 문파
하나쯤은 하룻밤에 잿더미로 만들어 버릴 만큼 대단한 전력이

다.

문제는, 반대편에 선 일이라는 숫자다. 그 일이 바로 천마교주 정이산이다.

국방건은 정이산의 움직임을 보고 얼어붙었다.

결전을 앞두고 계속 얼어 있을 수만은 없다. 국방건은 치열한 암투에서 승리해 장로 자리까지 올랐다.

'이런 일로 내가 무너지지는 않아. 반드시 돌아가서 내 힘을 되찾겠어.'

그는 현재 권력싸움에서 잠시 밀려 상주지부에 내려가 있는 처지다. 밀려났어도 권력을 포기하지는 않았다. 포기는 고사하고 중앙으로의 복귀를 차곡차곡 준비하던 중이다.

국방건이 놀란 마음을 가라앉혔다. 부하들이 보였다.

그가 자기도 모르게 내뱉은 '축지(縮地)'라는 단어가 부하들까지 얼게 만든 게 보였다.

'기세에서 눌렸다. 회복해야 해.'

그가 심호흡을 했다. 빠르게 냉정을 되찾았다.

"축지(縮地)라니. 말도 안 되는 소리지."

축지법은 전설에 나오는 경지다. 국방건은 지금 세상에서 그걸 실제로 펼치는 사람이 있다는 말은 들어본 적도 없다.

말하고 나니 마음이 더 놓였다. 일부러 무사들 들으라고 말을 더 보탰다.

"뭔가 사람 눈을 피해 빨리 움직이는 재주가 있구나. 하마 터면 착각할 뻔했다."

마교 무사들이 그 말을 듣고 불안한 마음을 털어 버렸다.

"하긴. 축지법이라니. 그거 옛날이야기에나 나오는 거잖아."

국방건이 머리를 굴렸다.

'방심은 좋지 않아. 풀었다 당겨주면 부하들의 전투력이 최고에 오른다.'

"허나 네놈의 무공이 대단하다는 건 인정해 주지. 잠깐이지만 내 눈을 속였으니까."

적의 무공이 강하다는 말에 마교 무사들이 대번에 칼을 고쳐 잡았다. 강한 자와 싸울 때는 언제나 조심해야 한다. 한 번의 실수로 목숨을 잃는다.

국방건은 부하들을 다루는 자기 솜씨에 만족했다.

'이만하면 됐겠지. 이제 저놈은 죽은 목숨이다.'

정이산의 시선이, 마교 무사들을 훑어보는 걸 멈추고 국방건 쪽으로 스윽 돌아갔다.

정이산의 얼굴에는 가뜩이나 표정이 부족하다. 약간이나마 있던 표정이 완전히 사라졌다.

국방건은 정이산의 표정이 사라진 게, 긴장해서라고 착각했다. 자기가 누구를 상대하는지도 모르고 큰소리를 쳤다.

"허나! 내가 데려온 무사들은 우리 마교 상주지부의 정예들!"

마교 무사들이 칼을 들며 마교 특유의 함성을 질렀다.

"우랴!"

국방건은 흥이 났다. 정이산을 가리키며 크게 외쳤다.

"너는 여기서 죽는다. 그게 너의 운명이다!"

"우랴아!"

정이산이 나꽃녀를 묶은 밧줄을 잡았다.

무사를 묶는 데 쓰는 밧줄은 여러 가지를 섞어 넣어 만들기 때문에 무척 질기다. 그 질긴 밧줄 한 곳이 마치 말라비틀어진 밀가루 반죽처럼 툭툭 부서져 끊어졌다. 끊어진 밧줄이 스르륵 풀려 아래로 내려갔다.

나꽃녀의 두 팔이 자유로워졌다.

정이산이 짧게 말했다.

"눈 감아. 귀 막아."

말 잘 듣는 나꽃녀가 눈을 질끈 감았다. 두 손으로 귀를 꽉 막았다. 귀를 막는다고 해서 들리는 소리를 모두 없앨 수는 없지만, 안 막는 것보다는 낫다.

정이산이 나꽃녀의 양손 위에 두 손을 포개었다.

나꽃녀의 몸은 하나의 거대한 호수와 같다. 외부에서 기를 잔뜩 불어넣어도 마치 호수 속에 던진 물 한 바가지처럼 뼛속으로 사라지고 표도 나지 않는다.

항상 그런 건 아니다. 아무리 호수라고 해도 폭우가 내리면 잠시나마 수위가 올라가는 법이다.

정이산이 심장 주변에서 기운이 회전했다. 거기서 증폭된 막대한 기운이 두 손바닥에서 쏟아져 나왔다. 보통 사람이라면 머리가 터져 버릴 만큼 강력한 기운이 그녀의 귀에 파고들었다.

사람이 소리를 듣는 통로가 고막만은 아니다. 뼈를 타고 들어온 진동도 청세포(聽細胞)로 전해져 소리로 들린다.

하지만 나꽃녀의 귀에는 아무 소리도 들리지 않았다. 정이산이 쏟아 부은 기가 나꽃녀의 청세포를 포함한 청각기관 전체를 잠들게 했다.

나꽃녀는 너무 긴장한데다가 주도에서 깨어난 후로 귀를 막아본 적이 없어 이상하다는 생각조차 하지 못했다. 그저 귀가 먹먹하다는 것만 느꼈다.

마교 장로 국방건은 온몸이 짜릿짜릿했다.

'그래. 이 긴장감. 나는 역시 싸움이 체질에 맞아.'

손을 들며 생각을 가다듬었다.

'나 국방건. 이대로 초야에 묻혀 살 수는 없어. 정치판이 아니면 나는 물을 잃은 물고기야. 다시 중앙으로 돌아가자. 가서 경쟁자들과 싸워 이기고, 권력의 중추가 되자.'

국방건이 각오를 다졌다. 그의 몸 주변을 흐르는 기류가 변했다. 무사들이 침을 꿀꺽 삼키며 국방건의 손만 쳐다보았다.

국방건이 주먹을 꽉 쥐고 두 번째 손가락을 세웠다.

'저놈은 강해. 느낄 수 있어. 그러니까, 저놈을 죽여서, 그 목을 가지고 다시 교주를 찾아가자. 저놈의 목으로 경쟁자들에게 내 복귀를 알리고 경고하겠어. 다시 나를 밀어내면 저렇게 만들어 주겠다는 경고.'

시선이 나꽃녀 쪽으로 슬쩍 옮겨갔다.

'하늘이 돕는지 마신께서 돕는지는 몰라도, 저런 여자가 내 손에 들어온 걸 보면 운명은 내 편이다. 저 여자는 내가 권력을 되찾는 발판이야. 모든 계획은 완벽하다.'

국방건의 눈이 번쩍 빛났다. 온몸을 기운이 충만하게 채웠다. 옷이 펄럭이고, 머리카락이 바람이라도 맞는 듯이 출렁였다.

국방건이 쭉 뻗은 팔을 아래로 내리며 손가락으로 정이산을 가리켰다.

"자랑스러운 마교의 전사들아!"

정이산은 아직 나꽃녀를 묶었던 밧줄을 쥐고 있다. 한쪽 끝은 그의 손에 있고, 다른 쪽은 땅바닥 위에 뱀처럼 또아리를 틀었다.

국방건이 뱃속 깊은 곳에서 올라오는 소리로 외쳤다.

"저 믿음이 없는 자를 쳐……."

말하는 중간에, 정이산이 손에 쥔 밧줄을 살짝 흔들었다.

마치 살모사가 움직이듯이, 똬리를 틀고 있던 밧줄이 마치 살아 있는 뱀처럼 땅바닥을 긁었다. 땅속의 자갈과 돌멩이들이 밧줄에 맞아 깨어져나갔다. 돌이 깨지는 섬뜩한 소리가 거의 동시에 수십 번이나 들렸다.

 그 날카로운 소리에 국방건의 목소리가 묻혔다.

 밧줄의 끝이 바닥에 기다란 고랑을 만들었다. 고랑을 따라 흙먼지가 낮게 솟았다. 흙먼지를 뚫고 밧줄이 올라왔다. 순식간에, 뭉쳐 있던 밧줄이 한 줄로 쭉 펴졌다.

 펴진 밧줄의 길이가 성인 남자의 큰 걸음으로 열 걸음은 족히 되었다.

 마교 무사들의 머릿속에 경계종이 요란하게 울렸다. 밧줄이 펴질 때 들린 그 날카로운 소리가 그들을 긴장하게 만들었다.

 "설마 흙속의 돌이 겨우 밧줄에 맞아서 다 깨진 건……."

 정이산에게 가까이 접근했던 무사 중 하나가 칼을 수직으로 세우며 외쳤다.

 "조심해! 보통 놈이 아니……."

 늦었다. 한가하게 소리칠 시간이 있으면 도망부터 쳤어야 했다. 아니면 도망을 치면서 소리를 질렀어야 했다.

 정이산이 손을 옆으로 휙 젖혔다. 손에 쥔 밧줄이 마치 채찍처럼 공간을 갈랐다. 재질의 한계 때문에 창처럼 직선으로 휘둘러지지는 않았다. 반월도처럼 완만한 곡선으로 변했다. 휘둘러지는 밧줄의 뒤로 잔상이 남는 것처럼 보였다.

언뜻 보기에는 밧줄이 아니라 열 걸음 길이의 얇고 긴 칼을 휘두르는 것 같았다.

정이산의 열 걸음 이내로 접근한 무사가 십여 명이다. 밧줄이 그들을 덮쳤다.

"헉!"

첫 번째 무사가 바로 소리쳐서 경고를 한 사람이다. 그의 칼이 수직으로 서 있었다. 밧줄이 그의 칼부터 베었다.

칼과 밧줄이 부딪쳤음에도 불구하고, 쇠로 된 칼이 뚝 부러지며 튕겨나갔다. 뒤따라 밀려오는 강력한 충격이 무사의 몸을 때렸다.

"켁!"

그는 그나마 사정이 나았다. 밧줄이 칼날을 쳐낼 때의 충격으로 뒤로 자빠졌다. 칼이 부러지며 막아주고, 몸까지 뒤로 자빠진 덕분에 충격의 일부만을 받았다. 덕분에 목숨은 건졌다.

나머지 무사들은 그런 행운을 가지지 못했다. 칼을 세워서 방어자세를 하고 있던 건 처음 소리친 무사 한 명뿐이다.

밧줄은 힘이 줄지 않았다. 그리고 빨랐다. 밧줄이 검이 되어, 열 걸음 안으로 들어온 무사들의 몸을 베었다.

"으아악!"

피가 튀었다. 밧줄에 담긴 기운이, 무사들의 몸을 짚단 베듯이 베었다.

팽이의 중심은 조금 움직여도, 그 바깥은 빠르게 회전하는

법이다. 정이산이 팔을 한 번 움직이는 동작을 따라, 기다란 밧줄의 끝은 무시무시한 속도로 공간을 갈랐다. 속도가 너무 빨라 밧줄이 지나가는 자리에 하얀 잔상이 남았다. 하얀 잔상의 위로 붉은 피가 떨어졌다.

열 명의 마교 무사들이 저항할 틈도 없이 밧줄에 베여 쓰러졌다.

단 일격이다. 그것도 가볍게 펼친 것 같은 공격이다. 하지만 그 결과는 충분히 치명적이었다.

조금 전까지만 해도 권력 복귀의 각오를 다지던 국방건의 턱이 떡 벌어졌다.

"저, 저건……."

밧줄을 채찍삼아 휘두르는데도 그 결과는 마치 커다란 날이 달린 참마도나 언월도를 쓰는 것 같았다.

"무기를 가리지 않는 경지?"

국방건 자신도 쇠붙이이기만 하면 손에 익지 않은 무기로 고수를 상대할 수 있다.

"아니야. 저건 그 정도가 아니야. 무기가 필요 없는 경지야."

등골이 오싹했다.

정이산이 보여준 경지 때문이 아니다. 그것도 두려운 마음이 들게 하지만, 더 문제는 그걸 펼친 사람이다.

세상은 넓고 별의별 무공이 많다. 다른 때 같으면 밧줄을 잘 다루는 고수를 봤다고 생각하며 애써 무시할 수도 있다.

하지만 바로 조금 전, 축지를 보았다고 생각했었다. 잘못 보았다고 스스로를 설득한 것도 잠깐이다.

'그게 정말 축지였다면?'

십여 명의 무사가 일격에 당했다. 정말 큰 칼에 베인 듯이 두 조각이 난 자도 있었다. 정이산을 중심으로 열 걸음 거리가 죽음의 공간으로 변했다.

눈앞의 참상을 보고, 무서운 무공이 떠올랐다. 전설이 아니라 현실에 존재했던 것이라 축지보다 더 무서웠다.

마교의 과거 전투 기록에 적혀 있는 문장이 국방건의 입에서 자기도 모르게 흘러나왔다.

"그의 열 걸음 안은 지옥이니, 그가 채찍을 들고 있을 때 십보 안에 들어가는 무사는 모두 죽었다. 설마 십보지옥(十步地獄)?"

무공도 무섭고, 과거에 그 무공을 펼친 사람도 무섭다. 국방건의 벌어진 턱이 덜덜 떨렸다.

"마, 말도 안 되는 소리. 십보지옥을 펼친 사람은 초대 천마교주밖에 없잖아. 게다가⋯⋯. 게다가⋯⋯."

공포를 잊으려고 소리를 버럭 질렀다.

"십보지옥을 펼치려면 교룡편이 필요하잖아! 천마교주도 그 채찍이 있을 때만 펼쳤다고 하잖아!"

교룡편은 전설 속의 영물인 교룡의 가죽을 꼬아 만들었다고 전해지는 보물이다. 그래서인지 기의 흡수와 방출이 자유롭다.

현재에 와서는 제작 과정에서 실제로 교룡의 가죽을 썼는지 확인할 수 없다. 하지만 교룡편으로 다양한 무공을 쉽게 펼칠 수 있는 건 사실이다.

국방건이 정이산의 손을 가리키며 악을 썼다.

"그건 교룡편이 아니잖아!"

아닌 정도가 아니다.

"그냥 밧줄이잖아!"

저게 평범한 밧줄이라는 건 잘 안다. 정이산이 방금 마교 무사 열 명을 일격에 죽이는 데 쓴 건, 나꽂녀를 묶었던 밧줄이다. 그 밧줄로 나꽂녀를 묶으라고 지시한 사람이 바로 국방건이다.

정이산이 국방건을 돌아보았다.

"시끄럽군."

국방건 쪽으로 한 걸음 움직였다.

둘 사이의 거리가 단숨에 가까워졌다. 이제 둘 사이는 아홉 걸음 거리로 가까워졌다.

국방건이 바짝 긴장했다.

"제, 젠장."

뒤로 물러나 열 걸음 이상으로 거리를 벌리려고 했다.

그 전에, 정이산이 국방건 쪽으로 손을 내밀었다.

밧줄이 손을 따라 움직였다.

이번에는 직선이다. 밧줄이 마치 창처럼 변했다. 그 끝이 독사가 먹이를 덮치듯이 일직선을 그리며 국방건을 향해 날아갔다.

국방건은 고수다. 그냥 고수가 아니라 마교의 장로다. 지금까지 그의 손에 죽어간 적의 수가 다 셀 수도 없다. 가끔은 동료도 죽였다.

국방건이 이를 악물었다.

'반드시 너를 죽여 중앙에 복귀하고야 만다! 천마교주의 무공을 펼치는 놈을 죽이고 저 여자를 데려가면, 내가 권력을 되찾는 걸 아무도 못 막아!'

몸의 기운을 아낌없이 끌어냈다. 칼을 뽑으며 그 기운을 쏟아냈다. 건물이 통째로 울릴 정도로 크게 소리쳤다.

"나 국방건이야!"

국방건은 이 일격에 전력을 다했다. 칼에 담긴 기운이 시퍼런 빛을 뿌렸다. 바위라도 두 조각을 낼 것 같았다.

정이산의 밧줄은 독사의 이빨 같았다. 국방건의 칼은 피를 많이 먹어 짙은 살기를 품었다.

밧줄과 칼이 부딪쳤다.

두 가지 기가 폭발했다. 충돌한 기가 너무 강해 무기의 재질은 무의미했다. 주변 땅바닥의 먼지가 풀썩 일어나, 원을 그리며 바깥으로 쫙 퍼졌다.

뒤늦게, 쇠를 때리는 날카로운 소리가 퍼졌다.

곧바로 강력한 충격이 국방건을 덮쳤다.

국방건은 버텼다. 손을 타고 밀려오는 충격을 꾹 참았다.

국방건의 칼날이 흔들렸다. 좋은 쇠로 두툼한 날을 만들었음에도 불구하고 종잇장처럼 펄럭였다.

국방건의 시야에 펄럭이는 칼날 뒤로, 날아오던 밧줄이 팅겨나가는 것도 보았다.

그의 표정이 밝아졌다.

'통한다.'

국방건이 칼에 기운을 쏟아부어 진동을 억제하며 웃음을 터트렸다.

"하하, 그럴 줄 알았다. 역시 가짜였어. 너 따위가, 천마교주의 무공을 알 리가 없잖아!"

무사들은 그렇지 않아도 정이산에게 겁을 먹은 상태다. 이제 무사들의 얼굴이 흙빛이 됐다.

"십보지옥이란 게 천마교주의 무공?"

천마교는 공포의 대상이다. 무림맹이나 마교의 무사라고 해도 공포를 느끼는 건 마찬가지다.

천마교주의 무공이라면, 그걸 익힌 사람은 천마교의 고위층이거나, 최악의 경우 교주라는 소리다. 그것도 무섭다.

무사들의 사기가 뚝뚝 떨어졌다.

국방건이 상황을 눈치채고 큰소리를 쳤다.

"걱정 마라. 놈의 공격은 내게 통하지 않는다. 그러니까 저 놈은 가짜……."

튕겨나갔던 밧줄이 공중에서 크게 원을 그렸다. 마치 뱀이 먹이를 노리는 듯했다.

국방건의 표정이 돌처럼 굳었다.

정이산의 시선이 국방건을 향했다. 손목을 움직였다.

원을 그리던 밧줄이 국방건을 향해 직선으로 내리꽂혔다.

국방건이 기운을 다시 끌어올렸다. 칼을 단단히 쥐었다.

'얼마든지 쳐낸다! 쳐낸 후에, 부하들을 전부 돌격시켜 저 놈을…….'

날아오는 밧줄의 끝이 흔들렸다. 밧줄이 마치 두 개로 늘어난 것처럼 보였다.

몇 개의 가짜 잔상 속에 진짜 칼을 숨기는 무공은 그리 귀하지 않다. 익히기는 무척 어렵지만, 국방건쯤 되면 그런 무공을 쓰는 상대와 싸워본 경험이 많다.

'어느 게 진짜지?'

망설일 시간은 없다. 이런 때는 본능과 경험에 의존해 즉시 결정해야 한다. 망설이느라 시간을 소모하면 죽는다.

국방건은 자신의 본능과 경험을 믿었다. 감각이 가리키는 하나를 노렸다.

22

'저거다!'

살모사처럼 날아오는 밧줄을, 칼로 힘껏 쳐냈다.

손을 타고 강한 충격이 밀려왔다.

'성공이다!'

다음 순간, 그의 몸을 밧줄이 꿰뚫었다. 마치 창으로 뚫듯, 깔끔하게 뚫렸다. 밧줄이 그의 몸을 뚫고 땅바닥에 꽂혔다.

국방건의 몸이 석상처럼 굳었다. 입에서 핏물이 울컥 올라왔다.

"쿨럭!"

꼿꼿하게 서 있던 밧줄이, 그때서야 스르르 바닥에 떨어졌다.

국방건은 이 상황을 이해할 수 없었다.

"어, 어떻게?"

그는 분명히 밧줄 하나를 쳐냈다. 강력한 충격은 그가 쳐낸 게 눈속임이 아니라 진짜 밧줄이라는 걸 증명해 주었다.

그런데, 분명히 가짜여야 할 밧줄이 그의 몸을 뚫었다. 두 개 모두 진짜였다.

고개를 아래로 꺾어 밑을 보았다.

밧줄이 두 갈래로 갈라져 있는 게 보였다.

그때서야, 자기가 어떻게 당했는지 깨달았다.

힘겹게 고개를 들고 정이산에게 물었다.

"첫 번째 공격을 쳐냈을 때……. 내 칼을 이용해 밧줄을 둘로 쪼갰나?"

"어."

아직도 이해가 가지 않는 게 있었다. 두 번째 밧줄도 쳐냈지만 그건 갈라지지 않았다.

"방금 벤 밧줄은 왜 쳐내도 멀쩡하지?"

정이산이 밧줄을 툭 당기며 대답했다.

"충분하니까."

밧줄이 국방건의 몸을 빠져나갔다. 이미 생명이 몸을 빠져나가고 있어 고통조차 느끼지 못했다.

국방건이 무릎을 꿇었다.

"그런가? 네가 허락하지 않으면, 내 칼로는 밧줄조차 벨 수 없나……."

몸이 부들부들 떨렸다.

"이, 이런 강함이라니……. 이런……."

국방건이 손을 내밀었다. 손끝이 심하게 경련했다.

"미리 알았다면, 너, 너만 데려갔을 걸……."

그의 손은 정이산이 아니라 나꽃녀를 가리켰다.

정이산이 고개를 살짝 기울였다.

"꽃녀를?"

관심이 생겼다. 국방건 쪽으로 걸어갔다.

나꽃녀는 아무것도 보지도 듣지도 못했다. 그냥 눈을 꼭 감고 귀를 막은 채 가만히 있었다. 정이산의 도움으로, 청각기관으로 아무런 소리도 들어가지 않았다.

국방건이 억지로 명령을 내렸다.

"호, 홍문강."

마교 상주지부의 마두 홍문강은 정신이 번쩍 들었다.

"예, 옛!"

"부, 부하들을 돌격시키고 그 틈에 나, 나를 데리고 후
퇴…… 저 여자도 놓치지 말고……. 커억!"

명령을 다 내리지도 못했다. 정이산이 그에게 도착하기도
전에, 피를 뿜으며 고꾸라졌다.

그게 끝이었다.

마두 홍문강이 덜덜 떨었다.

"어, 어떻게……. 국 장로님이 이렇게 쉽게……. 얼마나 강
한데, 이렇게 허무하게……."

아직 죽은 건 무사 열 명에, 국방건 한 명이다. 삼백에 가까
운 무사들이 고스란히 남아 있다.

무사의 수가 모자랐다. 홍문강은 그걸 깨달았다.

전투에서 가끔은 한 명의 기세가 많은 수의 무사를 압도하
는 때가 있다. 지금이 그랬다.

홍문강은 물론이고 무사들도, 정이산의 무공에 기가 죽었
다. 천마교주의 무공이라는 국방건의 말도 그들을 겁먹게 만
들었다.

마교 무사들은 혹시 천마교의 지원병력이 어디 숨어 있는

건 아닐까 싶어 주변을 두리번거리기까지 했다.

어쨌든, 숫자는 마교 쪽이 훨씬 많다. 그래서 마교 무사들은
도망치지 않고 상황을 보았다.

정이산이 홍문강을 돌아보았다.

"꽃녀를 원하나?"

홍문강은 정신이 번쩍 들었다.

'국방건이 죽는 동안 우리는 손도 쓰지 못하고 구경만 했
어. 국방건이 겨우 두 번째 공격에 죽었으니까, 나 같은 건 마
음만 먹으면 단번에 죽일 거야.'

여기서 반항하면 이 전투의 승패와 상관없이 자기는 죽는다
는 걸 깨달았다.

홍문강은 마두 소리에 어울릴 정도로 마음 내키는 대로 살
았다. 죄도 많이 짓고 사람도 많이 죽였다.

그렇다고 해서 자기 목숨이 하찮은 건 아니다. 오히려 자기
목숨 소중한 줄을 누구보다도 잘 안다.

죽기 싫었다.

'난 죽을 수 없어.'

그에게는 꿈이 있었다.

'이제 거의 다 됐는데.'

마두 소리를 들어가며 독한 짓을 많이 해서 돈을 긁어모았
다. 밝은 대낮에는 사람들에게 세금을 더 뜯어내서 자기 몫을
챙겼다. 어두운 밤에는 낮에 보아둔 집 중에 만만한 곳을 노리

고 강도짓을 했다. 강도짓을 하다 정체를 들키면 일가족을 죽여 목격자를 없애는 일도 많았다.

그렇게 모은 돈의 대부분을 뇌물로 썼다. 상주지부장에게는 적당히 쥐어주고, 나머지는 지부장 몰래 마교의 중앙 고위층들에게 뇌물을 썼다.

'지부장 새끼에게 복수해야 하는데. 그동안 내가 뿌린 투서와 뇌물이 잘 먹힌데다가, 마상구의 사건도 있으니까 지부장 새끼는 조만간에 쫓겨날 텐데. 그럼 그 자리가 내 자리인데.'

그의 꿈은 지부장이 끝이 아니다. 지부장 자리는 단지 그가 밟고 지나가려는 발판에 불과하다.

'교주는 천년만년 살 것도 아니고. 내가 중앙에 올라가서 잘만 하면, 다음 대 교주가 내가 되지 말라는 법 없지. 그러려면, 살아야 해. 죽으면 아무것도 못해.'

살기 위해서, 그리고 목표를 위해서, 억지로 웃음을 지었다.

"아니다…… 아닙니다! 처음 보는 여자를 왜 원하겠습니까? 우리는 그저……"

잠깐 머리를 굴리는 것만으로 핑계거리를 찾아냈다.

"아! 대마두 복동구를 쫓아왔을 뿐입니다."

그 핑계만으로 부족하다는 건 잘 안다. 화살을 다른 쪽으로 돌리기 위해서 말을 덧붙였다.

"이게 다 상주지부장 조병환이 시켜서입니다. 저는 아랫것이라 시키면 시키는 대로 할 수밖에 없었습니다. 이해해 주십시오."

이해해 주지 않았다. 정이산이 다시 손을 들었다. 밧줄이 스
윽 소리를 내며 정이산 쪽으로 말려왔다.

홍문강이 밧줄이 움직이는 걸 보고 깨달았다.

'날 죽이려는구나.'

머리가 핑핑 돌았다.

'부하 놈들에게 공격명령을 내려봤자 나부터 죽이려고 하겠
지. 그러면 승패와 상관없이 난 죽는다. 차라리 후퇴 명령을
내리자. 혼란해진 틈을 타서 도망치자. 전력을 재정비해서 반
격의 기회를 노리는 거야. 내가 이렇게 끝날 리가 없어.'

계획을 세운 홍문강이 큰 소리로 외쳤다.

"도망……."

그 말이 채 끝나기도 전에, 훨씬 더 큰 고함소리가 그 소리
를 덮어 버렸다. 목소리가 하도 커서 주변 건물 문짝이 웅웅
떨렸다.

"한 놈도 도망 못 친다!"

고함소리와 동시에 마교 상주지부 청송지소 담장 위로 십여
명이 튀어 올랐다.

홍문강이 고개를 휙 돌렸다.

나타난 인물이 누군지 알아보았다. 그의 눈이 찢어질 듯이
커졌다.

"너는!"

홍문강만 알아본 게 아니다. 애초에 그들의 추적 목표는 복동구였다. 상주지부에서 복동구의 얼굴을 아는 자들은 이 추격대에 최우선으로 차출되었다.

그들이 소리를 질렀다.

"복동구다!"

"분명히 복동구다. 대마두 복동구다!"

복동구가 크게 웃었다.

"으하하하! 공자님. 공자님의 충실한 오른팔 동구가 왔습니다."

복동구는 보는 사람이 있을 때는 정이산을 교주라고 부르지 않는다. 마교나 무림맹의 세력권에서 그렇게 해봤자 귀찮은 일만 생길 게 뻔해서다.

근접경호무사들도 외쳤다.

"저희들이 왔습니다!"

홍문강이 몸이 더 심하게 떨렸다.

'이제 후퇴도 만만치 않아.'

숫자는 그들이 훨씬 많지만, 상대의 무공이 지나치게 강하다.

'이런 무시무시한 고수만 해도 벅찬데 복동구 같은 대마두까지. 복동구를 따라다니는 놈들도 하나같이 고수. 지금 우리 전력으로는……. 위험해. 너무 위험해.'

그때 홍문강의 눈에 나꽃녀가 보였다.

'그래. 저년만 인질로 쓸 수 있으면……'

그러면 살 수 있다는 걸 깨달았다.

"저년을 인질로 잡아! 그러면 살 수 있…… 컥!"

말을 끝까지 하지도 못했다.

밧줄이 홍문강의 목을 꿰뚫었다. 나꽃녀를 노린 것이 그의 생명을 단축시켰다.

홍문강의 눈앞에 그가 꿈꾸던 미래가 빠르게 스쳐 지나가다가 모래처럼 부서졌다.

홍문강이 피 끓는 소리를 냈다.

"씨팔. 내 미래는 이게 아닌……. 커억."

밧줄이 목에서 빠져나갔다. 홍문강이 고꾸라졌다.

정이산의 눈빛이 매서워졌다. 대놓고 인상을 썼다.

"인질?"

마교 무사들은 공포에 질렸다.

"으, 으아……."

복동구도 겁을 먹었다.

'교, 교주님이? 와, 이거 난리 났다.'

근접경호무사들도 바짝 긴장했다.

'교주님이 대놓고 인상을 쓰셨어. 어마어마하게 기분이 나쁘신가보다. 이놈들 놓치면 우리도 큰일 난다.'

정이산의 근접경호무사들은 각오를 단단히 다졌다.

'목숨을 걸고서라도 한 놈도 놓치지 않겠다. 그래야 우리가

살아.'

정이산이 팔을 크게 휘둘렀다.

밧줄이 팔을 따라 살짝 휘어지며 주변을 베었다. 분명히 밧줄이지만, 그의 손에 들려 있을 때는 거대한 칼이나 다름없다. 열 걸음 안에 있는 마교 무사들이 그 칼에 베여 쓰러졌다.

"으아악!"

한 걸음 옮기며 밧줄을 한 번 더 휘둘렀다. 다시 여러 명의 마교 무사들이 쓰러졌다.

"피해라!"

마교 무사들이 정이산을 피해 우르르 물러났다.

지푸라기를 꼬아 만든 밧줄은 약하다. 무림인을 묶기 위해 다른 것들을 섞어 꼬았지만 기본 재질은 지푸라기다.

밧줄이 사람을 베고 칼을 부수었다. 기로 보호되고 있었지만 충격이 너무 강했다. 지푸라기들이 뭔가와 부딪칠 때마다 터져나갔다. 정이산이 부여한 강력한 기운을 버티지 못하고 바스러진 부분도 많았다.

몇 번 쓰지도 않았는데 밧줄이 당장이라도 끊어질 것처럼 낡아 버렸다.

마교 무사들이 그 모습에 기대를 가졌다.

"적의 무기가 망가져간다!"

"이제 얼마 못 버틸 거야!"

정이산이 옆으로 팔을 뻗었다. 기운을 밧줄에 쏟아 넣었다.

밧줄이 일자로 팽팽하게 늘어섰다. 마치 기다란 창처럼 수평으로 빳빳하게 섰다.

무사들은 정이산에게서 열 걸음 이상의 거리를 물러났다.

"이만하면 안전……."

정이산이 그들을 향해 밧줄을 던졌다.

기운을 잔뜩 품은 밧줄이 수평으로 팽팽 회전하며 날아갔다. 잔상이 남았다. 마치 거대한 회전 칼날 같았다.

거기 걸린 건 무엇이든지 잘려나갔다. 마교 무사들이 그 회전에 베여 쓰러졌다.

"으아악!"

회전 칼날처럼 매섭게 돌던 밧줄이, 더 이상 견디지 못하고 가닥가닥 끊어졌다. 십여 조각으로 잘려나갔다.

잘린 조각이, 사방으로 날아갔다. 머리를 맞은 자는 머리가 터졌다. 손목을 맞은 자는 손목이 부러졌다.

"아악!"

잘린 조각에는 눈이 없다. 적과 아군을 구분하지 않았다. 한 조각이 나꽃녀를 향해 날아갔다. 나꽃녀는 눈을 감고 귀를 막은 상태라 아무것도 몰랐다.

조각이 나꽃녀의 얼굴을 향해 정확히 꽂혔다.

오똑한 코에 닿기 직전에, 정이산이 손을 뻗어 조각을 잡았다.

그의 손에서 나간 물건이다. 아무리 매섭게 날아왔어도 그의 손에 잡히면 한 조각 지푸라기일 뿐이다.

나꽃녀는 아무것도 보지도 듣지도 못한다. 다만, 얼굴 바로 앞에서 명암이 변하고, 바람이 부는 걸 느꼈다. 뭔가 치열한 싸움이 벌어지고 있다는 걸 깨달았다.

몸이 살짝 떨렸다.

'무서워.'

뺨을, 손이 스치고 지나갔다. 아까 그의 뺨을 쓰다듬어주었던 정이산의 손과 같은 느낌이다.

두려움이 거짓말처럼 사라졌다.

복동구와 근접경호무사들도 놀고만 있지는 않았다.

"공자님만 싸우시게 하면 뒤끝이 있다. 공격!"

복동구와 경호무사들이 칼을 휘두르며 날뛰었다.

"죽기 싫으면 죽이자!"

복동구와 근접경호무사들은 대단히 강하다. 하지만 마교 쪽도 약하지는 않다. 정이산 때처럼 일방적으로 당하지는 않았다.

그래도 복동구 일당이 하도 거세게 날뛰자, 이미 사기가 떨어진 마교 무사들이 한쪽으로 밀려났다.

복동구가 마교 무사들을 밀어놓고 잠시 숨을 골랐다.

"헉헉. 이만큼 했으니까 됐을까?"

"영 불안한데요?"

몰려 있던 마교 무사 중 하나가 정이산의 손을 보고 큰 발견이라도 한 것처럼 외쳤다.

"밧줄이 없다!"

정이산의 손이 비었다.

마교 무사들이 착각했다.

"바, 밧줄이 없으니까, 약해졌을 거야!"

"지금 죽여야 해!"

밧줄 때문에 얼이 빠져, 밧줄이 정이산의 유일한 무기라고 착각했다. 냉정한 상황이라면 그런 착각을 하지 않지만, 지금은 궁지에 몰려 진심으로 정이산의 무기가 밧줄 한 가지이기를 바랐다. 그것이 그들의 집단 착각을 부추겼다.

"쳐라!"

"어서 쳐! 어서!"

서로 동료들에게 공격하라고만 했지, 감히 앞에서 나서는 자는 없었다. 그래도 조금씩 정이산 쪽으로 접근했다.

정이산이 오른손을 들었다.

"너희들로 인해 사람들이 흘린 피눈물만큼, 너희들의 피로 갚아라."

34

말을 하고 보니 계산이 안 맞았다.

"피눈물에 비해 값을 피가 모자라겠군. 그건 차차 계산하지."

심장 주변의 기가 회전했다. 강력한 기운이 생성되었다. 오른손을 따라 이동해 바깥으로 뿜어졌다.

공중에 서른여섯 개의 반투명한 기의 칼날이 생겼다.

한창 설치던 복동구가 심상치 않은 기운을 느끼고 정이산을 힐끗 보았다. 그가 뭘 하려는지 깨닫고 깜짝 놀라 마교 무사들 주변에서 물러났다.

"악! 백팔수라마공을 쓰신다!"

그 말에, 근접경호무사들도 칼질을 멈추고 후다닥 도망쳤다.

"저거 원래 조준이 안 되는 거야! 피해!"

그들이 물러나기가 무섭게, 백팔수라마공의 첫 번째 공격이 시작되었다. 서른여섯 개의 기의 칼날이 날아가, 몰려 있던 마교 무사들을 꿰뚫었다.

"으아악!"

"아, 악마다!"

백팔수라마공에는 눈이 없다. 다수를 공격할 수 있는 대신에 적을 하나하나 조준할 수가 없다. 아군만 피해서 펼칠 수도 없다. 한 명을 집중 공격할 수도 없다. 일종의 범위 공격이다.

게다가 기의 소모가 워낙 크다.

강적 한 명을 상대할 때는 단점이 많지만, 대신에 지금처럼 아군이 없고 적이 한 곳에 몰려 있을 때 쓰면 그 효과는 발군이다.

첫 번째 공격에서 살아남은 무사 중 하나가 빠른 걸음으로 물러나며 말했다.

"이, 이런 큰 수를 썼으면 놈도 지쳤을 테니까 이 기회에 도망을⋯⋯."

정이산의 주변에, 일흔두 개의 기의 주먹이 만들어졌다.

*   *   *

나꽃녀는 눈을 감고 귀를 막은 채 꼼짝도 않고 있었다.

눈앞에 뭔가 빛의 변화가 살짝살짝 느껴지고는 했다. 피냄새도 진동을 했다.

하지만 두 손으로 막은 귀에는 아무 소리도 들리지 않았다.

정이산이 나꽃녀의 귀에 쏟아 부은 기의 양은 사람 몇쯤은 터트려 죽일 수 있을 만큼 막대한 양이다. 그 기가 빠른 속도로 나꽃녀의 뼛속으로 빨려 들어갔다.

기의 양이 워낙 많고 특별했지만 그래도 오랜 시간은 버티지 못했다.

기가 약해지면서, 나꽃녀는 주변의 소리를 조금씩 들을 수 있었다. 처음에는 모기소리처럼 작다가 조금씩 커졌다.

그때서야 이상하다는 생각이 들었다.

'아무리 귀를 막았어도 소리가 좀 들려야 되는데……'

그때, 귀를 막고 있던 나꽃녀의 양손을 정이산의 손이 덮었다.

나꽃녀의 귀로 갑자기 소리가 들렸다. 처음에는 바람소리 비슷했다.

다음으로, 정이산의 목소리가 들렸다.

"눈 떠."

나꽃녀가 눈을 천천히 떴다.

황량했다. 그 많던 마교 무사들이 하나도 보이지 않았다. 바닥에 핏자국만 가득했다.

놀라서 고개를 돌려보았다.

"공자님?"

제일 먼저 정이산이 눈에 들어왔다. 그리고 그 뒤쪽에, 온몸에 피를 잔뜩 묻히고 있는 복동구와 근접경호무사들이 보였다.

"경호대장님? 경호 아저씨들?"

복동구가 나꽃녀를 향해 손을 들어 보이며 웃었다.

"하하. 꽃녀야. 잘 있었어?"

그녀가 다시 주변을 둘러보았다.

아까까지만 해도 마교 무사들이 잔뜩 있었는데, 지금은 아무도 없었다. 바닥에 핏자국만 흥건했다.

'시체가 없네?'

나꽃녀가 자기 나름대로 판단했다.

"아저씨들이 오셔서 적을 물리쳤군요?"

복동구가 당황했다.

"응?"

나꽃녀가 안도의 한숨을 쉬었다.

"휴우. 다행이다. 교주님 혼자 오셔서 큰일 나는 줄 알았는데, 아저씨들도 오신 거네요?"

"크, 큰일이 나다니? 누가? 교주님이?"

나꽃녀가 가슴까지 쓸어내렸다.

"아. 이제 안심이에요. 역시 아저씨들이 그동안 교주님을 몰래 지켜 주신 거죠?"

나꽃녀는 지금까지의 의문이 한 번에 풀리는 기분이다.

경호무사들이 서로 얼굴을 돌아보았다.

"누가 누구를 지켜?"

나꽃녀가 복동구에게 물었다.

"그럼, 그 나쁜 마교 놈들은 모두 도망친 거예요? 그래도 악당 주제에 의리는 있네요. 시체까지 다 챙겨갔나 봐요. 아니면 아무도 안 죽었나요? 우리 교주님 성격에 몇 명쯤은 죽였을 거 같은데 이상하네."

조금 전까지만 해도 울던 주제에, 이제 복동구 일행을 걱정해 줄 여유도 생겼다.

38

"아! 아저씨들은 괜찮으세요? 어휴. 피 좀 봐. 얼마나 열심히 싸우셨으면. 우리 교주님은 제 곁에서 구경만 하시느라 피한 방울 안 묻으셨는데."

복동구가 정이산을 쳐다보았다.

"교주님. 꽃녀가 왜 이러는지……."

정이산이 간단히 대답했다.

"원래 그래."

정이산의 대답도 원래 그렇다. 복동구가 나꽃녀를 보며 고개를 잘래잘래 흔들었다.

"하, 정말 꽃녀 이름 잘 지어주셨습니다. 이제 머리에 꽃만 꽂으면 되겠습니다."

나꽃녀가 상황을 이해하지 못하고 눈만 껌뻑거렸다.

"무슨……."

정이산이 복동구를 불렀다.

"동구야."

복동구가 얼른 정이산의 앞에 와서 차렷 자세를 취했다.

"예! 교주님께 충성을 바치는 오른팔. 복동구입니다."

"너 대마두냐?"

복동구의 몸이 휘청거렸다.

"예?"

나꽃녀가 보충설명을 해주었다.

"아까 그 마교의 장로라는 놈이, 경호대장님보고 대마두 복동구라고……. 그쪽 바닥에서 유명하다고 그랬어요."

복동구의 얼굴이 창백해졌다.

그동안 정이산만 섬에 남겨두고 섬을 떠나 내륙에 와서 놀러 다닐 때는 좋았는데, 드디어 들통이 났다.

'걸렸구나.'

"교, 교주님. 그게 아니라……."

"너 대마두냐?"

복동구가 갑자기 땅에 머리를 박았다. 두 손으로 뒷짐까지 졌다. 그 상태로 외쳤다.

"이 복동구! 교주님이 여행하실 때를 대비해 이쪽의 상황을 정찰했습니다!"

"사고 많이 쳤냐?"

복동구가 다리도 한 짝 들었다.

"불의를 보고 참지 못해 나쁜 놈들의 일에 몇 번 끼어들었습니다. 저에게 당한 나쁜 놈들이 오히려 제가 대마두라는 소문을 퍼트렸습니다. 믿어 주십시오!"

정이산이 억양 없는 목소리로 말했다.

"내가 섬에 무료하게 있을 때, 너는 여기를 자유로이 돌아다녔구나."

"아, 아니. 그게 아니라……."

"혼자 노니까 재미있었냐?"

복동구의 몸이 달달 떨렸다.

"교, 교주님. 그, 그게⋯⋯. 사실 혼자가 아니라⋯⋯."

혼자가 아니라는 말에, 정이산이 근접경호무사들을 돌아보았다.

"재미있었냐?"

근접경호무사들은 바짝 긴장한 채 둘의 대화를 듣고 있었다. 정이산이 묻자마자 모조리 머리를 땅에 박고 다리 한 짝을 들었다.

복동구가 매를 나눠 맞으려고 그들을 고자질했다. 그들도 지지 않았다.

"저희는 안 가려고 했는데 대장이 가자고 그래서 어쩔 수가 없었습니다!"

복동구가 악을 썼다.

"이놈시키들아! 누굴 잡으려고! 너희들이 끼워달라고 매달렸잖아!"

"우리야 대장 기분 상하지 말라고 예의상 한 말이죠! 누가 정말 교주님만 달랑 남겨놓고 끌고 갈 줄 알았습니까! 꿈에도 몰랐습니다!"

복동구가 한 번 갈 때마다 경호무사 서너 명씩을 데려갔다. 그러니 정이산만 남겨뒀다는 말에는 오류가 있지만, 의미 전달에는 문제가 없다.

나꽃녀가 눈만 깜빡였다.

'아무래도 이 아저씨들이 매를 버시는 거 같은데?'

그래도 도와준답시고 말을 걸었다.

"저기……. 교주님. 사정은 잘 모르지만 아저씨들이 반성하고 있으니까 용서를……."

정이산이 짧게 말했다.

"가자."

나꽃녀가 군소리 없이 그의 곁에 섰다.

"예."

그래도 마음이 불안해 뒤를 보며 물었다.

"저기, 그런데 아저씨들은 저렇게 놔두고요?"

정이산이 그들을 힐끗 보았다.

"가자."

복동구와 근접경호무사들의 표정이 환하게 펴졌다. 그들이 엉거주춤 몸을 일으켰다.

"교주님 은혜에 무한한 감사……."

정이산이 물었다.

"왜 일어서?"

말이 떨어지기가 무섭게, 복동구와 무사들이 다시 머리를 땅에 박았다. 내공의 힘으로 이마를 최대한 보호하며, 발로 땅을 밀어 앞으로 전진했다.

"갑니다!"

바닥에 열 개의 고랑이 파였다.

第二章

　무림맹 상주지부 정보당 당주 고용천이 마교 상주지부 청송
지소에 나타났다.

　"우리가 좀 늦었군."

　무림맹 무사가 바닥을 보며 인상을 잔뜩 썼다.

　"피가 엄청납니다. 여러 명 죽었겠습니다."

　고용천이 밝은 표정으로 말했다.

　"천마교와 마교가 서로 싸워 죽였다면 우리에게는 이익이지."

　"그거야 당연하죠. 그런데 누가 이겼을까요?"

　고용천이 잠깐 생각을 정리하고 나서 대답했다.

　"대마두 복동구가 강한 건 사실이지만, 혼자서 전투단 하나를 상대로 이길 정도는 아니야."

"혼자가 아니라 부하들이 열 명쯤 있습니다."

"마교 쪽에는 장로 국방건이 있지. 마교의 장로는 무섭다."

"아, 그럼 복동구의 패배였겠습니다. 어디 복동구의 시체가⋯⋯."

"그렇다고 잡혀죽을 놈도 아니니, 싸우다가 도망쳤겠지. 피의 양이 엄청난 걸 볼 때, 손해를 본 건 마교 쪽이겠군."

"역시 복동구는 대마두 소리를 들을 만합니다. 도망치면서까지 마교에게 이렇게 큰 피해를 입혔으니까요."

"그러니까 대마두지. 어쨌든 도망치고 추격하느라 바빴을 테니 뭔가 정보가 될 만한 걸 남겨두었을 거다. 흩어져서 찾아보자."

"예."

그의 부하들이 청송지소 이곳저곳에 흩어졌다. 고용천은 그 자리에 서서 싸움 흔적을 살폈다.

"이 밧줄 조각들은 뭐지? 또 이 밭고랑은 뭐야? 여기다 농사라도 지을 셈이었나?"

고용천도 고수이지만, 그가 알아보기에는 흔적에 깃든 경지가 너무 높았다.

갑자기 건물 뒤쪽을 수색하던 무사 하나가 비명을 질렀다.

"으헉!"

고용천이 즉시 칼을 뽑고 소리가 들린 쪽으로 달려갔다.

"무슨 일이냐!"

"시체입니다!"

"시체가 있는 건 당연……."

고용천이 입을 떡 벌렸다.

마교 무사들이 모두 어디로 갔는지 알았다. 시체는 전부 그 곳에 있었다.

"이, 이건……."

그의 부하가 시체의 수를 대충 가늠해 보더니 질린 얼굴로 말했다.

"아무래도 대마두 복동구가 이겼나봅니다. 마교 쪽이 전멸한 것 같습니다."

"내가 보기에도 그렇군. 달리 생각할 수가 없어."

"하지만 아무리 복동구라고 해도, 겨우 열 명으로 어떻게 이런……."

고용천의 머리에 퍼뜩 떠오르는 생각이 있었다. 그가 뒤돌아 달렸다. 무사들이 무슨 일인지 몰라 급히 그의 뒤를 따랐다.

고용천이 안마당으로 가더니 바닥을 가리켰다.

"이거다!"

바닥에는 복동구와 무사들이 머리를 땅에 박은 채 기어가느라 만든 고랑이 남아 있었다.

"이게 뭡니까?"

고용천이 당당하게 말했다.

"뭔지는 모르지."

"예?"

"하지만 열 줄이잖아. 복동구 일당의 수도 대충 열이다."

"그게 왜……."

"이건 아마 천마교의 새로운 마공을 펼친 흔적일 거야. 천마교 놈들에게는 우리가 모르는 마공이 많으니까. 이런 기괴한 흔적을 남기는 마공이 있을 수도 있겠지."

고용천이 손으로 허공에 줄을 긋는 시늉을 했다.

"열 명이 땅을 파며 일렬로 달려와 적에게 큰 타격을 입혔다. 진법일까? 진형일까? 아니면 이건 어떤 기괴한 무기를 사용한 흔적일까? 다른 놈들도 아니고 천마교니까, 어쩌면 함정을 파놓고 발동시킨 흔적일지도 모르지."

"그게 뭐가 됐든지 말입니다. 대마두인 복동구가 더 강해져서 나타난 겁니까?"

"그럴 가능성이 높다. 복동구. 역시 무서운 놈이군. 조심해야겠어."

무사 하나가 한쪽을 가리켰다.

"그럼 저 깊은 고랑은 뭡니까? 저건 아주 일직선인데요?"

"천마교나 마교나 비슷한 놈들이잖아. 마교 쪽에도 그런 게 있나보지. 저건 아마 국방건이 복동구 일당을 상대하느라 펼친 마공의 흔적일 거다. 역시 마교의 무공도 기괴하군."

"대단하십니다. 어떻게 그걸 다 아셨습니까?"

"모른다니까."

"예?"

"추리를 하자면 그렇다는 거지. 커허험."

*　　　*　　　*

정이산이 마차를 탔다. 나꽃녀가 마부석에 앉았다.

복동구는 아픈 이마를 문지르며 마차 옆에 섰다.

내공의 힘으로 보호하기는 했지만, 정이산이 걷는 속도에 맞춰 움직이는 건 쉬운 일이 아니다.

특히 정이산은 자갈밭만 골라서 다녔기 때문에 이마의 충격이 그만큼 컸다. 내부의 손상은 없지만, 아프다.

정이산이 마차에 탄 채 말했다.

"동구야."

복동구가 바짝 긴장했다.

"예. 교주님. 저희가 말을 구해서 마차를 열심히 쫓아갈 테니까 걱정은 안 하셔도 됩니다."

"꽃녀를 납치한 놈들, 값을 덜 치렀다."

"예? 그놈들 몽땅 다 죽였는데요? 죽어 버린 놈들에게 어떻게 더 받아냅니까?"

"부족해."

정이산이 부족하다면 부족한 거다. 더 받아내야 한다. 그게 복동구가 아는 원칙이다.

복동구가 살기 위해서 열심히 머리를 굴렸다.

"아, 그놈들. 마교 상주지부에서 왔다는데, 그럼 거기를 좀 손봐주겠습니다. 값으로 적당할 겁니다."

"쓴맛을 보여줘라."

나꽃녀가 그 말을 듣고 생각했다.

'마교 쪽에 경고 좀 하란 말씀이시구나. 우리 공자님이 천마교의 교주님이시니까, 뭔가 조용히 해결할 수 있는 외교적인 통로가 있나보다.'

복동구가 허리를 숙였다.

"알겠습니다. 본부에 연락해서 교주님 가시는 길에 다시는 얼씬도 못하게 만들겠습니다."

"네가 가라."

"예?"

정이산이 복동구를 스윽 쳐다보았다.

복동구가 바짝 긴장해 외쳤다.

"당연히 제가 가려고 했습니다아!"

*   *   *

천마교주 정이산의 근접경호대장 복동구가 보고서를 날렸다. 그는 속도가 빠른 전서용 비둘기를 이용했다.

암호화된 보고서는 일차로 천마교의 비밀 거점에 도착했다. 거점을 관리하는 무사가 전서에 딸린 지시사항을 읽어보고 얼굴을 일그러뜨렸다.

　"다섯 장으로 베껴서 본부로 보내라니!"

　직급이 낮은 다른 무사가 물었다.

　"그 암호문서 그거 중요한 건가 봅니다. 비둘기가 매에게 잡아먹히면 연락이 안 되니까 확실하게 하나보죠."

　"아무리 그래도 그렇지. 그럼 두 마리만 보내도 되잖아. 다섯 마리라니. 자기 돈이 아니라고 너무한 거 아냐? 이렇게 보내면 비용처리가 제대로 안 된다고!"

　밑에서 뭐라고 하든, 보고서는 결국 천마교 본부까지 날아왔다. 담당자가 암호화된 보고서를 해석해 큰 종이에 옮겨 적은 후 위로 보했다.

　대장로 문상우가 장로들을 모아놓고 보고서를 읽었다.

　"에헴. 그러니까, 마교의 장로 국방건이 무사를 제법 끌고 왔군. 무사 수가 이백 오십이니까 완전 편제된 전투단 하나야. 거기에 잡무사 조금 추가해서, 그걸로 교주님을 죽이겠다며 습격……."

　문상우의 말을 끊으며 장로들이 한마디씩 했다.

　"큰일 났군."

　"마교 놈들 큰일 났군."

　"뭘 믿고 겨우 이백오십 명으로 교주님께 덤벼?"

"몰랐겠지. 무식은 죄가 아니잖아."

"그렇겠죠. 알고 그랬으면 정신 나간 놈들이고."

문상우가 탁자를 탁탁 쳤다. 장로들이 조용해지자 보고서를 계속 읽었다.

"어디 보자. 결국 마교 놈들은 전멸했다는군. 당연하지. 생존자는 하나도 없다고 하고. 이것도 당연하고."

장로 하나가 맞장구를 쳤다.

"교주님을 죽이려고 하고서 살아남기를 바라면 그게 미친놈이죠."

"내 말이."

"그래서 그 정도로 끝난 겁니까?"

문상우가 혀를 가볍게 찼다.

"쯧. 교주님이 어떤 인간인데 자기에게 덤빈 놈만 처리하고 끝내겠어? 당연히 아니지."

"그럼 어느 선까지……."

"마교 상주지부에 쓴 맛을 좀 보여주라고 하셨다. 복동구가 병력 지원 요청을 했다. 동구 이놈. 어쩐지 보고를 다 한다 했더니 결국은 도와달라고 손 벌리는 거네."

"교주님 성격에 쓴 맛이라면, 완전히 쓸어버리란 뜻이겠네요?"

"당연하지."

일의 규모가 지금까지와 다르다. 조용히 작은 지소 하나 묻어 버리는 것과 마교의 지부 하나를 날려 버리는 건 완전히 다른 일이다.

장로들이 서로를 쳐다보았다. 칼로 해결하자는 매파와 대화로 해결하자는 비둘기파가 섞여 있다.

"교주님이 하라고 하셨으면 당장 해야죠."

"병력을 급하게 보내면 놈들이 우리가 한 걸 눈치챌 거 아닙니까? 그러다 그놈들이 미치면 전쟁이 터질지도 모릅니다."

"어허. 구더기 무서워서 장 못 담급니까? 마교 따위가 전쟁을 하자고 하면 기회지요!"

대장로 문상우가, 장로들이 서로 갑론을박을 하는 걸 가만히 보다가 물었다.

"그쪽에 교주님 친위대 애들이 얼마나 가 있지?"

군사 도일현이 대답했다.

"전부 다 상주 지방에 있습니다. 교주님이 부르시면 당장 달려가야 하니까요."

"천 명이나 되는 놈들이 용하게 안 들키고 있군."

"위장을 잘 해서 움직이고 있다고 합니다."

"잘 됐네. 걔들 보고 처리하라 그래."

"친위대를 말입니까?"

"알아서 신흥세력이나 뭐 그런 거로 적당히 위장하라고 해. 뒤탈 없게."

"알겠습니다."

정이산을 공격한 마교 무사들 중에 생존자는 단 한 명도 없었다.

그 충격적인 정보가 마교 상주지부로 날아왔다.

지부장 조병환이 소리를 질렀다.

"국방건이 죽다니! 그는 장로란 말이다! 장로!"

마교의 장로 자리는 오직 중앙에만 있다. 교주 곁에서 의사 결정의 중요한 역할을 수행한다. 권력의 핵심이다.

그런 장로가 적과 싸우다 죽었다.

상주지부의 총관도 당황했다.

"국 장로에게 맡긴 무사들도 전부 죽었습니다. 그들은 우리 상주지부의 정예인데 어떻게……."

"지금 그게 문제냐? 장로가 죽었어!"

장로가 죽도록 방관한 책임은 크다. 지부장 자리쯤은 언제 날아갈지 모른다. 자리만 날아가는 게 아니라 책임 소재에 따라 잘못하면 목도 같이 날아간다.

그래서 지부장 조병환은 방방 뛰었다.

"피의 보복을 해야지!"

"하지만 범인이 누구인지 아직 파악이 되지 않고 있습니다. 소문이 퍼지기로는 성자라고 불리는 자의 짓이라고 하는데……."

"그럼 그 성자라는 놈을 죽여!"

"하지만 현장을 분석한 무사들의 보고에 의하면 대마두 복동구 일당의 짓으로 보인다고……."

"누구 짓이든, 반드시 찾아내서 죽여라. 성자도 죽이고 복동구도 죽여! 그들과 털끝만큼이라도 관계된 놈들은 다 죽여!"

"저기……. 복동구는 천마교의 인물로 추정되는데, 관계된 놈들이라면 천마교까지……."

마교의 일개 지부가 감히 천마교를 공격할 수는 없다. 그건 자살행위다.

조병환이 멈칫했다. 화가 났고, 또 책임을 벗어나기 위해 뭔가 해야 하는 걸 안다. 하지만 일개 지부의 능력으로 천마교를 공격할 수는 없다.

조병환의 눈빛이 싸늘해졌다.

"성자를 죽이고, 복동구를 죽이고. 그것만 가지고는 피가 모자라. 그러니까, 그 도시를 치자."

"예?"

"사건이 벌어진 곳이 청송이라지? 큰 도시 아니잖아."

"거주 인구가 만 명도 되지 않으니 도시 치고는 작은 곳입니다만……."

"적당하군. 청송의 인간들이 반란을 일으켜서 토벌하는 걸로 해야겠어. 반란군을 토벌하는 건 공을 세우는 거고, 그렇게 해야 목을 보존할 수 있지."

총관이 망설였다. 양심 때문이 아니다.

"세금 낼 놈들을 너무 많이 죽이면, 나중에 조사해서 관계 없다는 게 밝혀지면 정말 목이 달아날지 모릅니다."

"다 죽여 버리면 조사해도 나오는 게 없어."

"예?"

"청송에 살아 있는 건 개새끼 한 마리도 남겨두지 마라."

"지부장님. 그건 좀 지나친 감이……."

"해야 돼. 국방건을 거기 보낸 게 나야. 이대로는 내 목이 떨어진다."

조병환이 총관을 보는 눈이 날카로워졌다.

"내가 설마 죽을 때 나 혼자 죽겠어?"

총관이 군소리 없이 고개를 숙였다.

"준비하겠습니다."

* * *

마교의 장로가 죽고, 전투단 하나가 전멸한 건 대사건이다. 이 정도 일이면 무림맹 본부에서 큰 관심을 가진다.

무림맹 상주지부 정보당의 당주 고용천이 부하들을 이끌고 정이산이나 마교 무사들을 추적 중이었다. 그가 보낸 보고서가 일단 상주지부로 올라왔다.

무림맹 상주지부 지부장 오상천이 신이 나서 탁자를 두드렸다.

"지난번에 마상구가 죽은 것만도 기쁜 일인데, 이번에는 장로 국방건과 삼백에 가까운 무사가 죽어주다니. 이건 기회다!"

상주지부 총관이 맞장구를 쳤다.

"고 당주의 첩보에 의하면 이번에 당한 무사들은 우리 상주에 기생하던 마교 놈들 중에서 정예였다고 합니다. 놈들은 지금 적어도 우리 상주에서는 그 정기가 크게 상했습니다."

오상천이 짐짓 화난 척 호통을 쳤다.

"어허. 그 무슨 망발인가? 마교 따위에게 정기가 있을 리가 있나!"

총관이 즉시 말을 바꾸었다.

"아, 그렇습니다. 놈들의 사악한 마기가 조금 정화되었습니다."

"그렇지. 정화된 거지."

"이건 기회입니다. 그동안 마상구가 대마두라는 사기에 속아 우리가 위축된 감이 있습니다. 이제 마상구도 죽었고, 놈들의 정예무사들도 많이 죽었습니다. 이 기회만 잘 살리면 우리 상주 지방에서 놈들의 기세를 죽이고, 주도권을 찾아올 수 있습니다."

무림맹 지부장 오상천이 고개를 크게 끄덕였다.

"총관의 생각이 바로 내 생각이야. 암. 이런 기회는 한 번 놓치면 다시는 안 와. 내 우리 상주에 정의를 세우기 위해서 마교 놈들을 치겠다. 당장 무사들을 모아라."

"저……. 위에 보고하고 허락을 받으시는 게……."

"한시가 급한데 언제! 보고는 하되 대답을 기다리지 않고 놈들을 친다. 대답이 올 때쯤이면 우리는 이미 마교에게 정의가 무엇인지 보여준 후일 게다."

"즉시 소집령을 내리겠습니다."

말은 쉽지만 현실적인 문제가 있다.

총관이 조심스럽게 말했다.

"그런데 병력을 충분히 모으려면 시간이 오래 걸립니다."

오상천은 마음이 급했다.

"시간을 끌면 놈들이 다시 전력을 재정비할 게야. 당장 출병해야 한다. 현재 동원할 수 있는 무사는 얼마나 되지?"

총관이 손가락을 꼽으며 대충 가늠해 보았다.

"본부의 무사에, 가까운 지소가 거느리고 있는 무사만 모으면 약 천 명 정도입니다."

"그거면 됐다. 천 명으로 할 수 있는 싸움을 하면 돼. 그 정도만 돼도 정신이 나간 마교 놈들에게 한 방 제대로 먹일 수 있다."

"하지만 그러면 이곳을 지킬 병력이 없어집니다."

"이곳의 수비는 협력문파들을 불러서 대신 맡기도록. 앞으로의 판도를 보는 눈이 있다면 그 정도는 해주겠지."

"분명히 그럴 겁니다."

"총관. 즉시 출병이다! 반나절 내로 준비를 마치도록! 중앙에 마교를 친다는 보고는 내 그 사이에 하지."

"알겠습니다!"

*   *   *

마교 상주지부장 조병환의 명령으로 마교 상주지부는 보복 준비를 서둘렀다. 각 지소의 무사들에게도 소집령을 내렸다.

총관이 보고했다.

"며칠 내로 각 지소의 무사들이 소집 완료될 겁니다. 그런데 이번 일로 각 지소의 방어력이 약해졌습니다."

"그건 걱정 마라. 우리는 마교다. 누가 감히 우리를 건드……."

말하다 보니, 이미 건드리다 못해 짓밟혔다는 게 생각났다.

말이 막힌 조병환이 모여 있는 무사들에게 호통을 쳤다.

"이 새끼들! 정신 똑바로 차려! 놀 시간이 있으면 칼이라도 한 번 더 휘둘러보란 말이다! 너희 간부 새끼들도 구경만 하지 말고 뛰어! 걷는 새끼가 보이면 아주 갈아마셔 버리겠어!"

마교 간부들이 어마 뜨거라 하며 뛰어다녔다. 그들은 조병환에게 욕먹은 걸 무사들에게 풀었다.

"기가 빠졌어! 대가리 박아!"

조병환이 부하들의 군기 잡는 걸 구경하다가 총관에게 물었다.

"지금까지 모인 애들 몇 명이나 되지?"

"한 천 명쯤 됩니다."

조병환이 이맛살을 찌푸렸다. 이마에 주름이 깊게 파였다.

"너무 적어."

"나머지는 오는 중입니다."

"다 모으면 이천 명쯤 되지?"

"예. 도시 하나쯤은 간단히 쓸어버릴 수 있습니다."

"도시는 당연한 거고, 국방건을 죽인 놈도 잡아야지."

"우리 교의 교주님이라면 모를까, 그놈이 아무리 강해도 혼자서 이천 명을 상대할 수는 없습니다."

"복동구도 잡아야지. 그놈이 범인일 수도 있으니까."

"마찬가지 아니겠습니까? 전투력이 열 명으로 나뉘면 더 쉽게 죽일 수 있습니다. 복동구 쪽은 그놈을 찾는 게 차라리 문제입니다."

"복동구의 얼굴을 아는 놈이 그렇게 없어?"

"그놈의 얼굴을 본 적이 있는 무사는 지난번에 국 장로가 다 차출해 갔습니다. 수가 많아야 여기저기 흩어서 찾기 쉽다는 이유로……."

"총관. 무능하군. 미리 몇 놈쯤 빼돌려 놨어야지."

총관은 속으로는 욕이 나왔다.

'국방건이 원하는 건 다 해주라던 때는 언제고.'

겉으로는 살살 웃으며 말했다.

"지금은 없지만 서두르면 며칠 뒤에 출발할 때까지는 몇 놈쯤은 확보할 수 있습니다."

조병환이 자기 집무실의 의자에 털썩 앉았다.

"그래. 그 성자라는 놈을 죽이고, 대마두 복동구도 죽이고, 청송의 반란군도 토벌하고. 청송의 돈을 다 긁어서 여러 장로들에게 약을 치면…… 후우. 그러면 중앙에서도 그리 큰 징계는 하지 않을 거야."

"물론입니다. 자리도 지키실 수 있을 겁니다. 국방건을 눈엣가시로 여기는 장로들이 있으니, 그쪽으로 잘 공략하시면 될 겁니다."

"그래. 줄을 갈아타야지. 그러기 위해서라도 성자와 복동구를 죽여서 그 목을 보내야……."

밖에서, 비명소리가 터졌다.

"으아악!"

"습격이다!"

조병환이 깜짝 놀라 일어났다.

"어떤 놈이 감히 여기를 습격을 해?"

비명소리가 계속 이어졌다.

"젠장. 당장 상황을 파악해라!"

"아마 무림맹의 상주지부 놈들이 우리가 약해진 틈을 노리고 쳐들어왔을 겁니다."

"젠장. 이놈들!"

"진정하십시오. 우리 무사의 수가 천 명입니다. 놈들이 실수한 겁니다."

"당연하지!"

비명소리가 가까운 곳에서 터졌다.

"으아악!"

조병환의 표정이 싹 변했다.

"뭐가 이렇게 빨라?"

"칼 좀 쓰는 놈이 있나 봅니다."

"그래봐야 감히 나에게! 오상천이도 나한테는 안 돼!"

총관이 부추겼다.

"이건 기회입니다. 이름 깨나 있는 놈일 테니까 무림맹의
고수를 죽여서 성자와 복동구의 목에 그 목까지 보태십시오."

"그래. 당장 가서 저놈의 목을 베겠다!"

조병환이 문을 박차고 나갔다.

"여기는 마교 상주지부다. 감히 네놈이 죽을 자리도 모르고
쳐들어 왔……."

기세 좋게 외쳤지만, 바깥 상황을 보자마자 얼굴이 창백해
졌다.

"이, 이건 아니잖아……."

무려 천여 명에 달하는 천마교 친위대 무사들이 마교 상주
지부를 공격 중이다.

양측의 무사 수는 비슷했지만, 싸움은 일방적이었다.

마교 상주지부는 정이산에게 정예부대 다섯을 잃었다. 남은
건 숫자만 많았지 실력이 조금 떨어지는 무사들이다.

반면에 천마교는 정예 중의 정예인 친위대 무사들을 보냈다. 허구한 날 정이산에게 맞아가며 무공을 수련하던 무사들이다.

애당초 무사의 질이 달랐다. 무사 중에 고수의 비율도 천마교 친위대 쪽이 압도적으로 높았다.

게다가 기습이다.

조병환이 뒷걸음질을 쳤다.

"일방적이잖아……."

선두에서 날뛰고 있던 복동구가 조병환을 보고 달려왔다.

"네 이놈! 네가 바로 지부장이구나!"

앞을 막아선 무사들이 복동구의 칼에 베여 쓰러졌다.

"으아악!"

조병환은 미처 도망칠 틈도 없었다. 어느새 복동구가 조병환에게 매처럼 달려들었다.

"내 칼을 받아라!"

칼에 깃든 기운은 대마두라는 악명에 부끄럽지 않을 만큼 패도적이었다.

"으헉!"

조병환이 그 공격을 겨우 막았다.

복동구가 외쳤다.

"꼴에 지부장이라고 한 수 하는구나! 그래봐야 소용없다! 목을 내놓아라!"

복동구의 공격이 연달아 이어졌다. 매서웠다. 조병환이 쭉

쪽 밀려났다.

"으, 으헉!"

그가 겨우 복동구의 칼을 쳐냈다. 충격으로 손이 찌릿찌릿했다.

'이, 이놈. 강하다. 오상천보다 더 강해. 무림맹의 상주지부에 이런 고수가 있었나?'

오래 생각하지 못했다. 복동구가 펄펄 날며 공격했다. 칼을 몇 번 받아친 것만으로 손이 후들후들 떨렸다.

복동구가 잠시 물러나며 칼을 허공에 휘휘 휘둘렀다.

"역시 지부장이라고 그냥 죽지는 않는구나. 그래봐야 어차피 죽을 목숨. 목을 내놓아라."

조병환은 가진 게 많다. 욕심도 많다. 사방에서 부하들이 죽어 나자빠지는 게 보였다.

'전투는 이미 졌다. 게다가 이놈은 내가 이길 수 있는 상대가 아니다.'

지위가 높다고 해서 용맹하거나 지조가 굳은 건 아니다. 음모가 횡횡하는 마교라면 더 그렇다.

조병환은 더 고민하지 않았다. 판단을 내리자마자 뒤돌아서 도망쳤다. 도망치며 명령을 내렸다.

"막아라!"

도망치며 내리는 명령 따위, 들을 리가 없다. 그가 도망침으로 인해 그렇지 않아도 밀리던 마교 상주지부가 완전히 무너졌다.

"으아악! 도망쳐!"

복동구가 칼을 휘두르며 조병환을 쫓았다.

"으하하! 어딜 도망가! 너 때문에 내가 무슨 개고생을 했는데!"

＊　　　＊　　　＊

무림맹이나 마교는 한 지방을 관리하는 조직으로 지부를 둔다. 지방에 포함된 여러 도시에는 지부보다 작은 단위인 지소를 둔다.

상주에는 도시가 많다. 자연히 마교 상주지부의 아래에도 지소가 많다.

지소가 꼭 도시에 있는 건 아니다. 전략적으로 중요한 곳은 도시가 아니라 작은 규모의 마을에도 지소를 세운다. 가끔은 산길 한복판에 교통의 요지라는 이유로 지소를 두기도 한다.

상주에 있는 마교의 지소 한 곳이 폐허로 변했다. 지소장을 포함한 삼십여 명의 주둔 무사가 전멸했다.

애초에 일방적인 싸움이었다. 쳐들어온 건 무림맹 상주지부의 무사 천여 명이다. 겨우 고수 한 명에 일반무사 삼십여 명으로 막는다는 건 불가능하다.

무림맹 상주지부장 오상천이 웃음을 터트렸다.

"으하하하. 보아라. 이 얼마나 아름다운 광경이냐?"

총관이 곁에서 아부했다.

"대승입니다. 적을 전멸시켰습니다."

"내 이 한 번의 승리로 만족하지 않으리라. 마교 놈들이 정신 못 차리고 있는 이때에, 정의를 보여주리라!"

총관이 걱정이 들어 물었다.

"혹시 마교의 상주지부를 직접 쳐들어갈 생각이십니까?"

"어허. 총관. 마음이야 굴뚝같지만 그러면 우리 무사들의 피가 너무 많이 흘러. 내 어찌 공명심에 눈이 어두워 그런 짓을 저지르겠는가?"

"역시 지부장님은 인덕이 넘치십니다."

"여기서 가까운 마교의 소굴이 어디 있지?"

"백 리쯤 떨어진 곳에 적당한 지소가 하나 더 있습니다."

"얼마나 적당한가?"

"가는 길이 사람들 눈에 잘 뜨이지 않아 은밀히 움직여 기습하기 좋습니다. 주둔 무사의 수가 약 오십여 명입니다."

"겨우 마졸 오십 놈을 잡으러 백 리나 가야겠나?"

"그곳 지소장이 이름이 조금 알려진 마두입니다."

"그 정도면 정말 적당하군."

오상천이 천여 명의 무림맹 상주지부 무사들에게 외쳤다.

"백 리 밖에 마졸들이 악행을 일삼고 있다. 자랑스러운 무림맹의 무사들아. 나를 따라 마를 멸하고 정의를 세우자!"

무사들이 오른손을 대충 들며 함성 비슷한 것을 질렀다.

"와……아아."

함성 치고는 많이 모자랐지만, 오상천은 그 정도로 만족했다.

"출발하라!"

무림맹 상주지부의 무사 천여 명이 마교 지부의 지소 한 곳을 노리고 행군을 시작했다.

*　　　*　　　*

마차는 말이 끈다. 말도 오래 달리면 지친다. 말이 쓰러지는 꼴을 보기 싫으면 틈틈이 쉬어주어야 한다.

나꽃녀가 말 두 마리를 마차에서 풀어놓았다. 두 마리는 주변을 돌아다니며 풀을 뜯었다.

정이산은 나꽃녀가 풀밭에 깔아준 돗자리에 앉았다.

나꽃녀가 그 앞에 앉아서 어젯밤 머문 주막에서 챙겨온 도시락을 꺼내 늘어놓았다.

"동구 아저씨가요. 쓴맛 좀 보여줬을까요?"

"어."

나꽃녀가 멋도 모르고 웃었다.

"교주님처럼 씀바귀를 생으로 먹게 하는 건 아니겠죠?"

설마 마교 상주지부를 아예 없애 버렸을 거라고는 상상도 못했다.

'겨우 열 명이서 해봐야 얼마나 할 수 있으려고. 그냥 좀 귀

찮게 했겠지.'

정이산이 도시락의 음식들을 집어먹으며 말했다.

"운이 좋은 놈은 먹겠지."

씀바귀가 아니라 곰쓸개라도 살아 있어야 먹을 수 있다. 천마교주의 친위대에게 기습 공격을 당하고도 살아서 도망친 마교 무사들은 운이 좋은 편이다.

정이산이 그녀 먹으라고 음식을 양보할 리 없다. 지금도 맛있는 것부터 골라먹고 있다.

나꽃녀도 이제 그걸 잘 안다. 질세라 부지런히 젓가락을 놀렸다. 그녀도 고기나 전 등을 먼저 먹었다.

먹다 보니 기름기 있는 것들부터 사라졌다. 나물이나 밥 등만 남았을 때에야 나꽃녀가 숨을 토했다.

"후아."

이제 남은 건 서둘러 먹을 필요가 없다. 비로소 주변을 둘러보며 풍경 이야기를 할 여유가 생겼다.

"교주님. 여기는 산이 많네요."

정이산이 도시락 찬합을 보며 아쉬운 듯이 입맛을 다셨다.

"원도 지방이니까."

"산이 많아서 애들이 마차 끌기 힘들어해요."

사람들은 여기저기 뜯기는 게 많아 먹고살기가 만만치 않다. 그래도 상업이 발달해서 식량의 유통 상태가 괜찮은 편이다. 상업 덕분에 굶어죽는 사람은 많지 않다.

길이 나야 상업이 쉽게 발달하고, 상업이 발달하면 길이 더 늘어난다. 원도의 험한 산에도 길은 나 있다. 다만, 마차로 다니기에 그리 편하지는 않다. 가끔은 고갯길을 말이 넘지 못해 나꽃녀가 마차를 밀어야 했다.

정이산이 대안을 제시했다.

"팔까?"

말을 팔아 버리겠냐는 질문에 나꽃녀가 깜짝 놀라서 고개를 열심히 가로저었다.

"아뇨. 끌 만하대요."

"언덕만 만나도 잘 못 넘더라."

"제가 밀면 돼요. 저 힘세잖아요."

열심히 흔드는 머리를 따라, 기다란 머리카락이 찰랑거리다 정이산의 얼굴을 스쳤다. 머리카락을 치우라는 말은 하지 않았다. 조심하라고도 하지 않았다.

산들바람이 불었다.

"좋군."

나꽃녀가 그때서야 마음을 놓으며 맞장구를 쳤다.

"바람이 참 좋아요. 평화롭잖아요."

*　　　*　　　*

전서구와 전서응이 북쪽으로 날아갔다.

비둘기와 매가 상주 지방에서 일어난 일에 대한 보고서를 가지고 청도와 기주를 통과해 해주 지방까지 올라갔다.

해주 지방에 있는 마교 본부는 발칵 뒤집어졌다.

마교의 장로들이 목소리를 높였다.

"감히 국방건 장로를 죽이다니! 보복을 해야 합니다!"

"감히 우리 마교의 장로를 죽인 놈을 찾아서 갈아 마셔 버립시다!"

마교 내에서 국방건과 같은 파벌은 물론이고, 경쟁 파벌들의 장로들조차 한 목소리로 외쳤다.

"이건 우리 교에 대한 중대한 도전입니다!"

장로들의 의견은 하나로 일치되었다.

국방건을 위해서가 아니다. 이건 그들 자신과도 관련된 일이어서다.

"다시는 이런 일이 일어나지 않도록, 마교의 장로를 죽이면 어떻게 되는지 똑똑히 가르쳐 줘야 합니다."

확실한 보복을 함으로써 같은 사건의 재발을 방지하는 게 마교의 방식이다.

장로들의 목소리가 회의실을 시끄럽게 했다.

마교 교주 마상진이 손을 슬쩍 들었다.

장로들이 즉시 입을 다물었다.

마상진이 의자 팔걸이에 팔꿈치를 걸치고, 손으로 턱을 괸 채 물었다.

"국 장로만 죽였나?"

장로들이 몸을 움찔 떨었다.

교주가 물었으면 누군가 대답해야 한다.

장로들은 잘 따져보면 몇 개의 파벌로 분류할 수 있다.

장로 오광독은 그 파벌 중 하나의 수장이다. 독공으로 경지에 오른 인물로, 평소에도 흰자위에서 독기가 슬쩍 보이고는 한다.

그 장로 오광독이 눈빛까지 죽여 가며 조심스럽게 말했다.

"마상구와 마동팔도 죽었습니다."

그 말에 다른 장로들은 자기 실수를 깨달았다.

'우리가 장로의 죽음만 강조하느라, 교주님의 친인척에 대해 분노하는 걸 잊었구나. 비록 그들이 성혈이 아니라 진혈이라 하나 친족은 친족.'

뒤늦게 마상구와 마동팔에 관해서 한마디 했다.

"국 장로는 물론이고 다른 두 사람의 죽음에 책임 있는 자들까지 전부 잡아다 죽여야 합니다."

역효과다. 마교 교주 마상진이 인상을 살짝 썼다.

"책임? 청송지소는 전멸했네. 국방건이 이끌던 무사들 중에서 살아 있는 놈은 없지. 그럼 이제 누구에게 책임지라고 하는 게 좋을까?"

자칫하면 불똥이 장로들에게 날아올 판이다.

장로 오광독이 조심스럽게 말했다.

"상주지부장 조병환이 책임을 져야 합니다."

상주지부가 전멸했다는 보고가 아직 장로들에게까지 올라오지 못했다.

조병환은 그동안 국방건이 소속됐던 파벌에 줄을 댔다. 상주지부에서 그 파벌에 올라오는 뇌물이 꽤 많다.

당장 그쪽 파벌의 장로들이 항의했다.

"조병환보다는 범인을 잡아 죽이는 게 더 중요합니다. 사돈의 팔촌까지 모두 죽여야 합니다!"

마교 교주 마상진의 눈이 가늘어졌다.

"그런 말을 하는 걸 보니 자네는 범인이 누군지 아나 보군?"

장로가 뜨끔해서 화살을 돌렸다.

"아, 아니, 제가 아는 게 아니라……. 그런 건 당연히 정보각에서……."

사람들의 시선이 마교 정보각주에게 돌아갔다.

자기들도 보고는 받았다. 하지만 책임을 넘기기 위해서 한 행동이다.

정보각주가 식은땀을 흘리며 보고했다.

"국방건 장로는 당시에 두 인물을 추적하고 있었습니다. 하나는 상주 지방 사람들에게 성자라고 불리는 정체불명의 남자입니다."

"그럼 성자라 불리는 자가 범인인가?"

"아닙니다. 현장의 흔적으로 볼 때 최소한 열 명의 인물이 습격해 왔습니다. 따라서 성자라 불리는 자가 범인일 확률은 낮습니다."

정보각주가 말을 잠시 멈추고 교주 마상진의 눈치를 살폈다. 아무 말도 없었다. 정보각주가 침을 꿀꺽 삼키고 보고를 계속 했다.

"유력한 용의자는 나머지 하나인 대마두 복동구로서……. 그의 배경은……. 배경은……."

차마 다음 말을 꺼내지 못했다.

마상진이 낮은 목소리로 말했다.

"천마교."

"그, 그렇습니다. 최근에 밝혀진 바에 의하면 대마두 복동구는 천마교와 깊은 관계가 있습니다. 그러니까 이번 참사도 천마교의 은밀한 지원 하에 일으켰을 가능성이 높습니다."

마상진이 몸을 기울인 채로 장로들에게 시선을 주었다.

"그러니까, 자네들 말처럼 복수를 위해서 사돈의 팔촌까지 다 죽이려면, 천마교부터 없애야겠군."

장로들이 당황해서 더듬거렸다.

"그, 그게 아니라……."

마상진이 한쪽 입꼬리를 올리며 피식 웃었다.

"천마교와의 전쟁이라. 구경하는 무림맹이 참 좋아하겠군. 말해 보게. 자네들 중에 누가 무림맹의 첩자인가?"

장로들이 서로 눈치만 살피며 말을 못했다.

마상진이 실실 웃으며 말했다.

"첩자가 아니라면 이렇게나 무림맹에 유리한 이야기를 할 리가 없잖은가? 아니 그러한가?"

그래도 말이 없었다. 다들 먼저 말했다가 마상진의 화를 돋우고 싶지 않았다.

'교주의 저 웃음 속에 칼이 숨어 있다. 지금 말을 잘못하면 첩자로 낙인찍힐지도 몰라.'

마상진이 장로 오광독에게 질문했다.

"오 장로. 자네 생각은 어떤가?"

오광독의 눈이 반짝 빛났다.

'내게는 뭐라 하지 않고 오히려 의견을 물었어. 조금 전에 나서서 말한 보람이 있구나.'

그가 허리까지 좀 펴며 의견을 내놓았다.

"천마교는 반드시 없애야 할 놈들이나 아직 우리 준비가 부족합니다. 무림맹이 남아 있는 상태에서는 힘을 집중할 수 없습니다. 그래서 천마교 소속으로 파악된 복동구를 제거하는 건 당장은 어렵습니다."

"그냥 놔두자는 겐가?"

"그러면 우리의 체면이 깎이고, 체면이 깎이면 세금이 잘 안 걷힙니다. 그러니 반드시 복수는 해야 합니다."

"그럼?"

"어리석은 일반인들은 이번 일을 성자라 불리는 놈이 저질렸다고 믿고 있습니다. 요즘 세상에 정의니 뭐니 떠들면서 돌아다니는 놈이라면, 복동구 같은 배경은 없습니다."

"그렇겠지."

"그러니까, 성자라고 불리는 놈을 잡아 죽이면 됩니다. 그놈을 확실히 죽여서 그 목을 청송에 걸고, 또 그놈을 죽이기전에 고문을 해서 출신을 알아내 삼족을 멸족시키면 교주님의 체면도 살고 좋은 경고도 됩니다."

마상진이 고개를 끄덕였다.

"나도 그렇게 생각했네. 독을 잘 다루려면 공부를 많이 해야한다더니, 그래서 그런지 오 장로는 머리 돌아가는 게 달라."

장로들을 힐끗 보고 말했다.

"본교의 장로라면 오 장로처럼 교에 도움이 되는 의견을 내야지. 무림맹이 아니라."

오광독의 허리가 더 펴졌다. 어떠냐는 듯이 다른 계파의 수장들을 스윽 쳐다보았다.

마교 교주 마상진이 지시했다.

"그럼 오 장로가 알아서 토벌대를 준비하도록."

오광독이 폈던 허리를 직각으로 꺾었다.

"교주님께서 친히 지시하신 일이니 무사를 천 명 정도 준비하겠……."

회의실 문이 벌컥 열렸다.

"큰일 났습니다!"

장로들은 그렇지 않아도 화낼 곳이 필요했다. 소리치며 들어온 건 마침 일개 무사다.

장로들이 눈을 부라렸다.

"교주님께서 계신 곳이다!"

"네가 죽고 싶어서 환장을 했구나!"

지금 이 회의실에서 가장 지위가 낮은 자라도 마음만 먹으면 그 무사의 목을 떨어뜨릴 수 있다.

무사가 자기 실수를 깨달았다. 몸이 덜덜 떨었다.

"저, 그, 그게……."

떨기만 하고 보고를 못하면 정말 목이 달아난다. 억지로 말을 내뱉었다.

"상주지부가 전멸해서 말입니다."

사람들의 표정이 싹 변했다.

마교 교주 마상진의 얼굴이 걸레처럼 일그러졌다.

"무림맹의 도발이냐?"

第三章

나꽃녀가 정이산에게 말했다.

"공자님. 강 좀 보세요. 엄청 커요."

험한 산을 여러 개 넘어 강이 있는 곳에 도착했다. 강을 따라 나 있는 길은 그리 험하지 않았다.

그녀가 마차를 밀던 손을 뗐다.

"이제 평지니까 마차 그만 밀어도 되겠어요."

문제가 생길 때마다 내려서 마차를 밀었다. 그녀의 치마는 흙투성이가 된지 오래다.

정이산이 또 말을 팔자고 할까봐, 얼른 말을 덧붙였다.

"아, 애들이 말 잘 들어서, 전 밀기만 해서 편했어요. 진짜예요."

정이산이 멍한 눈으로 엄청난 양의 물이 흐르는 강을 보며 대충 대답했다.

"안 물어봤다."

"예? 아, 그게······."

강 건너편의 사람이 콩알만 하게 보였다. 막대한 양의 물이 눈앞에서 흘러갔다.

그녀가 얼른 말을 돌렸다.

"세상에. 무슨 강이 이렇게 커요? 공자님. 이런 강 보신 적 있으세요?"

정이산의 눈빛이 그때서야 정상으로 돌아왔다.

"어."

"예? 어디서요?"

"고향에서."

천마교가 장악한 주도 지방은 남쪽 바다에 있는 거대한 섬 이다. 그 섬에는 주로 개울이 흔하고, 강이라고 부를 만한 건 딱 하나밖에 없다.

나꽃녀도 그 강을 본 적 있다. 개울보다는 크지만, 강이라고 하기보다는 개천에 가까웠다. 수심이 어지간히 깊은 곳이 아 니라면 사람이 들어가도 머리까지는 잠기지 않는다.

차마 그 강이 이것과 비교가 되냐고 말하지는 못하고, 적당 히 돌려 말했다.

"이 강이 더 크잖아요."

"섬강이 더 맑아."

주도의 강이 작기는 하지만 맑다는 말은 맞다. 지금 눈앞에 흐르는 거대한 강도 흐린 편은 아니지만, 주도의 섬강은 바닥의 자갈까지 훤히 비춰 보일 정도로 맑다.

"음. 그래도 이 강은 크니까 물고기도 많고……."

"섬강에도 고기가 산다."

"하지만 전 섬강에서는 그물질하는 어부를 한 번도 본 적이 없는데요?"

"따지냐?"

"아, 아뇨. 제가 눈이 어두워서 못 봤나 보죠. 벌써 노안이 왔나?"

명백히 놀리는 소리다. 놀려놓고도 자기가 조금 심하게 반항했나 싶어 눈치를 보았다.

정이산은 그녀를 구박하지 않았다. 흐르는 강물을 보면서 설명했다.

"섬강에서는 보통 그물이 아니라 낚시를 하지. 씨알은 바닷물고기에 비하면 작지만, 종종 손바닥만 한 붕어나 빠가사리 같은 게 잡혀."

나꽃녀가 눈을 동그랗게 떴다.

"아! 공자님이 이런 친절한 설명을……."

문득, 주도에서 구조된 지 얼마 안 됐을 때, 문 씨 오자매 중 하나가 정이산의 별거 아닌 설명에 비슷한 소리를 한 걸 기억해냈다.

"아, 그땐 그것도 모르고……. 설마 이런 희한한 분이 세상에 있을지 누가 알았……."

정이산이 나꽃녀를 쓰윽 돌아보았다.

나꽃녀가 정색을 하며 말을 돌렸다.

"바다에서 잡은 생선이 얼마나 크고 맛있는데, 붕어나 빠가사리처럼 작은 고기 잡아서 얼마나 받겠어요?"

"먹고살 만큼."

"그렇게 많이 잡혀요?"

"비싸."

"예? 민물고기가 더 맛있나요?"

"귀하니까."

주도는 섬이다. 그물로 잡는 바다생선은 꽤 흔하다. 반면에 낚시로 잡는 민물고기의 양은 훨씬 적다.

귀하다는 것 자체가 금전적 가치를 가지는 경우는 제법 많다. 보석이 단지 아름다움 한 가지만 가지고 높은 가격을 받는 건 아니다.

나꽃녀도 이해했다.

"아. 비싸구나."

나꽃녀가 서쪽을 보았다. 해가 그리 많이 남지 않았다.

"공자님. 우리 이 근처에서 쉴 곳을 찾아요. 어디 마을이 있으면 좋겠는데. 지도 좀 보여주세요."

그들은 청송에서 꽤 상세한 지도를 얻었다.

정이산이 지도는 펴보지도 않고 하류 쪽을 가리켰다.

"가자."

"아, 저쪽이에요? 역시 교주님. 지도를 벌써 외우셨군요?"

나꽃녀가 그쪽을 가리키며 두 마리 말에게 말했다.

"얘들아. 가자. 오늘 저녁도 맛있는 거 잔뜩 먹자!"

*　　　*　　　*

마교의 본부로 보고서가 속속 올라왔다.

마교 군사 피반뇌가 보고했다.

"우리 상주지부가 습격당하기 전에, 무림맹 상주지부에서 약 천 명의 병력이 출발했습니다. 생존자들의 보고에 의하면 우리 상주지부를 습격한 적의 숫자도 천 명쯤 된다고 했습니다."

장로들이 아우성을 쳤다.

"무림맹 놈들이 드디어 먼저 공격했구나!"

"반격해야 합니다!"

"전쟁이다!"

교주 마상진이 장로들을 쏘아보았다. 장로들이 즉시 입을 다물었다.

마상진이 피반뇌에게 말했다.

"계속 하게."

"보고에 의하면, 우리 상주지부의 정예들은 국 장로가 데려 갔다가 전멸당하는 바람에 전력이 약화된 상태였다고 합니다. 그 기회를 노린 것 같습니다."

마상진이 조금 의심을 했다.

"그래도 너무 일방적으로 당했어. 무림맹의 상주지부가 그렇게 강했나?"

장로 하나가 마상진의 말에 맞장구를 쳤다.

"맞습니다. 이건 아무래도 수상합니다. 어쩌면 무림맹이 천마교와 손을 잡은 건지도 모릅니다."

다른 파벌의 장로가 즉시 반박했다.

"말도 안 됩니다. 무림맹이 다른 곳도 아니고 천마교가 손을 잡다니요."

"그럼 무림맹에서 이번 일 이전부터 습격을 준비하고 있었나보지. 중앙의 고수들이 파견갔던지!"

분위기가 시끄러워졌다. 파벌들이 서로 자기네가 옳다고 싸웠다.

교주 마상진이 낮게 웃었다.

"흐흐. 장로 자리가 내 알던 것보다 높나 보군. 얼마나 높으면 내 앞에서 싸움을 다 할까?"

장로들이 모조리 굳었다.

마상진이 기분이 좋을 때는 이 정도 싸움으로 뭐라 하지 않는다. 마상진이 기분이 나쁠 때는 작은 꼬투리 하나 때문에 신세를 망칠 수 있다.

'교주의 상태가 보기보다 더 나쁘구나!'

깜짝 놀란 그들이 의자에서 일어나 허리를 깊이 숙였다.

"천부당만부당하십니다."

"모든 것은 충심에서 나온 일이니 통촉하여 주시옵소서."

마상진이 군사 피반뇌에게 물었다.

"그게 전부인가?"

피반뇌가 바짝 긴장한 채 말했다.

"현재까지 밝혀진 건 이게 전부……."

그때, 회의실 문이 살짝 열렸다. 사람들의 시선이 그쪽으로 향했다.

피반뇌의 아래에 있는 행정무사였다. 피반뇌가 물었다.

"무슨 일이냐?"

무사가 장로들의 눈치를 보며 조용히 들어와 피반뇌에게 쪽지를 내밀었다.

"워낙 급한 보고라……. 죄송합니다."

"아무리 그래도 그렇지. 여기가 어떤 자리라고."

피반뇌가 불쾌한 표정을 지으며 쪽지를 폈다.

그의 표정이 싹 변했다. 마상진을 돌아보았다.

"교주님. 무림맹 상주지부장 오상천이 자기네 본부에 보낸 전서의 복사본을 입수했습니다. 놈들이, 우리 상주지부가 약해진 틈을 타서 천 명의 무사를 일으켜 공격하겠다고 무림맹 본부에 보고했습니다."

교주 마상진의 한쪽 입꼬리가 스윽 올라갔다.

"오상천의 단독 행동이란 뜻인가?"

"틀림없습니다."

"간이 배 밖으로 부은 놈이군. 벌을 줘야겠어."

"어떻게⋯⋯."

"애들을 몇천 정도 모아서 상주로 내려 보내게. 무림맹이 내 지부를 없앴으니, 최소한 그대로 돌려주기는 해야지. 이자는 차차 받기로 하고."

"공격 당일까지 무림맹이 눈치채지 못하도록 은밀히 진행하겠습니다. 그러기 위해서는 오 장로가 모으던 무사를 얻는 게 좋습니다만⋯⋯."

"가져다 쓰게."

"알겠습니다."

장로 오광독의 표정이 조금 굳었다. 나름대로 공을 세워보려고 했는데 애써 모으던 무사만 다 빼앗길 판이다.

초조한 마음에 물었다.

"저⋯⋯. 그럼 성자는 살려주시는 겁니까?"

살려줄 리가 없다는 걸 잘 안다. 그래서 물어보았다.

마상진이 히죽 웃었다.

"젊은 나이에 실력이 지나치게 좋고 배경은 밝혀진 게 없다면, 어디 은거고인이 키운 놈이겠지. 그런 놈들은 원래 세상 경험이 모자라 암살에 약하지. 솜씨 좋은 애들로 몇 보내서 지워 버리게."

"크게 알려야 교주님 체면이 살 텐데 조용히 암살하면……."

"무림맹 지부 하나를 지워 버리는 게 체면 회복에는 더 좋지 않겠나?"

*　　　*　　　*

그날 저녁에, 마상진이 군사 피반뇌를 조용히 불렀다.

"이번에 상주에 보낼 무사가 몇이면 적당할까?"

"삼천 정도가 어떨까 합니다."

"적당하군."

"무림맹 상주지부를 지우는데 적당합니다."

"아니. 그 이야기가 아닐세."

"예?"

마상진의 목소리가 조금 낮아졌다.

"혈검군단 이야기네."

피반뇌가 긴장한 채 주변을 살피며 목소리를 낮췄다.

"말씀하십시오."

"이번에 애들 내려 보낼 때, 같이 출발시키게."

"예? 설마 그토록 비밀리에 키운 혈검군단을 겨우 마교의 지부 하나를 잡는 데 투입하실 계획이십니까? 교주님. 혈검군 단은 교주님의 천하일통계획의 핵심 요소 중 하나입니다. 시 키시면 하겠지만 그러다 만에 하나 혈검군단의 비밀이 밝혀지 기라도 하는 날에는……."

"쯧쯧. 그런 바보짓을 할 리가 있나."

"그럼……."

"혈검군단은 배에 태워서 바다를 통해 상주로 가게 하게. 상주에 도착하기 전에 나주 앞바다를 지나잖은가?"

"아. 그 방법이라면 의심 없이 나주 남쪽 바다의 비밀 기지 에 숨겨둘 수 있겠습니다. 첩자가 끼어들어도 배에서 내릴 기 회조차 없을 테니까 혈검군단이 사라졌다는 걸 아무도 모를 겁니다."

"바로 그거지. 살기가 지나치게 강한 놈들이 많아서 평소라 면 눈에 뜨이니까, 이번이 좋은 기회지. 돌을 하나 던졌으면 새 두 마리쯤은 잡아야 하지 않겠나?"

피반뇌가 머리를 숙였다.

"알겠습니다. 제가 책임지고 적당히 연막을 뿌려, 아무도 눈치채지 못하게 섬으로 보내겠습니다. 장로들조차 모르게 하 겠습니다."

"당연히 그래야지."

피반뇌가 머리를 슬그머니 들었다.

"저, 그런데…… . 혈검군단을 지금 이동시키는 이유가 의심 없이 움직이기 좋아서인지요? 아니면 혹시…… ."

"너무 많은 것을 알려고 하지 말게. 다치네."

"아, 알겠습니다."

*   *   *

나꽃녀가 마차를 몰고 하류 쪽으로 달렸다. 한참을 달려도 마을은 없었다. 결국 나꽃녀가 지도를 꺼내 확인하고는 다시 상류로 방향을 돌렸다.

"뭐예요? 마을은 상류로 가야 되잖아요?"

"따지냐?"

"아뇨. 그냥 그렇다는 거죠."

"강변 경치를 보려고 남쪽으로 가자고 했다."

나꽃녀는 그 말을 믿지 않았다. 믿어주고 싶어도 믿을 수 없는 상황이다. 이미 해가 거의 떨어져 어둑어둑하다. 강변 경치가 제대로 보일 리가 없다.

다행이도, 멀리에 반짝이는 불빛이 여러 개 보였다.

"와. 저기 마을인가 봐요."

정이산이 뻔뻔하게 말했다.

"계획대로 일몰시간을 맞췄군."

"피."

"가자."

"예."

밤에는 작은 불빛도 꽤 멀리까지 간다. 불빛이 보이는 곳이 가까운 것처럼 보였지만, 실제로는 꽤 멀었다.

게다가 해가 완전히 떨어져서 길이 제대로 보이지 않는 것도 시간을 더 오래 걸리게 만들었다.

밤이 되자 말이 말을 잘 안 들었다. 나꽃녀가 두 마리의 말을 달래 겨우 불빛이 있는 곳에 도착했다.

횃불 무리에서 조금 떨어진 곳에서, 나꽃녀가 마차를 세웠다.

"어머? 마을이 아니네?"

그 지점에서 강의 폭이 급격히 넓어졌다. 그만큼 흐르는 물살은 느렸다.

"그리고 여긴 강이 아니라 호수네요?"

상류에서 강물이 들어와 이곳에서 호수를 만들며 잠시 쉬었다가, 다시 하류로 내려간다.

수백 명은 되는 마을 사람들이 호숫가에 모여 있었다. 바로 앞에는 몇 척의 배가 둥실 떠다녔다. 땅 위만이 아니라 배에도 횃불을 든 사람이 많았다.

나꽃녀가 그걸 보고 좋아서 손뼉을 쳤다.

"와. 축제라도 하나 봐요."

정이산이 마차에서 내렸다.

"싸움이다."

"예? 어디요?"

나꽃녀가 사람들을 둘러봤지만, 칼싸움은 고사하고 치고받는 사람도 없었다. 흥분한 사람은 많이 보이지만 서로 싸우지는 않았다.

"아닌 거 같은데요?"

정이산이 호수 건너편을 가리켰다. 나꽃녀가 그쪽으로 시선을 돌렸다.

호수가 워낙 넓고 이미 날이 져서 건너편이 제대로 보이지 않았다. 그래도 보이는 건 있었다. 호수 건너에도 불빛 여러 개가 반짝거리며 흔들렸다.

나꽃녀가 눈에 힘을 주고 호수 건너편을 보았다.

보이지 않았다. 횃불이 전부다.

"공자님. 정말이세요?"

"못 믿냐?"

"아뇨. 믿죠. 누구 말씀이라고……."

"저쪽은, 칼을 뽑은 자들이 있다."

"에엑?"

"이쪽도, 뽑지만 않았을 뿐."

나꽃녀가 호수 이쪽 편에 모여 있는 사람들을 자세히 보았다. 거리도 조금 있는데다가 횃불만 가지고는 너무 어두웠다.

잘 보이지 않았다.

그래도 눈에 힘을 주고 살펴보았다.

잘 보니 몽둥이를 가진 사람은 많았다.

그들 사이에서 식칼을 가진 사람을 몇 명 발견했다. 식칼을 천으로 감아 허리에 차고 있어 처음에는 못 알아보았지만 칼이라고 생각하고 보자 그 손잡이와 날의 형태가 눈에 들어왔다.

"어머. 정말이네요?"

보다보니 식칼 같은 칼 종류만이 아니다. 낫은 기본이고, 땅을 파는 삽에서부터 물고기 잡는 데 쓰이는 뾰족한 작살처럼 무기로 쓸 수 있는 물건들이 곳곳에 숨어 있었다.

"이러다 큰일 나겠네요."

나꽃녀는 큰 싸움이 될까봐 걱정했다.

'우리 공자님이라면 말려주실 수 있을 텐데.'

그렇게 생각을 하지만, 그냥 말려달라고 부탁하지는 않았다.

'부탁하면 들어줄 리가 없으니까.'

그녀는 정이산의 방식에 익숙해졌다. 말을 살짝 돌렸다.

"공자님. 무슨 일일까요?"

"모른다."

"아, 공자님도 모르시는구나."

일부러 그렇게 말했다. 그렇게 말하면 예전에 들른 도시에

서처럼 정이산이 어떻게든 사정을 알아내고 싸움을 말릴 거라고 생각했다.

'그럼 나도 같이 말려야지.'

정이산이 말했다.

"구경하자."

"예. 우리 같이 구경……. 예? 뭘 구경해요?"

"싸움 구경."

나꽃녀가 당황했다.

"고, 공자님. 안 말리세요?"

"왜 말려?"

나꽃녀는 잔머리를 굴리다가 본전도 못 찾았다.

'사람들이 화해하려고 하면 일부러 싸움을 부추기실지도 몰라. 우리가 여기 없는 게 그나마 낫겠다.'

그녀가 살살 웃으며 정이산을 달랬다.

"공자님. 피곤하시죠? 어서 마을 찾아서 우리 푹 쉬……."

"싫다."

정이산이 아예 마부석으로 올라왔다.

"기대되는군."

나꽃녀가 울상을 지었다. 후회했다.

'내가 싸움을 말려줬으면 하는 거, 눈치를 채셨구나. 하여간 전생에 청개구리 중에서도 아주 새파란 청개구리셨을 거야.'

　　　　　*　　　　*　　　　*

　나꽃녀는 호수 남쪽에 사람들이 모인 곳에서 조금 떨어진
곳에 마차를 세워놓았다.

　이 동네 사람들은 몇백 걸음은 족히 되는 거리에 서 있는 마
차는 신경도 쓰지 않았다. 그들의 관심은 호수 건너편이었다.

　사람들이 웅성거렸다. 호수 건너편의 횃불 중 일부가 천천
히 움직였다. 조금씩 밝아지기도 했다.

　나꽃녀도 그 의미 정도는 안다.

　"저쪽 배들이 움직이나 봐요."

　마을 사람 중 한 명이 외쳤다.

　"온다!"

　호수 건너편의 배 몇 척이 점점 다가왔다. 사람들은 그걸 노
려보기만 했다.

　배들이 결국 호수의 중심을 넘어 남쪽으로 다가왔다. 횃불
에 비쳐진 배 위의 모습이 확실히 보였다. 몇 명은 횃불을 들
고, 다른 몇 명은 허리를 굽혔다.

　나꽃녀가 침을 꼴깍 삼켰다.

　"뭘 하려는 걸까요? 설마 활을 들어서 막 쏘거나 그러면……."

　배 위에서 허리를 굽힌 사람들이 몸을 일으켜 세우더니 꺼
먼 것을 획 던졌다.

　"어마. 저거, 저거……. 애걔? 그물이네요?"

94

배에 탄 사람들이 호수에 던진 건 얇은 그물이다. 투망들이 물에 떨어지며 만드는 물보라가 배 위의 횃불 불빛을 반사했다.

나꽃녀가 안도의 한숨을 쉬었다.

"휴우. 고기 잡으러 왔나 봐요. 괜히 긴장했네."

정이산이 한 마디 툭 던졌다.

"도발이군."

나꽃녀는 무슨 말인지 이해하지 못했다. 그녀의 눈에는 물고기를 잡는 어부만 겨우 보였다.

"예?"

다음 순간, 호수 이쪽에 모여 있던 사람들이 소리를 질렀다.

"저놈들이 우리 물에서 고기를 잡는다!"

"도둑놈들을 쫓아내!"

이쪽 마을의 남자들이 배 위에 속속 올라갔다. 대기하고 있던 작은 배 다섯 척이 사람들을 태우고 전진했다. 모두 손에는 무기를 쥐고 있었다.

나꽃녀는 이게 무슨 일인지 모른다. 하지만 싸움이 벌어지려고 한다는 건 안다.

말리고 싶다.

'그냥 말려달라고 말하면 말려주실 리가 없는데. 어쩌지?'

나꽃녀가 정이산에게 말을 걸었다. 이야기를 하며 틈을 보려는 속셈이다.

"공자님. 저 사람들 왜 저래요?"

"자기네 물이라잖아."

"흐르는 물에 네 거 내 거가 어디 있어요?"

"작은 개천도 따질 사람은 따져."

나꽃녀는 문득 떠오르는 생각이 있었다.

"혹시 그런 거, 공자님이 섬에 계실 때 보신 거예요?"

대답하지 않았다. 나꽃녀는 그걸 긍정으로 받아들였다.

'그런데 섬에 그 작은 강이랑 교주님이랑 무슨 상관이지?'

자신은 정이산에 대해 아는 게 거의 없다. 당장은 옛날이야
기를 파고들지 않았다. 지금은 더 급한 게 있다.

"호수에 금 그어놓은 건 아니잖아요."

"중간이다."

"호수 중간을 기준으로 누구 물인지 나눈다고요?"

"예전에는 그랬겠지."

"예?"

정이산이 호수를 건너온 배들을 턱짓으로 가리켰다. 그들은
그물을 재빨리 걷고 싸움 준비를 하느라 바빴다.

"바뀌었어."

"예? 기준선이 바뀌었어요?"

"어."

"그럼 새 기준선을 가지고 자기네 물에서 고기를 잡으면 되
지 왜 싸움을 하려고 들어요?"

"건너편만 바뀌었으니까."

나꽃녀는 그때서야 자기 나름대로 상황을 이해했다.

"아, 저쪽에서 마음대로 경계선을 이쪽에다가 그은 거네요? 나쁜 사람들이네요."

"아닐지도."

"예?"

"가자."

드디어 정이산이 가자고 했다. 나꽃녀의 표정이 대번에 환해졌다.

"가서 말려주시려는 거군요?"

'역시 공자님은 따뜻한 마음……'

그녀의 기대와 다른 말이 나왔다.

"마을로 가자."

나꽃녀가 당장 울상을 지었다.

"그냥 가자는 거셨어요? 하지만……. 하지만……."

정이산이 충격적인 단어를 내뱉었다.

"농담이다."

그건 천마교의 사람들이 들었으면 몇 명쯤은 실제로 쓰러졌을 만큼 놀라운 말이다.

나꽃녀는 다르다. 천마교의 사람들에 비하면 정이산에 대해 아는 게 별로 없다. 그래서 충격은 받지 않았다.

그래도 정이산이 농담을 하는 걸 처음 보았다.

"와. 공자님. 농담도 할 줄 아시……."

재빨리 입을 다물었다. 지금은 정이산을 건드릴 때가 아니다. 살살 웃으면서 정이산의 눈치를 살폈다.

"사람들에게 갈게요. 헤헤."

혹시 다른 데로 가자고 한 게 아닌가 싶어 확인삼아 물어보았다.

정이산은 대답하지 않았다. 그게 대답이나 마찬가지다.

그녀가 안심하고 두 마리 말에게 말했다.

"얘들아. 가자. 우리 공자님이 싸움을 말려주신댄다."

                    *   *   *

호수 남쪽 마을은 중금촌라 불린다. 호수 북쪽 마을의 이름은 부동촌이다.

남쪽 중금촌 사람들이 배를 몰고 가면서 소리를 질렀다.

"이놈들! 우리 고기를 도둑질하지 마라!"

부동촌의 배에서도 어부들이 그물 대신 무기를 쥐었다.

"너희 고기라니! 여기는 우리 물이다! 여기서 나는 고기도 우리 고기야!"

양쪽의 배들이 접근하는 동안 서로 기세를 세우기 위해 소리를 질러댔다.

"호수 남쪽은 우리 물이다!"

"이젠 여기까지 우리 거야!"

배들 사이의 거리가 가까워졌다. 당장이라도 몽둥이와 삽이 날아올 것 같이 분위기가 험악해졌다.

멀리서 외치는 여자 목소리가 그들 사이를 파고들었다.

"이봐요오. 거기 어부 아저씨드을! 그러면 혼나요오!"

그녀의 맑은 목소리가 사람들의 성난 소리를 뚫고 귀에 쏙 쏙 박혔다.

사람들이 성질을 내며 소리가 난 쪽으로 고개를 돌렸다.

"어떤 년이 헛소리야!"

나꽃녀가 탄 마차는 이미 남쪽 중금촌 사람들 근처에 도착해 있다. 그녀가 마차 옆에서 호수에다 대고 크게 소리를 질렀다.

"계속 싸우면 우리 공자님께 혼나요!"

힘이 센 만큼, 뱃심도 좋았다. 있는 힘껏 소리치자 목소리가 호수에 널리 퍼졌다.

정이산이 조금 감탄했다.

"제법이군."

내공의 힘이 아니라 순수하게 뱃심으로 만든 소리다. 이백 근짜리 덩치가 낸 소리라면 납득할 수 있지만, 나꽃녀는 겉으로 보기에는 개미허리를 가진 아가씨다.

그녀의 허리는 가늘다. 거짓말 조금 보태면 한 줌밖에 안 된다. 큰 소리를 내기 좋은 조건은 아니다.

하지만 그 위쪽은 사정이 좀 다르다.

정이산이 나꽃녀의 가슴을 힐끗 보았다.

"하긴."

나꽃녀는 정이산의 시선을 눈치채지 못했다. 그저 사람들이 싸움을 멈춘 것만 보고 기뻐했다.

그녀가 정이산을 돌아보며 말했다.

"와. 공자님. 보세요. 사람들이 안 싸워요."

정이산이 시선을 이미 강 쪽으로 돌린 후다. 그녀는 여전히 아무것도 몰랐다.

문제는 다른 데서 생겼다.

호수 남쪽 마을인 중금촌의 촌장이 지팡이를 정이산 쪽으로 흔들어 위협하며 호통을 쳤다.

"연애질하는 연놈들이면 어디서 배나 얻어 타고 연애질이나 하고, 지나가는 사람이면 그냥 지나가기나 할 것이지. 왜 남의 일에 상관이야!"

정이산의 눈썹이 살짝 일그러졌다.

나꽃녀가 당황했다.

'싸움 말리려다가 그 전에 이 사람들 다 때려 잡으시겠……'

문득, 의심이 들었다.

'설마, 공자님이 싸움을 말리려는 방법이, 이쪽 사람들을 다 때려눕혀서?'

정이산이라면 정말 그럴 수도 있겠다 싶었다.

놀란 그녀가 상황이 악화되기 전에 재빨리 나섰다.

촌장에게 빠르게 말을 쏟아냈다.

"싸움은 말리고 흥정은 붙이라잖아요. 싸움 같은 거 하시니까, 우리 공자님이 마음이 워낙에 따뜻하셔서 그냥 못 보시는 거예요."

촌장이 코웃음을 쳤다.

"응? 요즘은 개나 소나 마음이 따뜻하다고 떠드는군."

"진짜예요. 엄청 따뜻하세요."

촌장이 마을 사람들에게 손짓을 했다.

"불 좀 가져와라. 이 손님들 얼굴 좀 보자."

마을 사람들이 우르르 몰려와 횃불을 내밀었다.

붉은 기가 도는 빛이 나꽃녀의 얼굴을 비추었다. 빛의 양이 낮보다는 모자랐지만, 그것 나름대로 분위기를 내었다.

촌장은 나이가 많다. 나꽃녀는 그가 지금까지 살아오면서 본 여자들 중에 첫 손 꼽히는 미녀다.

촌장이 그녀를 보고 숨을 들이켰다.

"허업! 대단한 미녀시군."

나꽃녀가 두 손으로 뺨을 가렸다.

"어머. 농담도……."

"그런데 어쩐지 낯이 익은데……."

나꽃녀는 과거에 대한 기억이 없다. 이 여행의 목적은 적어도 공식적으로는 그녀의 과거를 찾아주는 것이다.

그래서 낯이 익다는 말에 깜짝 놀라 물었다.

"혹시 전에 절 보신 적이 있으세요?"

"아니, 그게 기억이 잘⋯⋯."

십대 초반으로 보이는 소년이 사람들 사이를 비집고 나와 나꽃녀를 빤히 쳐다보았다.

나꽃녀가 혹시나 해서 소년에게도 물었다.

"너도 날 본 적 있어서 보는 거야?"

소년이 고개를 가로저었다.

"와아. 예뻐서요."

"어머. 쪼끄만 게 보는 눈은 있어가지고."

"우리 누나보다는 못하지만."

"응?"

촌장이 무릎을 탁 쳤다.

"그렇구나. 주은이랑 좀 닮았어. 그래서 낯이 익었군."

나꽃녀가 실망했다.

"난 또."

촌장이 그녀의 실망을 잘못 이해하고 말했다.

"아가씨가 주은이보다 훨씬 더 예쁘니 실망하지 마시게."

소년이 발끈했다.

"우리 누나가 더 예뻐요!"

소년이 하도 정색을 하고 말하자, 나꽃녀도 은근히 경쟁심이 생겼다.

"네 누나 어디 있어?"

비교라도 해볼 생각이었다.

"돈 벌러 갔어요."

"응?"

"우리 집에 돈 벌 수 있는 사람은 누나밖에 없어요. 그래서 누나가 돈 많이 벌어온다고 약속하고 도시로 갔어요."

소년의 말을 듣고, 나꽃녀는 문득 이게 무슨 짓이냐 싶었다. 소년의 머리를 쓰다듬어 주었다.

"아, 그렇구나. 맞아. 네 누나가 더 예쁠 거야."

소년도 나름 귀엽게 생겨 어디서 빠지는 외모가 아니다. 그런 소년을 미녀인 나꽃녀가 쓰다듬어주자 그 모습 자체가 하나의 그림처럼 보였다.

마을 사람들이 그걸 보고 웅성거렸다.

"허어. 보통 아가씨가 아닌 거 같아."

"가만. 저기 공자가 마음이 따뜻하다고 했잖아."

"저런 눈부신 미녀를 데리고 다니는 마음이 따뜻한 공자라면 혹시……."

사람들이 서로를 돌아보았다. 시선이 촌장에게로 모아졌다.

촌장의 일 중에는 마을의 대표로 외부인을 상대하는 것도 있다. 사람들의 눈빛에 밀린 촌장이 침을 꿀꺽 삼키고는, 정이산에게 조심스럽게 물었다.

"혹시, 성자님이십니까?"

정이산이 짧게 대답했다.

"아니."

나꽃녀가 웃으며 손을 흔들었다.

"어머. 무슨 되도 않는 소리를. 우리는 그런 거 아녜요."

"하지만 이런 미녀와 함께 다니는 분이시라면……."

나꽃녀도 청송의 지도제작자 고대호의 딸 고소아에게서 성
자에 대한 이야기를 들었다.

"저도 성자님에 대한 소문은 들었어요. 그분께서도 남쪽에
서 올라오신다면서요? 저도 어떤 분인지 꼭 한번 뵙고 싶어
요. 분명히 좋은 분이실 거예요."

마을 사람들이 소곤거렸다.

"성자님께서는 자신은 성자가 아니라고 말씀하신다는 소문
도 있었는데."

"그래도 저렇게 절대로 아니라고 하니……."

"혹시 일부러 그러시는 걸지도……."

아무도 확신하지 못했다. 마을 사람 중에는 성자의 얼굴을
본 사람이 없다.

촌장이 나름대로 결론을 내렸다.

"하긴. 그분께서 마지막으로 목격된 곳이 상주 지방이라는
소문을 들었으니까, 여기 계실 리는 없겠지요."

나꽃녀가 고개까지 끄덕이며 동의했다.

"그러게요. 우리가 상주 지방에 있을 때도 소문을 들었거든
요. 한번 만나보고 싶었는데 기회가 안 닿았어요."

촌장이 놀라 물었다.

"사, 상주 지방에서 오셨습니까?"

"네. 며칠 전까지요."

촌장은 쉽게 판단을 내리지 못했다.

그는 남쪽에서부터 성자가 올라온다는 소문을 들었다. 하지만 정이산과 나꽃녀는 딱 잘라서 아니라고 한다.

'아닌 거 같지만, 혹시 진짜 성자 일행일지도 모르니까……'

일단 말을 조심하기로 했다.

"이거 실례가 많았습니다. 늙은이가 실수를 했다고 생각하고 너그러이 넘겨주시기를."

나꽃녀가 웃으며 손을 흔들었다.

"에이. 뭘 그 정도 가지고 그러세요. 사람 잘못 볼 수도 있죠."

분위기가 좋아졌다 싶자 궁금한 걸 물었다.

"그런데 무슨 일인데 그러세요? 막 싸움을 하려고 하셨잖아요."

어선에 탄 사람들은 서로 상대편을 노려보기만 했다. 새로 나타난 정이산과 나꽃녀가 어떤 사람인지 모른다는 게 싸움을 잠깐이나마 막아주었다.

촌장이 억울하다는 듯이 외쳤다.

"아, 글쎄 저 도적놈들이! 호수의 우리 물에 사는 고기를 함부로 잡아갑니다! 저건 도적질입니다!"

"호수에 혹시 경계라도 그으신 거예요?"

"호수 중심을 경계로, 북쪽은 부동촌 놈들이 고기를 잡고,

남쪽은 우리가 잡았습니다. 제 할아버지 때에도 그렇게 해왔는데, 저놈들이 이제 와서 호수의 칠 할이 자기네 거라고 하잖습니까. 세상에 이런 말도 안 되는 일이 있습니까?"

나꽃녀가 정이산을 돌아보며 감탄했다.

'역시 공자님.'

"우리 공자님께서 그럴 거라고 예측하셨었어요."

촌장의 시선이 자연히 정이산 쪽으로 향했다.

'멀리서 한번 본 것만으로 그걸 짐작해냈다면, 정말 우리를 구원하러 오셨다는 성자일지도……. 하지만 아니라면 진짜 성자님에 대한 실례이니……. 사기꾼일지도 모르고…….'

세상이 험해 사기꾼이 자주 출몰한다. 이미 성자인 척하는 자를 만나보았다. 며칠 잘 접대를 받았지만, 데리고 다니는 여자가 소문만큼 예쁘지 않아서 의심을 샀다. 결국 사기꾼이라는 게 밝혀져서 쫓겨났다.

촌장이 머리 속이 복잡해졌다.

'혹시 건너 마을 놈들이 고용한 사기꾼이라면?'

그 마음이 눈빛에 그대로 드러났다.

정이산이 그 눈빛에 섞인 의심을 알아보았다.

조금 까칠한 말투로 한마디 했다.

"과연?"

나꽃녀는 그 말이 무슨 뜻인지 못 알아들었다.

"예?"

촌장은 알아들었다.

'호수 경계에 대해 내가 한 말을 의심하는구나. 혹시 내가 자기를 의심했다고 기분이 상해서 자기도 나를 의심하는건 가?'

그의 눈빛이 흔들렸다.

"제, 제 말은 정말입니다."

방금 자기가 호수에 대해 한 이야기가 거짓말이 아니라는 뜻이다.

나꽃녀가 머리를 굴렸지만 둘의 대화의 의미도, 일이 어떻게 돌아가는지도 알아채지 못했다. 그래도 정이산이 촌장을 압박하고 있다는 것 정도는 눈치챘다.

그녀가 촌장을 편들어줄 셈으로 정이산에게 물었다.

"공자님. 강 건너 마을 사람들이 나쁜 거잖아요."

"이유가 있다면?"

"예?"

"호수를 빼앗을 자신이 있었다면, 무사라도 고용해서 데려왔어야 하는데, 저 배에 있는 건 전부 어부다. 이대로 싸우면 승자는 없다. 양쪽 모두 여럿 죽겠지."

"음……. 그럼 왜 이길 자신도 없으면서 호수를 넘어온 거죠?"

정이산이 촌장을 쳐다보았다.

"저들은, 호수의 칠 할이 자기네 것이라고 믿고 있으니까. 진심으로. 당당하니까, 당당하게 고기를 잡으러 온 거야."

이제 촌장이 몸까지 가늘게 떨었다. 그가 호통을 쳤다.

"성자가 아니라면 가던 길이나 가시오! 이건 우리 마을과 저 마을 사이의 일이니!"

"싫다."

"뭐, 뭐요?"

정이산이 앞으로 성큼성큼 걸어갔다. 앉아서 쉴 수 있는 평상이 몇 개 설치되어 있었다. 평소에 배를 타는 사람들이 쉬는 곳이다.

정이산이 짧게 말했다.

"밥."

나꽃녀는 당황했다.

"공자님. 지금 밥 내놓으라고 할 분위기가……."

"밥."

같은 말이 두 번이나 나왔다. 나꽃녀가 염치는 없지만 어쩔 수 없이 촌장에게 말했다.

"촌장님. 우리 공자님 드실 밥 좀 주세요. 공자님이 이 문제에 확실히 개입하기로 결정하셨어요. 평상이 좀 더럽네요. 밥 가져오실 때, 돗자리 같은 거 있으면 그것도 좀 챙겨주시고요. 우리 공자님 차도 잘 드시는데. 아, 혹시 인삼주 있으세요?"

촌장이 당황해 입만 뻐끔거렸다.

"우리가 그래야 할 이유가……."

"아이참. 어서요. 우리 공자님 화나면 엄청 무서우세요."

정이산이 한마디 더 했다.

"오라 그래."

나꽃녀가 호수에다가 대고 소리를 질렀다.

"강 북쪽 마을 분들! 우리 공자님께서 좀 오시래요! 거기 배 돌리는 분! 그러다 잡히면 혼나니까 얼른 오세요!"

그런다고 올 리가 없다.

나꽃녀가 정이산을 돌아보았다.

"공자님. 그냥 가려나본데요?"

정이산이 호수 쪽을 슥 보았다. 크기는 주먹만 하고 제법 납작한 돌이 하나 굴러다녔다.

발로 돌멩이를 툭 찼다.

바로 앞은 호수다. 돌이 수면 위를 낮게 비행했다. 간간이 물에 부딪칠 때마다 통통 튀었다. 돌이 닿은 부분마다 하얀 포말이 분수처럼 솟아올랐다.

사람들이 엄청난 거리를 제비처럼 날아가는 물수제비를 보며 입을 벌렸다.

"어, 어, 어……. 저거 저러다가……. 어, 어……."

돌이 물 위를 통통 튀며 고깃배들이 있는 곳까지 날아갔다. 마지막 순간에 톡 튀어오르더니, 도망치려고 노를 젓던 사람의 어깨에 정확히 부딪쳤다.

"으악!"

비명소리가 강 이쪽까지 들렸다.

아프기는 하지만, 딱히 뼈나 근육을 손상시키지는 않았다.

대신에 확실한 겁을 주었다.

촌장이 놀라서 입을 떡 벌렸다.

"저, 저기까지 물수제비를……. 게다가 맞췄어. 정확히 맞췄어."

보통 사람은 돌을 발로 차서 이 정도까지 하지 못한다. 가능한 인간은 한 종류밖에 없다.

"무공 고수!"

마을 사람들은 물론, 배에 탄 사람들까지 겁을 먹었다.

세상이 험하다. 마두의 손에 마을이 몰살당하는 사건이 심심치 않게 일어난다.

그들은 정이산이 마두일지도 모른다고 생각했다.

촌장도 그런 의심을 했다.

'성자는 무슨. 까칠하게 구는 게 아무래도 마두 같아.'

배에 탄 사람들은 이대로 도망치고 싶었다. 하지만 그러지 못했다.

'마두의 심사를 거슬렀다가 잘못하면 마을이 날아갈 거야.'

북쪽 마을 사람들이 어쩔 수 없이 배를 저어 남쪽으로 내려왔다.

나꽃녀가 가슴을 쓸어내렸다.

"휴우. 일단 싸움은 멈췄네."

第四章

정이산이 돗자리까지 깔린 평상에 앉아 부침개를 집어먹었다. 나꽃녀는 그의 곁에서 사람들을 구경했다.

두 사람의 앞에서, 호수 남쪽 중금촌의 촌장이 북쪽 부동촌 사람들에게 삿대질을 했다.

"이 호수를 반씩 갈라 자기 쪽에서만 고기를 잡은 건 내 할아버지 때에도 지켜지던 약속이다!"

북쪽 사람들도 할 말은 있다.

"그건 옛날이야기지!"

"불과 얼마 전까지도 당연하던 일을!"

나꽃녀가 정이산에게 말했다.

"확실히 북쪽 분들이 잘못 했네."

남쪽 촌장이 그 말소리를 듣고 기가 살아서 소리쳤다.

"봐라! 성자님 비슷한 분이 데리고 다니는 아가씨께서 너네가 잘못했다고 하시잖아!"

북쪽 사람들도 지지 않았다.

"이건 우리의 정당한 권리다!"

남쪽 촌장은 나꽃녀가 편들어준 기회를 놓치지 않고 얼른 정이산에게 다가가 말했다.

"보십시오. 저놈들의 억지를! 그 오랜 세월 동안의 규칙을 어겼습니다. 단매로 버릇을 고쳐주십시오!"

정이산이 단번에 거절했다.

"싫다."

"예? 하, 하지만, 방금 같이 계신 아가씨께서 저놈들이 잘못했다고 하셨잖습니까?"

"그래서?"

남쪽 촌장이 나꽃녀를 쳐다보았다. 응원이라도 해주기를 바라서다.

나꽃녀가 못 본 척 시선을 다른 쪽으로 돌렸다. 자기가 응원해 봤자 씨도 안 먹힌다고 판단했다.

'역효과나 안 나면 다행이지.'

정이산이 남쪽 촌장을 박대하자, 북쪽 마을 사람이 옳다 싶어서 다가왔다.

"그럼 제 말 좀 들어 보십시오."

"싫다."

"예?"

양쪽 다 당황했다.

그들은 정이산을 어떻게 대해야 할지 몰랐다.

나꽃녀가 그때서야 슬그머니 끼어들었다. 먼저 북쪽 사람에게 물었다.

"저기요. 원래부터 둘이 사이좋게 나눠서 고기를 잡던 호수라면서, 왜 남쪽 물에 욕심을 내시는 거예요?"

북쪽 사람이 억울하다는 듯이 자기 가슴을 쾅쾅 쳤다.

"우리가 샀으니까요!"

"어머. 물을 어떻게 사요? 누구한테요?"

"저 중금촌의 촌장한테요! 우리 마을에서 돈이란 돈은 다 모아서 줬는데!"

나꽃녀가 눈이 동그래져서 남쪽 마을 중금촌의 촌장을 돌아보았다.

"어머. 이제 보니 나쁜 사람이네. 자기가 팔아놓고!"

남쪽 마을 촌장이 손을 격렬히 흔들었다.

"난 판 적 없습니다!"

나꽃녀가 가느다란 허리 옆을 두 손으로 짚으며 따졌다.

"한 명은 샀다 그러고 다른 한 명은 팔지 않았다고요? 그럼 둘 중 한 명이 거짓말을 하는 거니까, 거짓말쟁이만 잡으면 누구 잘못인지 알겠네요!"

나꽃녀는 이제 문제가 다 해결됐다고 생각했다.

'이번 일은 별로 어렵지도 않네. 내가 해결할 수도 있겠어.'

그녀는 정이산이 그동안 몇 건의 사건을 해결하는 걸 보았다. 그때보다 훨씬 쉬운 일이라고 생각했다.

어깨를 으쓱거리며 정이산을 돌아보았다.

"공자님. 둘 중 하나가 범인이죠?"

"아니."

그녀가 살살 웃었다.

"어머. 공자님. 또 그러신다. 거짓말한 사람만 찾으면 되잖아요. 그럼 누구 잘못인지 알 수 있잖아요."

"따지냐?"

"아니, 그게 아니라⋯⋯."

어쩐지 억울했다. 슬쩍 따져보았다.

"그래도 이건 제가 잘한 거잖아요. 거짓말한 사람만 찾으면 되잖아요."

"거짓말한 사람 없다."

"어머. 이제 억지까지 부리시네. 잘 보세요."

나꽃녀가 북쪽 마을 사람에게 물었다.

"이봐요. 저기 서 있는 저 촌장에게 호수를 샀다고 했죠?"

북쪽 마을 사람이 고개를 가로저었다.

"전 그런 말 한 적 없습니다."

116

나꽃녀의 입이 벌어졌다.

하도 어이가 없어서 잠시 멍하니 있다가 조금 높아진 목소리로 따져 물었다.

"조금 전에 그랬잖아요! 저 마을 촌장에게서 샀다고."

"그랬지요."

"그런데 이제 와서 아니라니! 저 촌장에게 샀으면서!"

북쪽 마을 사람이 그때서야 나꽃녀가 뭘 잘못 생각하고 있는지 깨달았다.

"아, 그게……."

"뭐가 그게예욧!"

"저 사람은 물을 판 촌장이 아닙니다만?"

나꽃녀의 눈이 동그래졌다.

"예?"

"물을 판 건, 저번 촌장이고, 저 사람은 남쪽 마을에서 책임을 회피하려고 새로 뽑은 새촌장입니다."

남쪽 마을 촌장이 질세라 소리를 질렀다.

"회피라니! 그 사기꾼 놈에게 속은 너희가 잘못이지!"

북쪽 사람도 악을 썼다.

"우리가 뭘 잘못해! 호수 물을 살 때까지만 해도 그놈이 촌장이었잖아!"

"촌장 자리가 뭐 대단하다고 호수를 팔겠다는 말만 믿고 돈을 줘? 우리가 호수를 왜 팔겠어? 애초에 말도 안 되는 소리를 믿은 멍청한 너희 잘못이다!"

"뭐가 어쩌고 어째? 이 새끼들이!"

양쪽의 분위기가 더 험악해졌다. 삽을 꺼내는 사람들도 있었다. 몇 명은 숨겨둔 식칼을 잡았다.

나꽃녀가 당황해서 외쳤다.

"잠깐요!"

사람들이 그녀를 쳐다보았다.

그녀가 얼른 정이산에게 말했다.

"공자님 말씀이 맞네요. 거짓말한 사람은 없어요. 어쩜. 그걸 다 딱 보고 그냥 아세요?"

정이산이 어깨를 살짝 으쓱했다.

나꽃녀가 그 어깨몸짓을 보고 뒤로 한 걸음 물러났다.

'휴우. 다행이다. 공자님이 으쓱하시는 걸 보니 해결하실 건가 보다. 이제 어떻게든 되겠네.'

정이산이 북쪽 마을 사람에게 물었다.

"전임 촌장에게 돈을 주고 샀지?"

"예! 글쎄 그놈이 그때까지는 분명히 촌장……."

정이산이 손을 들어 말을 막고는, 남쪽 촌장에게 물었다.

"촌장은 그 돈을 혼자 먹고 튀었지?"

남쪽 촌장의 표정이 대번에 밝아졌다.

"맞습니다. 우리는 철전 한 닢도 본 적이 없……."

다시 손을 들었다. 촌장이 조용해졌다.

다들 정이산의 입에서 무슨 말이 나올지 궁금해서 쳐다보기
만 했다.

　　어차피 양쪽 마을의 힘은 비슷하다. 정이산이 누구 편을 들
어 주냐가 승패에 엄청난 영향을 끼친다.

　　사람들이 궁금해함에도 불구하고, 정이산은 다음 말을 하지
않았다. 그냥 부침개만 하나 집어먹었다.

　　다들 정이산에게 함부로 캐묻지 못하고, 초조함에 발만 동
동 굴렀다.

　　나꽃녀가 상황을 깨닫고 대신 물어봐주었다.

　　"공자님. 둘 중 누구 잘못이에요?"

　　정이산이 그때서야 대답했다.

　　"둘 다."

　　"예?"

　　정이산이 북쪽 마을 사람을 가리켰다.

　　"촌장 한 명의 말만 믿고 큰돈을 순순히 내줬어. 만약 일이
잘못 돼도 호수를 차지할 명분을 얻을 수 있다는 꿍꿍이가 있
어서야."

　　"잘못 될 줄 알았다는 거예요?"

　　"아니. 기본적으로는 촌장을 믿었지만, 수상하다는 생각은
했어. 호수의 어업권이라고 하는 건, 한 마을이 일시적으로 모
을 수 있는 돈보다 훨씬 큰 가치가 있으니까."

　　"그런데 왜 그냥 진행한 거예요? 잘 알아보지도 않고?"

"설사 일이 잘못 된다 하더라도 지금처럼 강짜를 놓으면 된다고 생각했지. 어떻게든 호수를 차지할 수만 있으면 되니까."

북쪽 마을 사람들이 몸을 움찔거렸다. 나꽃녀의 눈에는 그게 대답으로 보였다.

남쪽 마을 촌장이 큰소리를 쳤다.

"거봐. 너네가 잘못……."

정이산이 남쪽 마을 사람들을 가리켰다.

"그런 큰 사기 사건을 저지르는데, 저들 중에 냄새를 맡은 자가 하나도 없다는 건 말이 안 돼. 몇 명쯤은 잔심부름을 하기도 했겠지. 최소한 그 몇 명은 눈치를 챘어."

이번에는 남쪽 마을에서 몇 사람이 몸을 떨었다.

나꽃녀가 물었다.

"그런데 왜 말리지 않은 거죠?"

"큰돈이 들어오는 일이니까. 촌장에게는 단독으로 호수를 팔아먹을 권한이 없으니까. 어떻게든 떡고물이 떨어지고, 손해는 보지 않을 거라고 믿었겠지."

나꽃녀가 두 손을 가는 허리에 짚고 눈꼬리를 올리며 물었다.

"너무하네요. 도대체 양쪽 다 왜들 그랬대요?"

정이산의 결론은 간단했다.

"그게, 자기들에게 가장 이익이니까."

"그러니까, 양쪽 모두 잘못이 있다는 말씀이네요."

두 마을 모두 딱히 변명하지 못했다. 정이산의 말은 모두 사실이었다. 양쪽 마을 사람들 모두 그걸 안다.

만약 정이산이 힘없는 사람이라면 쫓아내고 자기들끼리 다시 싸우면 된다.

하지만 정이산이 보여준 무공이 문제다. 게다가 정이산이 어쩌면 소문의 성자일지도 모른다는 생각에 그들은 억지를 부리지 못했다.

나꽃녀는 기분이 너무 좋아서 몸이 붕붕 뜨는 것 같았다.

'아아, 공자님이 이렇게 자세히 답을 해주시다니. 내가 질문해서 그러신 거겠지?'

그녀가 환한 표정으로 정이산에게 판결을 물었다.

"그럼 어떻게 해야 공정하죠?"

다들, 정이산의 입만 바라보았다.

정이산이 잠시 뜸을 들여 사람들 속을 타게 한 후, 드디어 입을 열었다.

"남쪽 마을은, 북쪽 마을이 사기당한 돈의 절반을 물어줘."

북쪽 마을 사람들이 만세를 불렀다.

"와아!"

"정말 공정하십니다!"

남쪽 마을 사람들이 볼멘소리를 했다.

"이건 너무 일방적이잖아!"

정이산이 말을 이었다.

"대신에, 호수의 어업권 경계는 예전처럼 중심으로 바꾼다."

이번에는 북쪽 마을 사람들이 항의했다.

"우리가 내놓은 돈이 얼마인데, 겨우 반만 돌려받고 원상복구라니!"

양쪽 모두 항의했다.

"이건 불공평해!"

"우리가 할 소리. 불공평해!"

그의 판결에 아무도 만족하지 않았다.

나꽃녀가 당황했다.

"공자님. 판결 내리신 거는 좋은데요. 사람들 분위기가……."

"그래서?"

"예? 그래도……. 이대로면 문제가 해결되기는커녕 더……."

양쪽 마을 사람들 전부 다 불만에 가득 차서 정이산을 쳐다보았다. 감히 무기를 뽑지는 못했지만, 모든 사람이 불행해했다.

그러거나 말거나, 정이산은 신경도 쓰지 않고 부침개만 하나 더 집어먹었다. 나꽃녀에게 권하기까지 했다.

"먹어봐."

나꽃녀는 한가하게 그걸 먹을 여유가 없다. 그녀가 속으로 생각했다.

'혹시 저 사람들이 처음에 공자님을 함부로 대한 것 때문에, 일부러 골탕 먹이려고 이상한 판결을 내리신 걸까?'

얼른 머리를 가로저었다.

'그러실 리가 없지.'

"공자님. 그래도, 뭔가 좋은 방법이 있으시잖아요."

사람들의 시선이 모두 정이산에게 향했다.

정이산이 젓가락을 느긋하게 내려놓았다. 사람들이 긴장해서 침만 꼴깍 삼켰다.

정이산은 차까지 한 모금 마신 후에야 입을 열었다.

"도망친 촌장, 잡아주지."

나꽃녀가 손뼉을 쳤다.

"아, 그러면 되겠네요! 촌장을 잡아서 돈을 도로 찾으면, 손해 보는 쪽 없이 예전 상태로 돌아가겠네요."

사람들의 표정이 그때서야 풀렸다. 정말 그렇게만 된다면 모든 문제는 단번에 해결된다.

다만, 도망친 촌장을 잡는다는 보장이 없다.

남쪽 마을 촌장이 조심스럽게 물었다.

"저기, 정말 잡을 수 있으십니까?"

정이산이 짧게 말했다.

"어."

나꽃녀가 곁에서 큰소리를 쳤다.

"우리 공자님께서 상주 지방의 어촌에서부터 여기까지 올라오시는 동안 해결하신 일이 한두 개이신 줄 알아요? 훨씬 어려운 일도 다 해결하셨어요. 그러니까 믿으세요. 공자님이 잡아주신다고 하면, 그 사기꾼은 잡은 거나 다름없어요."

정이산은 필요하다면 능력을 약간 드러내서라도 사람들이 자기 말을 믿게 하려고 했다.

그럴 필요가 없었다. 사람들은 그녀의 말을 듣고 안심했다.

"아아, 역시."

"다행이다."

오히려 나꽃녀가 당황했다.

"에? 다들 너무 쉽게 안심하시네?"

*   *   *

마을의 분쟁은 해결되었다. 북쪽 마을 손해의 절반을 남쪽 마을이 물어주기로 했다.

정이산은 남쪽 마을에서 약간의 식량과 도시락 등을 보충했다.

떠나기 전에 나꽃녀가 길을 물었다.

"구곡폭포라고 아세요?"

촌장이 깜짝 놀라 물었다.

"구곡폭포요? 소문은 들었지요. 거기는 사지(死地)라서, 들어가면 목숨이 위험하다지요. 그래서 우리는 거기 발도 안 들여놓는데……."

"거기가 이 강을 따라가면 되나요?"

"우리 강은 아니고요. 더 북쪽으로 가다보면 커다란 강이 나옵니다. 그 강을 따라 올라가다보면 나오는데……."

나꽃녀가 지도를 확인했다.

"아, 그럼 우리가 있는 데는 여기 아래 이 강이구나."

비로소 현재 위치를 정확히 잡았다.

정이산과 나꽃녀는 곧바로 출발했다. 원래는 이 마을에서 자려고 했었지만, 분쟁과 얽힌 후로는 그런 생각을 버렸다. 남아 있으면 분쟁 조정 회의에 참가해야 한다.

귀찮았다.

대신에 멀지 않은 곳에 다른 마을이 있다는 이야기를 듣고 그쪽으로 떠났다.

그들이 떠난 후에, 남쪽 마을의 촌장이 말했다.

"역시 성자님이겠지?"

북쪽 마을 사람이 동의했다.

"남쪽 어촌에서부터 올라오면서 사람들을 구원해 오셨다잖습니까. 틀림없이 성자님이시죠."

나꽃녀는 구원했다는 말은 하지 않았다. 하지만 사람들은 그녀의 말을 그렇게 받아들였다.

"성자님은 자기가 성자가 아니라고 한다더니, 그것도 들은 그대로고."

"성자님이 촌장을 잡아준다고 하셨으니, 틀림없이 잡으시겠죠."

"당연하지. 우리를 구원하러 오신 성자님 말씀이니까 내 믿고 합의한 거 아닌가?"

*   *   *

나꽃녀가 마차를 몰다가 정이산에게 물었다.

"공자님. 그런데 그 사기꾼 촌장은 어떻게 잡으실 거예요?"

"몰라."

"예?"

"모른다고."

나꽃녀가 놀라서 말을 살짝 더듬었다.

"도, 동구 아저씨라도 불러서 찾아보라고 하실 거 아녔어요?"

"동구 없다."

"무, 물론 지금 여기에는 없지만……. 그럼 왜 그런 말씀을 하신 거예요?"

"그게 최선이니까."

"예?"

"그냥 놔두고 가면, 누가 이익이지?"

"이, 이익……은 몰라도, 어쨌든 그 사람들에게 거짓말을 하셨잖아요. 다들 공자님을 믿었는데……."

"내가 그냥 가면 그 싸움이 다시 이어져."

"그래도……."

"싸움터가 물 위야. 한두 사람 죽는 걸로 안 끝나."

"그런 일로 정말 사람이 죽나요?"

"생존이 걸린 일이니까 물러서지 않아. 싸움이 매일 이어지고, 싸우다 죽는 사람이 늘어나고, 원한은 원한을 불러 계속 싸우겠지. 가족이 살해당한 원한은 너무 깊어서, 한쪽이 다 죽을 때까지 풀리지 않아. 외부 무사라도 끌어들이기 시작하면 양쪽 다 망해. 돈을 버는 건 무사들뿐."

나꽃녀가 듣기에 정이산의 말이 그럴듯하다.

"하, 하긴. 그런 상황까지 가는 것보다는 공자님한테 사기 한 번 당하는 게 낫겠네요."

사기라는 말에 정이산의 눈썹이 살짝 비틀렸다.

마차 안을 힐끗거리던 나꽃녀가 그 표정 변화를 보고 깜짝 놀라 말을 돌렸다.

"좋은 뜻으로 한 일인데 공자님만 욕을 먹잖아요."

정이산이 아무렇지도 않게 대답했다.

"익숙해."

나꽃녀가 멈칫했다.

그녀는 잠시 아무 말도 못했다. 그 짧은 말에서 정이산이 살아온 시간이 아주 조금 느껴졌다.

가슴이 조금 아팠다. 눈에 눈물이 살짝 맺혔다.

이내 방긋 웃었다. 눈웃음을 살살 치며 물었다.

"공자님. 방법을 모르셔서 그렇지, 그 촌장이 어디 있는지만 알면 잡기는 하실 거죠?"

"눈앞에 보이면."

"예? 아, 예."

*   *   *

천마교주 정이산의 근접경호대장 복동구가 투덜댔다.

"교주님을 못 찾아서 큰일 났네. 또 어디서 사고나 치면서 욕만 잔뜩 먹고 있을 텐데."

부하인 경호무사가 맞장구를 쳤다.

"교주님이 욕먹는 게 어디 한두 번이어야지요."

"욕먹는 걸 즐기나봐."

"에이. 설마요. 그런 의심이 안 드는 건 아니지만 그렇다고 교주님보고 변태라고 하시면 안 되죠."

복동구가 펄쩍 뛰었다.

"이놈 봐라? 너 또 내가 교주님보고 변태라고 했다고 나중에 이르려고 그러냐?"

"제가 언제 일렀다고 그러십니까?"

"개기는 거 봐라? 에라이. 그러니까 우리가 마교보다 더한 놈들이라고 욕을 먹는 거야."

"아, 그게 왜 제 탓……."

복동구가 갑자기 표정을 굳히며 손을 들었다.

"쉿."

구경하던 경호무사들까지 전부 입을 다물고 주변을 살폈다. 아주 작은 소리가 들렸다.

"저쪽인데요?"

"더럽게 많이 오네요."

복동구가 입맛을 다셨다.

"정보대로야. 마교가 우리를 잡으려고 병력을 엄청나게 많이 동원했다."

"정말 우리를 잡으러 오는 걸까요? 무림맹 상주지부가 목표라는 분석도 있습니다만?"

"일은 우리가 저질렀는데 왜 무림맹을 공격하겠어? 하여간 난 교주님이 시키는 대로 한 것뿐인데, 마교 놈들은 왜 나한테 오는 거야? 교주님한테 가지."

"그러게요."

"이게 다 교주님 탓이야. 하여간 욕먹을 짓만 골라서 하신다니까."

정이산과 나꽃녀가 마차를 타고 가는 길은 조금 험하지만 그래도 마차 한 대가 움직이기 충분할 만큼 넓었다.

길을 넓게 닦는 데는 돈이 많이 든다. 그래서 길은 꼭 필요한 만큼의 넓이만 가진다.

지금 이 길은 마차 한 대에게는 충분히 넓지만 두 대가 교차해서 지나갈 정도까지는 아니다. 가끔 마주 달려오는 마차나 수레가 있을 때는 둘 중 하나가 길 바깥으로 피해 주어야 한다.

그래도 걷는 것에 비하면 그 정도 불편은 아무것도 아니다.

주로 마차를 길옆으로 빼는 건 나꽃녀였다. 가끔은 상대가 먼저 피해 주기도 한다.

저만치 앞에서 오던 마차가 길 바깥쪽으로 마차를 뺐다. 나꽃녀가 그걸 보고 반가워했다.

"어머. 고마워라."

길가에 멈춘 마차와 가까워졌을 때, 방긋 웃으며 고개를 살짝 숙여 인사했다.

인사의 대답으로, 상대 마차의 마부가 수리검을 던졌다.

수리검은 손아귀 안에 들어갈 정도로 작은 칼이다. 크기가 작은 대신에 그 날은 면도를 해도 좋을 만큼 예리하다.

나꽃녀가 비명을 질렀다.

"꺅!"

날아오던 수리검이 중간에서 벽에라도 부딪친 것처럼 튕겨 반대편으로 날아갔다.

어느새 정이산이 마차 밖에 나타났다.

정이산이 쳐낸 수리검은 던졌을 때보다 더 빠른 속도로 날아가 마부의 가슴에 박혔다.

"케엑!"

다음 순간, 상대편 마차 안에서 고함소리가 터져 나왔다.

"실패다!"

"쳐라!"

마차 문이 벌컥 열렸다. 마차 안에 숨어 있던 암살자 네 명이 동시에 튀어나오려고 했다.

열린 문이, 부서질 듯 거칠게 닫혔다. 암살자가 마차에서 빠져나오기 전이다.

정이산이 어느새 적의 마차 문 바로 앞에 서 있었다.

마차 안에서 정이산을 본 암살자들은 깜짝 놀랐다.

"언제?"

놀라고 있을 틈은 없다. 숙련된 암살자답게, 당장 수리검과 표창, 독탄까지 꺼냈다.

정이산이 마차와 말을 연결한 가죽끈들을 손으로 툭 쳤다. 질긴 가죽끈이 칼에 베인 것처럼 잘렸다.

그리고는 마차를 손바닥으로 미는 듯이 쳤다.

손의 크기는 평범했지만, 손바닥에서 뿜어진 기운의 크기는 어마어마했다. 마치 거인이 손바닥으로 마차를 때리는 듯했다.

마차가 옆면이 우그러들었다. 마차의 무게로는 그 충격을 버티지 못하고 옆으로 날아갔다.

마차 안에서 암살자들이 비명을 질렀다.

"으아악!"

막 던지려던 표창과 수리검이 마차 안을 튕겨다녔다. 몇 개는 암살자들의 몸에 꽂혔다.

암살자 중 하나가 가지고 있던 독탄이 충격을 이기지 못하고 터졌다.

독탄은 원래 물리적인 파괴력은 별 볼일이 없다. 독탄이 폭발하는 건 그 독을 가능한 한 빠르게 퍼트리기 위해서다.

폭발한 독탄의 힘은 약해서 마차의 외벽을 부수지 못했다. 결국 뿜어져 나온 독이 마차 안을 가득 채웠다.

원도 지방은 산이 많고 길이 험하다. 길가 조금 떨어진 곳에 급격한 경사의 계곡이 있다.

밀려난 마차가, 그 계곡 아래로 굴러 떨어졌다. 성인 남자 키의 열 배 정도 되는 높이의 계곡을 데굴데굴 굴렀다. 마차의 골격이 부러지고 외벽이 부서졌다. 그러다 바닥의 자갈밭에 처박혔다.

마차에서 아무도 살아나오지 못했다. 표창과 수리검에 다치고, 독탄의 독에 중독된 후에 계곡에까지 떨어졌다. 그중 하나라도 심각한데 세 개나 겹친 상태에서 살아날 수는 없다.

마부는 계곡 위, 길가에 쓰러져 죽어 있었다. 마차를 끌던 말은 이미 도망치고 없었다.

나꽃녀가 긴장으로 침을 꼴깍 삼킨 후, 마차에서 내려 조심스럽게 다가왔다.

"공자님. 누구예요?"

"마교겠지. 나를 아는 놈이라면 이런 약한 놈들을 보낼 리 없으니까."

"예? 마교가 왜 공자님을 노려요?"

정이산이 나꽃녀를 돌아보았다. 나꽃녀가 그때서야 자기 머리를 콩 때렸다.

"아, 요즘 공자님이 마교를 좀 많이 괴롭혔죠?"

딱히 대답하지는 않았다.

나꽃녀가 물었다.

"아, 그리고 공자님을 아는 놈은 또 누구예요? 누구랑 원한 같은 거 있으세요?"

정이산이 대답 없이 마차에 올라탔다. 나꽃녀가 그걸 보고 깜짝 놀라 물었다.

"공자님. 이거 그냥 놔두고 가요?"

"그럼?"

"시체를 숨긴다든지, 증거를 없애기 위해서 태워 버린다든지, 아니면 어디 강 같은 데를 찾아서 돌에 묶어서 빠뜨려 버려야 하는 거 아네요?"

시체 처리 계획이 꽤나 구체적이었다.

"너, 나랑 다니면서 많이 변했구나."

바닷가에서 처음 구했을 때의 나꽃녀라면 이런 생각은 하지도 못했다. 시체를 처음 봤을 때만 해도 겁먹은 병아리 같았다.

그런데 어느새 시체 처리 방법을 궁리해댔다.

나꽃녀가 당황해서 말했다.

"아니, 저는 그저, 공자님의 안전을 위해서……."

"기억이 돌아오는 건가?"

나꽃녀의 표정이 창백해졌다.

"서, 설마, 제가……. 제가 막 시체 같은 것도 많이 만들고……. 그러니까, 사람도 막 죽이고 그런……. 어머. 제가 그런 악녀였으면 어떻게 해요?"

정이산이 바들바들 떠는 나꽃녀를 물끄러미 보다가 한마디 던졌다.

"설마."

"그, 그렇죠?"

"가자."

"예."

        *   *   *

정이산과 나꽃녀가 떠나고 시간이 한참 지난 후에, 무사 한 명이 현장에 나타났다.

그는 주변을 살피며 조심스럽게 다가왔다.

"이곳이 습격 예정지였는데……. 아무도 돌아오지 못했다는 건 실패했다는 뜻. 목표물의 능력이 예상 이상이라는 건가?"

현장에서, 마부의 시체를 발견했다. 가슴에 꽂힌 수리검도 확인했다.

"흐음. 목표물은 수리검을 쓰는군."

수리검에 이름을 써놓은 것도 아니다. 그것이 마부의 무기라는 걸 알아보지는 못했다. 당연히 정이산이 던졌다고 생각했다.

"그런데 마차는 어디 있는 거야?"

바닥에 바퀴가 긁힌 흔적이 제법 남아 있었다. 흔적을 따라다니며 단서를 찾다가 계곡 아래에 처박힌 마차를 발견했다.

"뭐야. 이거."

계곡면의 경사가 급하다고 하지만, 무공을 익힌 사람이 내려가기는 어렵지 않은 정도다.

무사가 성인 남자의 키 열 배쯤 되는 높이의 계곡을 내려갔다. 마차 근처에서 코를 막았다.

"독? 목표물이 독을 사용해? 정보와 다른데?"

코를 막고 조심스럽게 다가가 마차 안을 힐끗 보았다. 그리고는 후다닥 물러났다.

"젠장. 저 녀석이 가지고 있던 독탄이 터졌군."

위를 보고 다시 마차를 보았다. 결론을 내렸다.

"어떤 이유인지 모르지만 마부가 먼저 정체를 들켰어. 마부가 수리검을 맞고 마차에서 떨어지고, 놈은 말을 연결한 끈까지 다 끊어 버렸군. 마차는 말이 없으니까 방향을 잃고 계곡 아래로 떨어진 거야. 일이 너무 빨리 진행돼서 안에 탄 놈들은 마차에서 나와 보지도 못하고 다 죽었고."

마차를 계곡 아래로 날려 버린 게 정이산이라는 건 알아보지 못했다. 마차가 너무 많이 부서져서다.

실제 일어난 일과는 많이 다른 결론이지만, 그는 자신의 판단을 믿었다.

"목표물은 생각보다 판단이 빨라. 말을 그렇게 빨리 마차에서 떼어놓으려면 무공도 꽤 높은 편인 것 같고."

죽어 버린 암살자들을 욕했다.

"무능력한 놈들. 마차에서 재빨리 빠져나왔으면 싸워볼 만했을 텐데."

　　　　　*　　　　*　　　　*

　암살 실패 보고는 전서구보다 훨씬 빠른 전서응에 의해 곧바로 마교 본부로 날아갔다.

　마교 군사 피반뇌가 보고했다.

　"암살에 실패했습니다."

　교주 마상진이 물었다.

　"어느 암살?"

　"그, 소문에 성자라고까지 불리는 놈 있잖습니까? 저번에 처리하라고 하신……."

　"그거 말이군. 그런데 왜 실패했을까? 그 정도 암살자들이면 충분히 죽일 수 있다고 했잖은가?"

　"보고에 의하면, 놈이 먼저 눈치채고 마부를 제거했다고 합니다. 그래서 마부 없는 마차가 계곡에 굴러 떨어져서……."

　마상진이 인상을 구겼다.

　"지금 마차 사고로 암살자들이 죽어 버렸다는 말을 하려는 건 아니겠지?"

　"죄송합니다. 마차 안에서 대기하던 놈들 중 하나가 독을 사용하는데, 그만 마차사고 당시에 독탄이 터져서 전멸을 한 것 같다는 보고입니다."

　마교 교주 마상진이 혀를 찼다.

　"쯧쯧. 명색이 암살자라는 놈들이 마차사고로 전멸해? 싸우다 죽었다면 모를까. 내가 요즘 아랫것들을 너무 많이 풀어줬나 보군. 다들 긴장이 풀렸어."

피반뇌의 어깨가 움츠러들었다.

"뭐라 드릴 말이 없습니다."

"책임자를 잡아서 탄광에 보내게."

"그게……. 죽어 버린 마부가 바로 작전 책임자라서……."

"죽어도 싼 놈이었군. 그럼 그 위에서 작전을 기획한 놈을 찾아서 탄광에 보내게."

피반뇌가 몸을 부들부들 떨었다.

"그, 그게……."

"왜? 무슨 문제라도 있는가?"

"그, 그게 작전을 기획한 사람이 바로 저라서……."

마상진이 피반뇌를 물끄러미 보았다. 피반뇌는 말도 하지 못하고 고개만 숙였다.

마상진이 편안한 목소리로 물었다.

"군사. 요즘 새 첩을 들였다지? 밤마다 무리하나 보군. 그래서야 어디 교의 일을 제대로 하겠나?"

피반뇌의 얼굴이 사색이 됐다.

"다, 당장 내치겠습니다."

"그래야지."

마상진은 더 이상 책임을 추궁하지 않았다. 피반뇌가 목에 흐르는 땀을 닦으며 보고했다.

"저, 그런데……. 다른 문제가 생겼습니다."

"다른 문제라 하면, 상주 지방의 일이겠지? 무림맹 놈들 저항이 생각보다 거센가?"

"무림맹 상주지부는 자기네 근거지에 틀어박혀 있어서 아직 전투가 시작되지 않았습니다."

"간 보는 단계군. 그런데 무슨 문제가 있나?"

마상진이 다시 인상을 썼다.

"설마 혈검군단 쪽에 문제가 생긴 건 아니겠지?"

피반뇌가 깜짝 놀라 급히 말했다.

"아닙니다. 그 소문의 성자라 불리는 놈 말입니다."

"세상 물정 모르고 정의감만 가지고 설치는 놈이 왜 성자인가? 그리고 암살 실패 보고는 이미 들었네만?"

"진행 방향이 좀 문제가 있습니다."

"왜? 여기로 오고 있기라도 하나?"

마상진이 피식 웃었다.

"그렇다면 죽고 싶어 환장한 놈이고."

"그게, 아니라, 지금 진행방향도 그렇고, 또 사람들에게 길을 물어본 것도 그렇고……. 목적지가 어쩌면……."

"그래. 어딘가?"

마교 군사 피반뇌가 망설이다가 말했다.

"구곡폭포일 수도 있겠다 싶어서……."

마교 교주 마상진의 표정이 싹 변했다. 바람도 없는데 옷깃이 펄럭였다. 눈에 살기를 띠고 의자에서 천천히 일어났다.

"지금 구곡폭포라 했나?"

*　　　*　　　*

정이산과 나꽃녀는 경치 좋은 곳에 마차를 세워놓고 식사를 챙겼다.

나꽃녀가 작은 솥에 밥을 했다. 냄비에 찌개도 끓였다. 주로 말린 식재료들이라 요리하기 불편했다. 그래도 그녀가 솜씨를 발휘하자 꽤 맛있는 찌개가 나왔다.

정이산과 밥을 먹을 때는 양보를 하면 안 된다. 그것이 나꽃녀가 배운 생존법이다. 찌개에 들어 있는 고기 같은 걸 정이산에게 양보했다가는 진짜로 국물과 야채만 먹는 수가 있다.

둘이 부지런히, 맛있는 것부터 골라먹었다. 나머지 국물에 밥까지 말아 싹싹 비웠다.

나꽃녀가 물었다.

"공자님. 맛이 어때요?"

정이산이 만족한 듯 배를 쓰다듬던 손을, 그녀가 맛을 묻자마자 슬그머니 치웠다.

"더 분발하도록."

"네. 네. 그래야죠."

어쨌든 맛없다는 소리는 안 들었다.

'엄청 맛있으셨나보다.'

그녀가 마차에서 물통을 내려 그 물로 식기를 간단히 설거지하며 물었다.

"그런데 공자님. 구곡폭포에 가면 정말 제 과거를 알 수 있을까요?"

"모른다."

"그래도 그 그림 배경이 구곡폭포고, 거기 그려진 여자 그림이 저랑 많이 닮았으니까, 뭔가 있기는 있겠죠?"

"없는 게 나을지도."

"예?"

"가자."

나꽃녀는 정이산의 말의 의미를 제대로 파악하지 못했다. 그래도 그가 가자고 하자 군소리 없이 짐을 챙겼다.

"예."

第五章

　마교 본부에 비상이 걸렸다. 장로들이 각자 정보를 수집해 회의실에 모였다.

　마교 교주 마상진이 상석에 앉아 굳은 얼굴로 물었다.

　"비밀이 샐 만한 곳이 있나?"

　장로 중 한 명이 나섰다. 구곡폭포를 지원하는 임무를 맡은 장로다.

　"구곡폭포의 비밀이 누설되는 건 불가능합니다. 보안에 특히 신경을 썼습니다. 접근하는 자는 전부 죽이고 있습니다."

　"그런데 왜 성자라 불리는 놈이 거기로 가지?"

　"우연일지도 모릅니다."

"아니야. 우연이라고 보기에는 놈이 얻은 성자라는 별명이 마음에 걸려."

"물론, 어떤 대단한 고수가 감시의 눈을 피해 그곳을 정탐했을 가능성도 있습니다만, 그래봐야 그곳 안쪽의 비밀은 알아내지 못했을 겁니다. 담당자인 저조차도 거기가 비밀 시설이라는 것만 아는 게 고작입니다. 안에서 무슨 일이 일어나는지 아는 사람은 몇 명 없습니다. 외부인이 어떻게 알아내겠습니까?"

"우리가 만든 비밀 시설이라는 건 알 수도 있었겠지. 그래서 거기 뭐기 있는지 정탐하고, 그럴싸한 추측을 했을 게야. 그놈이 그 추측을 확인하러 가는 중이라면?"

장로가 큰소리를 쳤다.

"죽여 버리면 됩니다. 구곡폭포에 배치된 전투력이라면 놈이 아무리 고수라도 죽일 수 있습니다. 이건 마치 함정과 마찬가지 효과로써, 놈은 자기 죽을 자리로 걸어가는 중입니다."

마상진이 조금 삐딱한 눈으로 장로를 쳐다보았다.

"바보도 장로를 하는 거 보면, 그 자리가 일하기 참 쉬운 데야. 그렇겠지. 일은 아랫것들이 다 할 테니까. 자네 자리에 다른 사람을 앉혀놓아도 잘 돌아가겠어."

장로가 깜짝 놀라 몸을 떨었다.

"예? 교, 교주님. 저는 단지…… . 죄, 죄송합니다. 잘못했습니다."

146

"뭘 잘못했는지는 알고?"

장로가 머뭇거렸다.

"그, 그게……."

"함정이란 본디 사냥감이 그 안에 들어와야 효과가 있지. 네 말은 놈이 구곡폭포의 영역 안으로 발을 들여놓을 때까지 구경이나 하자는 뜻 아닌가?"

장로가 그때서야 자기 실수를 깨달았다.

"저, 저는 단지 비유를……."

"놈이 뭔가 알아내서 도망치면?"

"그, 그러면 구곡폭포에 있는 부대에 출격을 명령해서 추격을……."

마상진이 싸늘한 미소를 지었다.

"그럼 구곡폭포의 경비가 약해지겠군."

"예? 그, 그야……."

"만약 성자라는 놈이 미끼라면 참 좋은 기회가 될게야. 경비가 약해진 만큼 들어갈 구멍이 많을 테니까."

장로의 머리가 점점 아래로 내려갔다.

"죄, 죄송합니다."

"죄송한 줄 알면 자리를 내놓아야지."

장로가 몸을 가늘게 떨었다. 이제 그가 장로 자리에서 밀려나는 건 기정사실이다.

마교에서 장로의 지위는 대단히 높다. 하지만 교주 마상진앞에서는 하루살이나 다름없다.

마상진이 이번에는 군사 피반뇌를 돌아보았다.

"자네는 날 실망시키지 않겠지? 자네가 보기에는 어떤가?"

피반뇌가 공손히 대답했다.

"교주님. 아무래도 상주지부가 습격당한 것도 이번 일과 연관된 것 같습니다."

"어떤 식으로?"

"우리는 많은 무사를 상주지부로 보냈습니다. 그리고 그 성자라는 인간이 구곡폭포 쪽으로 향하고 있습니다. 우연으로 치기에는 시기가 공교롭습니다."

"두 사건 사이에 어떤 관계가 있다는 겐가?"

"예. 우리 힘을 상주 지방으로 돌려놓고, 그 틈에 구곡폭포를 정탐하려는 수작입니다."

"나에게는 아직 무사가 많네."

"무사들을 다시 대량으로 빼내면 그만큼 본부의 방어가 약해집니다. 만약 이런 일이 더 벌어지면 무사를 또 빼내셔야 합니다."

"정말 그런 일이 반복된다면 이곳 수비가 점점 약해지겠군. 좋은 방법이 아니야."

"그렇습니다. 어쩌면 무림맹 놈들이 그걸 노린 건지도 모릅니다. 놈들도 한 음모를 하는 인간들이니 대비하셔야 합니다."

"그건 알겠는데, 그래서 대책은?"

피반뇌가 침을 꼴깍 삼키고 제안했다.

"강수를 쓰셔야겠습니다."

"어떤 강수?"

"살마를 보내시지요."

마상진이 놀라 되물었다.

"살마를?"

"살마는 암살의 예술가입니다. 죽이지 못하는 자가 없습니다. 그 영웅놀이를 하는 놈 정도는 충분히 죽일 수 있습니다."

"그거야 그렇지. 살마라면 그놈을 확실히 죽이겠지."

"그러니까 살마를……."

마상진은 내켜하지 않았다.

"하지만 살마는 내 비장의 수인데 말이야. 비장의 수란 건 원래 쉽게 쓰는 게 아니지. 쓸 때마다 정체가 탄로 날 위험이 커지니까. 일단 정체가 드러난 암살자는 더 이상 비장의 수가 되지 못하지."

현재 마교 내에서 살마가 누구인지 아는 사람은 교주밖에 없다.

살마는 적을 죽을 때만 동원되는 게 아니다. 교주가 마교 내부의 인물을 조용히 제거할 때도 쓴다. 장로라고 해서 예외는 아니다.

그만큼 원한도 많다.

정체가 드러나면, 살마가 마교 내부의 누군가에게 거꾸로 암살당할 수 있다. 교주 마상진은 그걸 경계했다.

그래서 군사 피반뇌가 살마 투입을 적극 주장했다.

"다른 일도 아니고 구곡폭포의 일입니다. 그리고, 아무리 예리한 칼도 가끔은 사람 피를 묻혀줘야 날카로움을 유지할 수 있습니다. 용단을 내리시옵소서."

"흠."

마상진이 잠시 생각하다가 말했다.

"그래. 자네 말이 맞아. 이 중요한 시기에 거기 나타난 게 걸리는군. 군사 말대로 확실히 처리하지. 살마는, 목표물이 인간이라면 틀림없이 죽이니까."

*   *   *

구곡폭포로 가는 길은 생각보다 험했다. 마차의 속도가 제대로 나지 않았다. 그래도 걷는 것보다는 빠르고 편했다.

그렇게 길을 가다가 주막이 있는 삼거리 갈림길에 도착했다.

나꽃녀가 지도를 확인했다.

"아마 여기가 구곡폭포로 가기 전 마지막 주막일 거예요. 여기서 직진하면 구곡폭포 방향이고요, 왼쪽으로 꺾어서 한참을 가면 다른 마을이 나오네요."

구곡폭포 방향으로도 길이 나 있기는 했다. 원래는 마차가 지나다니던 큰 길이다.

지난 십 년간, 이 지역 사람들은 어지간해서는 구곡폭포 근처로 들어가지 않았다.

사람이 쓰지 않는 길은 풀과 나무의 차지다. 아직도 넓었던 길의 흔적이 조금 남아 있지만, 조금 뻗었다가 급격히 좁아지더니 오솔길이 되어 숲속으로 사라졌다.

나꽃녀가 마차에서 내렸다.

"이젠 정말 마차로는 못 지나가겠는데요?"

정이산도 내렸다. 쉽게 대답했다.

"팔까?"

나꽃녀가 깜짝 놀라서 손을 흔들었다.

"말이랑 마차는 여기에 맡겨두면 돼요. 아줌마. 그렇죠?"

손님을 맞으러 주막 앞까지 나와 있던 주모가 고개를 끄덕였다.

"보관비만 주신다면야 맡지요. 말도 두 마리 있으니까 콩이라도 먹이려면 돈이 좀 많이 들겠지만."

"그래도 맡길게요. 돈은…… 얘들은 그냥 싼 풀 같은 거 먹이세요. 대신 배고프지 않게요."

"그러세요. 그런데 저리로 가시게요? 설마 목적지가……."

"구곡폭포요. 멀어요?"

주모가 입에 침을 튀겨가며 설명했다.

"야유. 폭포야 여기서 한참을 더 가야 하지만 그게 문제가 아니잖아요. 거길 들어가면 다 죽어요. 살아서는 아무도 못 나오는데 왜 들어가려고? 젊은 사람들이 모험을 하는 것도 좋지만, 참아요. 참아."

나꽃녀는 주모의 말에서 이상한 점을 느꼈다.

"살아서 나온 사람이 없으면, 아무도 못 나왔다는 거잖아요. 그런데 죽었는지 어떻게 알아요?"

"강물에 떠내려 온 시체들이 있으니까 알지요."

"이 근처 무공 문파에서는 무슨 일인지 알아보지도 않았어요?"

"왜 안 알아봤겠어요? 무사들이 몇 번 들어갔지. 무공 고수가 들어간 적도 있는데 마찬가지예요. 하긴. 요괴들이 설치는 곳에 사람이 들어가서 어떻게 살아나오겠어요?"

정이산이 관심을 보였다.

"요괴?"

"소문이 그래요. 무서운 요괴가 살아서 들어오는 사람을 다 죽인다고."

"센가?"

"세니까 도망쳐 나온 사람조차 없겠죠."

"그렇군."

정이산에게는 그게 요괴이든 아니든 상관없다.

그가 관심을 가진 건, 구곡폭포 근처에는 들어간 사람이 빠져나오지 못하게 하는 강력한 무언가가 있다는 부분이다.

'이번엔, 아쉽지 않을지도.'

강한 놈이 있기를 은근히 기대했다.

나꽃녀가 주모에게 물었다.

"그럼 거기 구곡폭포가 있는 줄은 어떻게 알아요?"

"요괴가 나타난 건 십 년쯤 전이에요. 그 전에는 많이들 들어갔어요. 거기가 약초도 많이 나고, 가끔은 영초도 나오고 그래서 심마니들이 많이 살았어요."

주모가 슬픈 표정을 지었다.

"요괴가 나타나서 심마니들을 다 죽여 버렸지만. 약초 캐고 내려올 때면 우리 주막에 들러서 탁주 한 사발씩 하던 사람들인데."

나꽃녀가 같이 안타까워했다.

"어머. 어떡해."

"어쩌겠어요? 우리네 인생이 다 그렇지. 그래도 저는 밥은 먹고사니까 다른 사람들보다는 괜찮잖아요."

"어떻게 사람이 밥만 먹고 살아요?"

"그래도 요즘은 희망도 있어요."

"무슨 희망요?"

주모의 표정이 조금 밝아졌다.

"손님들에게 들었는데요. 성자께서 우리를 구원하시려고 올라오고 계시대요."

나꽃녀가 박수를 치며 호들갑을 떨었다.

"어머. 저도 성자님 이야기 들었어요. 누구랑 다르게 까칠하지도 않고 아주 좋은 분이시라면서요?"

"누구요?"

나꽃녀가 정이산을 한번 힐끗 보았다.

"있어요."

정이산이 그 말을 듣고 움직였다.

나꽃녀가 깜짝 놀라 변명했다.

"공자님 이야기 아니에요."

"알아."

주막 마당에 평상이 몇 개 놓여 있었다. 정이산이 그중 하나에 앉으며 요구했다.

"밥."

나꽃녀가 주모에게 말했다.

"여기 잘 하는 거 좀 넉넉히 차려주세요. 우리 공자님은 고기 좋아하시는데, 고기도 돼요?"

"닭이라도 한 마리 잡아서 볶아드릴까?"

"네. 빨리 해주세요. 우리 공자님 배고프실라."

닭볶음이 준비되는 동안, 주모는 간단한 먹을거리를 먼저 내놓았다. 나물 무침에 찌개 국물 등이었다.

"이거라도 먹고 있어요. 내 금방 해줄게요."

겨우 나물 한 접시에 국물 한 그릇이다. 질이 아니라 양이 문제다. 양보하면 정이산이 다 먹어 버린다. 이제 나꽃녀도 그런 것쯤은 안다.

그녀가 얼른 나물 무침부터 맛을 보았다.

"어머. 매콤한 게 맛있네."

침을 바른 젓가락으로 나물을 몇 번이나 찔러댔다.

나물에다만 그런 게 아니다. 혓바닥으로 숟가락의 볼록한 부분을 핥은 후에 찌개 국물을 떠먹었다.

"이것도 칼칼하고 좋아요."

정이산이 그녀를 물끄러미 바라보았다.

"맛있냐?"

"네. 공자님. 좀 드세요."

"싫다."

나꽃녀가 속으로 웃었다.

'드시라고 하니까 역시 싫다고 하시네. 이 밑반찬은 내가 다 먹어야지. 공자님도 남을 배려하는 걸 배우셔야……'

정이산이 자리에서 일어났다.

나꽃녀는 뜨끔했다.

"아니, 제가 일부러 침 바른 건 아니고요."

정이산이 다른 평상에서 밥을 먹는 노인에게 걸어갔다. 노인의 앞에 서서 물었다.

"너, 누구냐?"

노인이 몸을 가볍게 떨었다.

"누, 누구냐니요?"

나꽃녀가 놀라서 정이산을 따라갔다.

"공자님. 저에게 뭐라고 하시면 되지, 왜 밥 잘 먹는 어르신 한테……."

"이 주위에 인가는 없다. 여기는 오직 여행객만을 상대하는 주막이다."

"예? 그건 알지만, 그럼 여행하는 어르신인가 보죠."

"여행하는 사람의 짐이 아니야."

나꽃녀가 노인을 보았다. 정말 근처에서 밥이라도 먹으러 나온 사람처럼 지닌 게 아무것도 없었다. 복장 자체도 여행하는 사람의 것 치고는 지나치게 깔끔했다.

"사정이 있나보죠. 그래도 왜……."

정이산이 구곡폭포 방향을 눈짓으로 가리켰다.

"저 안에서 나왔나?"

정이산과 노인 사이의 거리는 꽤 가까웠다.

그의 시선이 숲 안쪽을 향하자마자, 노인의 눈에 한 줄기 살기가 깃들었다.

노인의 소매 속에서 단검이 튀어나왔다. 칼날이 마치 뱀의 혀처럼 두 갈래로 갈라진 기형단검이었다.

노인은 단검이 손에서 벗어나기 전에 손잡이를 재빨리 잡았다. 잡자마자 앞으로 쭉 뻗었다.

"죽엇!"

빨랐다. 마치 독사가 먹이를 노리고 달려드는 듯했다. 거리가 워낙 가까워 어지간한 고수라도 피하기 어려운 완벽에 가까운 암살 공격이었다.

물론, 정이산에게는 통하지 않았다.

정이산이 노인이 손목을 덥석 잡았다.

노인의 눈에 살기가 짙게 깃들었다.

'걸렸다!'

노인이 손가락으로 단검 손잡이의 조작부를 꽉 눌렀다.

그 즉시 날카로운 소음과 함께 단검의 손잡이와 칼날을 잇는 부분이 폭발했다. 폭발과 함께 칼날 부분이 앞으로 발사되었다. 칼날의 바로 앞에는 정이산의 가슴이 있었다.

폭발의 힘이 강했다. 강한 만큼 칼날도 빠르게 날아갔다. 거리도 너무 가까웠다. 번쩍이는 섬광과 짙은 폭연 속에서 쇠로 된 칼날이 피를 찾아 이빨을 내밀었다.

칼날은 정확하게 정이산의 심장을 향해 날아가서, 그의 뒤쪽에 있던 주막 기둥에 꽂혔다. 마치 정이산을 관통하고도 힘이 남아서 그렇게 된 것처럼 보였다.

곧바로 하얀 폭발 연기가 정이산이 서 있던 곳을 채웠다. 그의 모습이 순간적으로 가려졌다.

나꽃녀가 비명을 질렀다.

"꺄악!"

노인이 연기 속에서 웃음을 터트렸다.

"으하하하! 죽였다! 죽였어!"

정이산이 물었다.

"누구를?"

"이 거리에서 탈명폭비에 맞으면 아무리 고수라도, 설사 마교주나 천마교주라 해도 죽을 수밖에 없⋯⋯."

노인의 얼굴에서 표정이 싹 사라졌다.

바람이 불자 연기가 사라졌다. 정이산은 그 자리에 멀쩡히 서 있었다.

노인은 이해하지 못했다. 그의 손에 쥔 단검과, 뒤에 날아가 기둥에 꽂힌 칼날 사이에 정이산이 있다. 그래서 정이산이 탈명폭비에 관통당했다고 믿었었다.

하지만 정이산의 가슴에는 핏자국이 없었다. 옷에 작은 구멍 하나 나지 않았다.

"어, 어떻게 이런⋯⋯."

가르쳐 주지 않았다.

"일부러 손목을 잡힌 것, 괜찮은 수법이었다."

손목을 비틀었다. 단번에 부러졌다.

"으아악!"

노인의 습격은 충분히 치명적이었다. 정이산은 그게 마음에 들었다.

"이렇게 잡으면, 칼은 자연히 네 손목을 잡은 사람의 가슴을 조준하게 되지. 그때 칼날의 위치는 가슴 바로 앞. 폭발하며 날아오면 피하기 어렵지. 괜찮았어."

천마교에 있을 때도 암살 시도는 있었다. 특히 교주가 되기 전에는 꽤 많은 암살자를 만났다. 지금 수법은 그때 천마교의 암살자들이 썼던 것보다 치명적이다.

이 수법의 치명성은 노인도 잘 안다.

"탈명폭비가 얼마나 무서운 무기인데……."

게다가 현재 정이산의 위치가 이해가 가지 않았다. 칼날의 궤적 한가운데에 정이산의 가슴이 있다.

"금강불괴라면 칼날이 튕겨나와야 했는데, 어떻게……."

정이산은 대답하지 않았다. 질문을 했다.

"너, 누구냐?"

옆에서 입을 떡 벌리고 있던 주모가, 손뼉을 쳤다.

"탈명폭비? 손님들에게 들었는데, 그거 마교 최고의 암살자라는, 살마가 쓰는 무기라던데요?"

나꽃녀가 깜짝 놀라 외쳤다.

"역시 마교가 공자님을 노리네요! 그것도 살마라니. 이름만 들어도 무서운 놈이잖아요!"

정이산이 노인에게서 시선을 떼, 주모를 돌아보았다.

"넌, 누구냐?"

주모가 눈을 동그랗게 떴다.

"예?"

나꽃녀가 대신 대답했다.

"이 주막의 주모잖아요. 주모. 지나다니는 여행객에게 이런 저런 이야기 듣다보면 아는 게 많아질 거예요."

정이산이 이번에는 나꽃녀를 쳐다보았다.

"맛있더냐?"

나꽃녀가 멈칫했다. 조금 전에 혼자 먹은 나물과 찌개 이야기라는 걸 안다.

"공자님. 제가 일부러 혼자 다 먹은 건 아니고요. 전 그냥 공자님은 닭볶음 드셔야 하니까……. 전 반찬만 먹으려고……."

"맛있더냐?"

나꽃녀의 목소리가 조금 작아졌다.

"예. 칼칼한 게 좋았어요."

주모가 조심스럽게 제안했다.

"밑반찬 때문에 그러시면, 많이 있으니까 공자님도 드세요."

정이산이 다시 주모를 보고 물었다.

"내 것에는 뭘 타려고?"

주모의 표정이 딱딱하게 굳었다.

잠시 침묵이 감돌았다.

나꽃녀가 상황을 이해 못하고 물었다.

"공자님. 뭘 탔다는 거예요? 어디에요? 엑! 설마 제가 먹은 음식에……."

주모가 허리를 쭉 폈다.

"더 속여봐야 소용이 없겠군."

조금 전까지만 해도 나긋나긋한 여자 목소리였다. 그게 제법 고운 남자 목소리로 변했다.

정이산이 노인을 툭 밀었다. 노인이 바닥에 나동그라졌다.

"컥!"

그리고는 주모를 향해 돌아섰다.

"네가, 살마냐?"

주모로 위장한 살마가 진심으로 감탄했다.

"대단하군. 어떻게 알았지?"

"살마는 시골 주막의 주모가 알 만한 이름이 아니야. 정체가 밝혀지면 죽는 자의 이름이 그리 흔하게 떠돌 리가 없어."

"그래서 지나가는 사람에게 들었다고 말했잖아."

"정말 그렇게 알았다면, 사과해야지. 우연히 알았을 거라고 속편하게 생각하고 넘어가기에는."

정이산이 나꽃녀를 슬쩍 보았다.

"감수해야 하는 위험의 크기가 좀 크더군."

살마가 웃었다.

"하하. 내가 저 늙은이를 나라고 말한 건, 보통은 그렇게 말하면 자기를 죽이려 한 쪽을 더 의심하기 때문인데, 너는 다르군. 나를 알아보다니, 대단한 분석 능력이다."

"아니. 네가 멍청해서 들킨 거야."

"격장지계인가? 냉정을 유지하는 능력이 뛰어난 나에게는 통하지 않아. 맞다. 내가 바로 살마다. 내 정체를 알아본 건 네가 처음이다. 자랑스러워해도 좋다."

살마의 몸에서 짙은 살기가 일었다. 먹이를 노리는 맹수에게서 품어지는 것과 비슷한 살기였다.

"저승에 가서 실컷 자랑해라."

분위기가 살벌해지자 나꽃녀가 슬그머니 정이산 쪽으로 움직였다. 정이산 옆자리를 차지하고 나서야 큰소리로 외쳤다.

"그럼 여기 이 나쁜 놈은 누구냐!"

"남쪽 마을에서 도망친 촌장이지."

나꽃녀가 깜짝 놀라 외쳤다.

"아, 그놈!"

호수를 팔아먹었던 촌장이다. 잡아다준다고 약속했었다.

이해가 가지 않았다.

"일개 촌장이 어떻게 우리 공자님을 암살하려고 해?"

물어보면서도 살마가 순순히 말해 줄 거라고는 기대하지 않았다.

그녀의 예상과 달리 살마는 꽤 자세히 설명했다.

"암살자 출신이더군. 동업자 출신이라서 행동거지만 보고도 알아챘다. 암살 실패로 무공을 잃은 후에는 사기를 치며 먹고 살았나 보더라. 그 정도면 이용할 수 있겠다 싶어서 무기장사꾼으로 위장하고 탈명폭비를 한 자루 팔았다."

"왜 그렇게까지 한 거야?"

"저 촌장이 암살에 성공하면 좋고, 설사 죽이지 못해도 부상 정도는 입힐 줄 알았지. 구경만 한 나에게 의심이 올 리가 없으니까. 상처를 봐주는 척하면서 목을 따면 돼. 참 완벽한 계획이었는데, 어디서 잘못된 걸까?"

죽이는 이야기가 자꾸 나오자 나꽃녀는 못내 불안해졌다. 코웃음소리가 자연스럽지가 않았다.

"흐, 흥! 우리 공자님 앞에서는 애들 장난이야! 우리 공자님은 엄청 세. 너보다 더 세!"

"세다고 들었다. 그걸 감안해서 미리 약을 쳐놨는데."

살마가 나꽃녀를 물끄러미 보았다.

"저 늙은이를 이용한 함정이 너무 일찍 발동해서, 약 친 게 제대로 퍼질 시간이 모자란 걸까?"

"그, 그게 무슨 소리야?"

"상관없겠지. 저 늙은이에게 모든 걸 뒤집어씌우지 못해 아쉽지만, 내 손으로 마무리를 해야지."

그녀까지 죽인다는 소리지만 나꽃녀도 지지 않았다.

"우리 공자님은 엄청 세. 너 같은 건 한주먹감이야!"

"후후. 아무리 강해도 소용없다."

"에? 그게 무슨 소리야?"

"너희들은 이미 내 함정에 완벽하게 빠졌으니까."

살마가 정이산을 가리켰다.

"넌 죽는다. 그게 운명이다."

나꽃녀는 슬슬 짜증이 났다.

"이게 자꾸 누구보고 죽는다고. 우리 공자님이 얼마나 센 줄 알아?"

"인정하지. 그 거리에서 탈명폭비를 피하는 건 거의 불가능하니까. 솔직히 탈명폭비만으로 충분할 줄 알았다."

"거봐. 그러니까……"

"하지만 나는 준비에 철저한 암살자. 그게 아직까지 내가 살아 있는 이유지."

살마의 입꼬리가 스윽 올라갔다. 송곳니가 살짝 드러났다.

"이만큼 이야기를 하며 시간을 끌었으면, 슬슬 독이 돌 때가 됐는데?"

나꽃녀가 깜짝 놀라 물었다.

"도, 독?"

조금 전에 정이산이 한 말이 떠올랐다.

'내 것에는 뭘 타려고?'

안 그래도 설마 하며 의심하던 참이다. 이제 확실해졌다.

"내, 내가 먹은 나물이나 찌개에 독을 탔어?"

살마가 음침하게 웃었다.

"흐흐흐. 네년의 내공이 생각보다 높은가 보지만, 그 독은 내공의 힘만으로는 극복할 수 없지."

"그럼 그 칼칼한 맛이……."

"일음절명독을 먹고도 칼칼하다고 말하는 년이 있을 줄은 몰랐다만, 그렇다. 한 모금으로 고수를 죽일 수 있는 바로 그 독이지."

무공이 높으면 독이 잘 통하지 않는다. 고수를 죽일 수 있는 독은 더 희귀하다. 몸속의 기운을 제어하는 능력으로, 독기운도 배출시켜 버리기 때문이다.

고수를 죽이려면, 상식을 초월할 정도로 치명적인 독이 필요하다. 거기다 독의 침투력이 높아 고수가 몸 밖으로 배출시키기도 어려워야 한다.

그런 독은 흔치 않다. 그런 독 중에 유명한 것이 일음절명독이다. 고수를 죽이는데 한 모금이면 충분하다. 많은 고수가 이 독을 먹고 죽었다.

물론, 나꽃녀는 그게 어떤 독인지 모른다.

무식하면 용감하다.

'공자님이 어떻게든 해주실 거야. 당장 난 아픈 데도 없잖아?'

용기가 났다.

"흥. 우리 공자님은 한 입도 안 먹었어. 내가 다 먹었으니까."

살마가 웃음을 터트렸다.

"하하하. 본래 일음절명독만으로 저놈을 죽일 거라고는 생각하지 않았다."

"에? 그럼 왜……."

"독을 먹었다는 걸 깨달으면 누구를 의심할까? 친근하게 구는 나를? 아니지. 저 늙은이지. 마침 저 늙은이는 어설픈 암살자 출신. 중독된 상태에서 성급하게 제압하려고 하면, 탈명폭비에 당하는 거지."

"우리 공자님은 칼에 안 맞으셨잖아!"

"독연기는 마셨지."

나꽃녀가 깜짝 놀라 정이산을 돌아보았다.

"독연기? 그럼 그 칼날을 쏠 때 터진 연기가……."

"진짜 독은 거기 들어 있었다. 칼날을 피하는 희귀한 확률까지 고려해 아낌없이 투자를 하는 것. 그게 내 명성의 비결이지."

나꽃녀가 사기꾼 암살자 노인을 돌아보았다. 이미 죽어 시체가 되었다.

그녀의 얼굴이 파랗게 질렸다.

"고, 공자님……. 무, 무슨 독을……."

살마가 아니라 정이산이 대답했다.

"멸혼독이다."

살마가 웃음을 터트렸다.

"으하하하. 그렇다. 절대고수라고 해도 죽일 수 있다는 독왕의 멸혼독이다. 칼을 피했다고 방심하는 사이에 멸혼독이 섞인 연기를 마시게 되지. 네가 아무리 무공이 높다 해도, 인간인 이상 멸혼독을 마신 순간 틀림없이 죽…….”

살마는 뭔가 어색함을 느꼈다. 그게 뭔가 생각하다가 깜짝 놀랐다. 그의 목소리가 살짝 떨렸다.

“며, 멸혼독이라는 걸 어떻게 알았지?”

정이산이 쉽게 대답했다.

“먹어봤으니까.”

천마교의 전대교주는 정이산을 죽이기 위해서 여러 가지 시도를 했다. 암살자도 많이 보냈다. 그 과정에서 멸혼독은 몇 번이나 먹어보았다. 이렇게 연기에 소량 섞인 정도는 그때에 비하면 아무것도 아니다.

살마가 부들부들 떨었다.

“마, 말도 안 돼. 멸혼독을 먹어봤으면 살아 있을 리가 없다! 거짓말이야!”

거짓말이라고 말하면서도, 떨림이 심해졌다.

그가 눈알을 굴렸다. 나꽃녀를 보았다.

“중독증상이 없어.”

이제야 일이 잘못됐다는 걸 깨달았다. 그의 준비는 치밀했지만, 부족했다.

“정말 일음탈명독을 양념삼아 먹었을지도…….”

나꽃녀의 몸에는 외부에서 들어오는 기운이 잘 통하지 않는다. 외부의 기운은 뼈에서 흡수한다. 그건 고수를 죽이는 독,

일음탈명독이라도 마찬가지다.

살마는 지금 상황이 믿어지지 않았다. 믿고 싶지 않았지만 손이 떨렸다. 두려웠다. 정이산을 돌아보았다.

"네, 네놈. 어떻게 혼조차 죽인다는 멸혼독을 마시고도, 멀쩡하게 서 있을 수 있지? 어떻게!"

소리를 질러봤지만, 가르쳐 주지 않았다.

정이산이 물었다.

"다른 재주는?"

살마라는 암살의 고수가 마교에 있다는 이야기는 들은 적이 있다. 그래서 은근히 기대했다. 조금 전 사기꾼 암살자의 습격은 꽤 괜찮았다.

살마에게는 더 위험한 재주가 있기를 바랐다.

살마가 정신을 차렸다.

'일단 실패했지만, 다음 기회를 노리자.'

"두고 보자!"

흔해빠진 소리와 함께, 손가락 사이에 작은 구슬을 끼웠다. 터트리면 연막이 뿜어져 나오는 구슬로, 도망칠 때 쓰는 도구다.

살마가 구슬을 바닥에 던지려고 손을 들었다.

던지지 못했다.

"켁?"

어느새, 정이산이 살마의 목을 쥐고 있었다.

"재주가 없다면, 실망이다."

살마는 정이산이 어떻게 자기 목을 잡는지 알지 못했다. 조금 떨어진 곳에 있던 정이산이, 지금은 자기 목을 잡고 있다. 눈을 뜨고 있었음에도 불구하고, 자기에게 다가오는 모습을 못 보았다.

살마는 믿어지지 않았다. 장로 국방건처럼, 믿어지지 않는 걸 보고는 전설 속의 경지를 떠올렸다.

"서, 설마……. 축지?"

공포에 질린 얼굴이, 그에게 남은 수단이 없다는 걸 알려주었다.

정이산이 입을 열었다.

"살마라는 명성을 얻은 건, 네가 그만큼 많은 사람을 암살해서라고 들었다."

살마가 무슨 짓을 했는지는 천마교주인 그에게까지 보고가 된 적이 있다. 살마의 명성은 그만큼 높았다.

"네가 죽인 사람 중에 악인은 내 알 바 아니지만, 좋은 사람도 많았다지. 찾아가 엎드려 빌어라."

암살자란 원래 정체가 드러나면 오래 살지 못한다. 게다가 살마가 대단한 건 그 무공 때문이 아니라 치밀하게 계산된 함정 덕분이다. 정이산에게 정체를 들킨 순간, 그가 살아날 길은 사라졌다.

정이산이 살마의 목을 꺾었다.

"켁!"

마교 내에서도 공포의 대상이자, 정체를 알 수 없는 암살자로 유명하던 살마가, 너무나도 간단히 죽었다.

정이산이 살마를 툭 내던졌다.

나꽃녀는 이제 이런 일에 익숙하다. 그래서 살마의 시체를 무시하고 궁금한 걸 물어볼 여유가 있었다.

"공자님. 저 독 먹어도 돼요? 안 죽어요?"

"일음탈명독 정도는."

마음이 조금 놓였다. 하지만 묻고 싶은 게 남았다.

"혹시 제가 나물 먹고 국 먹고 그럴 때, 알고 계셨어요? 거기에 독이 든 거 알고 계셨어요? 그래서 안 드신 거예요? 아니죠? 아셨으면 말리셨을 거죠?"

대답하지 않았다.

나꽃녀의 목소리가 조금 높아졌다.

"뭐예요!"

"몰랐다."

대답이 너무 늦었다. 이제는 나꽃녀라고 해도 그 말을 믿지 않는다.

"흥!"

고개를 팩 돌리는데, 기둥에 꽂힌 칼이 보였다. 궁금했다.

"저건 어떻게 하신 거예요?"

"잡아서, 던졌다."

날아오는 칼날을 잡아서, 등 뒤로 던졌다. 결과만 놓고 보면 칼이 몸을 통과한 것처럼 보인다.

"예? 왜요?"

대답하지 않았다.

나꽃녀가 혹시나 해서 물었다.

"혹시, 멋있어 보이려고 그러신 건 아니죠? 상대가 놀라서 막 감탄하게 하려고 그러신 건 아니죠? 공자님은 그런 취미 없으시죠?"

"아니다."

"피. 아니긴. 그런 취미 없는 게 아니라시는 건가요? 그럼 취미가 있으신……."

"따지냐?"

나꽃녀가 얼른 말을 돌렸다.

"그런데 저 사기꾼 암살자 촌장 말이에요. 돈 훔쳐간 그 촌장이잖아요. 돈 돌려준다고 하셨잖아요."

정이산은 촌장을 잡아 그 두 마을에 사기 쳐서 긁어간 돈을 돌려준다고 약속했다. 그건 두 마을이 피를 보는 일을 막기 위해서 한 말이다.

그런데 촌장을 잡아 버렸다. 여기서 촌장을 잡을 거라고는 미처 예상하지 못했다.

정이산이 주막 건물을 향해 턱짓을 했다.

"뒤져봐."

"돈이요? 알았어요."

나꽃녀가 얼른 주막을 뒤졌다.

뒤지다보니, 나오라는 돈은 안 나오고 엉뚱하게 진짜 주모가 나왔다.

나꽃녀가 쓰러진 주모를 발견하자마자 비명을 질렀다.

"어머. 어떻게 해! 공자님!"

정이산이 스윽 다가와, 주모의 맥을 잡았다.

"독이다. 거의 죽었군."

지금도 가사상태다. 이대로 놔두면 독기운이 간뇌를 마비시켜 죽는다.

그녀가 울상을 지었다.

"공자님 능력으로도 못 살리시는군요?"

그녀는 이미 자기도 모르게 정이산을 자극하는 게 경지에 이르렀다.

정이산이 주모의 머리를 손으로 잡은 후 기를 뿌렸다. 강력한 기운이 그녀의 몸을 관통했다.

세세한 맥을 따라 손을 쓴 게 아니다. 폭포수 같은 기운으로 그녀의 몸을 아예 씻어냈다.

치료를 위해 쓰는 기운이 너무 강해 의도하지 않은 물리력이 나타났다. 주변의 그릇이나 문짝이 부르르 떨렸다.

엄청난 기의 폭풍 속에서, 나꽃녀가 나풀거리는 머리카락을 만지며 물었다.

"그러면 돼요?"

정이산이 손을 뗐다.

"어."

주모가, 기침을 하며 눈을 떴다.

"켁. 켁."

겨우 눈을 떴다가 정이산을 발견하고는 깜짝 놀라서 소리쳤다.

"살려주세요! 돈 드릴게요!"

"줘."

나꽃녀가 깜짝 놀라 정이산에게 말했다.

"돈을 빼앗으시려는 건 아니죠?"

"살려주면 돈을 준다고 했다. 거절할 이유는 없다."

정이산이 주모를 살렸다. 주모는 살려달라고 돈을 준다고 했다.

선후가 뒤바뀌기는 했지만, 아주 틀린 말은 아니다.

"아, 그, 그야 그렇지만……."

어쨌든 주모는 살아났다. 큰 후유증은 없었다.

나꽃녀가 그녀를 안심시키고 무슨 일이 있었는지 물었다.

그녀는 제대로 기억하지 못했다.

"아유. 그냥 죽는 줄 알았어요. 곱상하게 생긴 놈이 오더니 독을 강제로 먹이는데 칼이 무서워서 안 먹을 수도 없고. 눈앞이 캄캄해지더니……. 뭔가 시원한 게 몸을 씻는 듯하다가, 눈

떠보니까 공자님이 계시네요."

나꽃녀가 정이산에게 물었다.

"그런데. 공자님. 주모 아줌마가 여기 있는 줄 알고 찾아보라고 하신 거예요? 돈이 아니라요?"

"어."

"정말요?"

정이산이 대답은 하지 않고 주모에게 물었다.

"저놈 집을 아나?"

"알죠. 구곡폭포 가는 저 숲 들어가자마자에 움막을 지어놓고 산대요. 뭐, 나쁜 사람들에게 쫓겨서 그렇대나? 밥 먹을 때만 나와서 우리 집에 오는데, 밥값은 꼬박꼬박 잘 내서 많이 따져 묻지는 않았어요."

정이산이 나꽃녀에게 말했다.

"가자."

"예……. 예? 하지만 마차랑 애들은 어쩌고요?"

"팔까?"

"주모 아줌마가 잘 맡아 주실 거예요. 아줌마. 말 두 마리랑 마차요. 괜찮죠?"

주모가 고개를 크게 끄덕였다.

"생명의 은인인데 당연하죠."

"콩도 많이 주실 거죠? 우리 애들이 콩 좋아하는데."

"그럼요. 실컷 먹여둘게요."

정이산이 주모에게 말했다.

"중금촌과 부동촌에 연락을 넣어. 촌장을 찾았다고 하면 알 거다. 사람들이 오면, 저자에 대해 이야기해 주도록."

"아, 그 두 마을이요? 그거야 지나가는 사람에게 이야기하면 어렵지 않아요. 맡겨주세요."

정이산이 끊어진 길을 보았다. 사람이 다니지 않아 끊어진 지 오래지만, 십 년 전까지만 해도 구곡폭포 근처를 지나가는 큰 길이었다.

나꽃녀가 정이산의 다음 행동을 눈치채고 주모에게 재빨리 말했다.

"뭐 먹을 거 좀 없어요? 국밥 말고요. 가지고 다니면서 간단히 먹을 거면 되는데."

"떡이 좀 있는데……."

"그거라도 주세요. 살려준 값으로요."

말 한 마디로 정이산이 돈 달라고 한 소리를 없던 일로 만들었다. 그녀가 생각하기에 죽다 살아난 주모에게 다른 건 몰라도 돈을 빼앗는 건 못할 짓이다.

주모가 떡을 가지러 간 사이에, 정이산이 숲을 물끄러미 바라보다가 말했다.

"이 세상은, 생각보다 더 썩었어."

나꽃녀가 맞장구를 쳤다.

"마교가 제일 문제예요. 듣고 보면 무림맹도 한몫 하는 것 같지만, 마교가 훨씬 심해요. 아주 썩어 문드러졌어요."

정이산이 짧게 말했다.

"썩은 건 도려내야지."

나꽃녀는 깜짝 놀랐다.

"설마. 공자님. 마교와 전쟁을……."

그녀의 판단으로 마교를 없앨 방법은 전쟁뿐이다. 그리고 전쟁은 언제나 비참하다.

정이산의 눈빛이 조금 부드러워졌다.

"옛날에 성질 고약한 영감탱이가 마교와 전쟁을 했지. 그때 너무 많은 사람이 죽었어. 욕이란 욕은 영감탱이가 다 먹고. 책임도 다 지고. 전쟁은, 언제나 최후의 수단이어야 해. 어쩔 수 없을 때, 어쩔 수 없이 하는 거지."

"그, 그렇죠? 전쟁은 일어나면 안 되죠. 에? 그런데 영감탱이요? 영감탱이가 누구예요? 아는 분이세요?"

그때 주모가 부엌에서 나왔다.

"여기 떡이 있기는 있는데 상태가 좀……."

정이산이 일어났다. 숲을 향해 걸어가며 말했다.

"가자."

나꽃녀가 얼른 떡을 받고 정이산을 따라갔다.

"네."

第六章

絶對神瞳

　살마는 암살 임무에 실패했다. 그 첩보가 구곡폭포에 주둔한 마교 무사들에게 전해졌다.

　따로 주막 근처에 감시를 둔 건 아니다.

　비밀 시설의 간부 중 하나가 보고했다.

　"놈이 첫 번째 감시선에 진입했습니다."

　거기까지 왔다는 건 살마가 실패했다는 소리다.

　구곡폭포의 마교 비밀 시설을 책임지고 있는 장로 마연장은 진심으로 놀랐다.

　"다른 암살자도 아니고, 그 무서운 살마가 실패할 줄이야."

　"놀라고 계실 때가 아닙니다. 명령을 내려주십시오."

"살마가 실패할 정도로 무공이 강한 놈이다. 외곽을 감시하는 무사들만으로는 못 죽인다."

"외곽에서는 일단 대응을 자제하며 움직임을 감시 중입니다."

"현명한 판단이야. 아니면 겁먹은 걸지도."

"만약 겁을 먹은 것으로 밝혀지면 일이 끝난 후에 몇 놈 목을 치겠습니다."

다른 간부가 제안했다.

"놈이 강하다 하지만 살마가 누구입니까? 그냥 당했을 리 없습니다. 아마 부상을 입거나 독에 당했을 겁니다. 애들 몇 명만 보내도 제거할 수 있습니다. 저에게 맡겨 주십시오."

마교 장로 마연장이 짜증을 냈다.

"그러다 일을 망치면? 만약 적이 이곳의 비밀을 알아내고 빠져나간다면, 너희 모두는 교주님의 손에 죽는다. 우리 일에서 기밀 유지가 얼마나 중요한지 너희들이 더 잘 알고 있잖느냐."

간부들이 침을 꿀꺽 삼켰다.

일단 이곳에 들어와서, 가장 깊은 곳의 비밀을 본 사람은 다시 숲 밖으로 나가지 못한다. 이곳에 있는 간부들조차도, 그 비밀을 본 사람은 몇 명 없다. 그리고 그 몇 명은 외부 출입이 제한된 상태다.

만약 내부를 볼 권한이 없는 자가 우연히든 궁금해서든 비밀을 엿본 경우는, 발각되면 목이 달아난다.

구곡폭포 인근 숲에 펼쳐진 수많은 함정과 감시망은, 외부의 사람이 못 들어오게 막기 위한 것이기도 하지만, 비밀을 본자가 도망치는 걸 막기 위한 목적도 있다.

비밀을 봤음에도 불구하고 움직임에 자유로운 건, 비밀 시설 책임자인 장로 마연장 정도다. 그는 마교의 장로이자 진혈의 혈통을 가진 자다.

간부 중 하나가 조심스럽게 말했다.

"이곳을 지키는 무사들은 저 안쪽의 비밀을 보지 못했기에 출입에 어느 정도 여유가 있습니다. 그들이 중앙으로 돌아가고, 또 새 무사들이 투입되는 과정에서 뭔가 있다는 소문이 났나 봅니다."

"그래서?"

"성자라는 그놈도, 여기 뭐가 있는지 알고 찾아오는 건 아닐 겁니다. 우리가 뭔가 준비한다는 생각에 확인삼아 오는 게 아닐까 합니다."

"온다는 건 마찬가지다."

"이곳의 중요성을 모르니 우리 대비도 모를 겁니다. 대비를 모르니 알량한 재주를 믿고 들어오려 합니다. 하지만 이 숲은 함정 그 자체이니, 명령을 내리시는 순간 놈은 죽은 목숨입니다."

장로 마연장의 표정이 조금 풀어졌다.

"그렇겠지?"

"그렇습니다. 명령만 내리시면, 강한 애들로 골라 보내서 놈을 죽이겠습니다."

"그래도 살마의 손에서 살아난, 아니, 아마도 살마를 죽인 놈일 텐데, 소규모 병력을 보내봤자 상대가 될 리가 없어."

"그렇다고 그냥 구경만 하다가 잘못되면 우리는 전부 처형당합니다."

"강한 적은 더 강한 힘으로 죽이면 돼."

"어떤……."

"내부 경비 인력이야 어차피 밖으로 나올 수 없는 녀석들이니 제외하고, 다른 곳을 경비하는 무사들까지 모두 놈을 제거하는 데 투입해라."

"모두 말입니까?"

"그래. 이곳 입구는 내가 직접 지키겠다."

"외곽 경비 무사는 천 명이나 됩니다. 전부 다 동원하면 다른 지역 경비는……."

"놈을 확실히 제거한 후, 다시 숲을 뒤져 다른 침입자가 있는지 찾는다. 놈과 같은 강자가 둘이나 왔다고 볼 수는 없으니 그게 최선이다."

"알겠습니다. 외곽 경비 무사 전원을 매복하겠습니다. 설치된 함정도 모두 발동시키겠습니다. 놈을 확실히 제거하기 전까지는 아무도 잠을 자지 않겠습니다. 놈을 죽여 이곳이 얼마나 무서운 곳인지 똑똑히 알려주겠습니다."

*   *   *

"으아악!"

마교의 무사가 비명과 함께 고꾸라졌다. 미처 도망치지 못한 자였다.

주변이 정리되자 나꽃녀가 정이산의 곁에서 몸을 살짝 떨었다.

"공자님. 마교 놈들이 너무 많아요."

"안 많아."

정이산이 바닥에 굴러다니는 적의 칼을 발로 툭 찼다.

칼날이 공기를 찢으며 날아가, 저만치에 설치되어 있던 굵은 나무를 관통했다.

"아아악!"

나무줄기를 파고 숨어 입으로 불어 쏘는 독침을 준비하고 있던 매복자가 마지막 비명을 질렀다.

벌써 열 번의 습격을 물리치고, 스무 개의 함정을 파괴했다.

나꽃녀가 비명소리를 듣지 않으려고 귀를 막았다.

대부분의 전투는 그녀의 시야 바깥에서 벌어졌다. 하지만 가끔은, 이렇게 눈앞에서 피를 보고는 한다.

불평할 수는 없다.

'이렇게 애써주고 계신데.'

구곡폭포를 배경으로 그린 그림 한 장 때문에 이곳에 왔다. 그 그림에 그려진 여자가 나꽃녀와 똑같이 생겨서다.

'날 위해서 여기 오신 거야.'

정이산은 조금 불만이다.

'기대만 못해.'

더 강하기를 바랐다. 구곡폭포가 엄청나게 무서운 곳이라고 해서 기대를 제법 했다.

실망했다. 이런 하찮은 함정과 매복으로는 그의 갈증을 풀어주지 못한다.

나꽃녀가 물었다.

"그런데 이쪽 방향이 맞아요?"

"어."

"어떻게 아셨어요? 지도하고는 방향이 조금 틀린데."

"함정의 위치와 습격의 간격."

나꽃녀가 놀라 물었다.

"적을 역추적하고 계신 거예요?"

"어."

*   *   *

장로 마연장은 기겁을 했다.

"피해가 삼백이라니!"

"죽은 건 백여 명 뿐이지만, 나머지 이백이 겁을 먹고 숲 어딘가에 처박혀 있습니다."

마연장은 그렇지 않아도 화를 낼 곳이 필요하다.

"감히 마교의 무사가 도망을 쳐? 전부 잡아들여서 목을 베라!"

"일단 놈을 막는 게 급합니다."

"알아! 겁쟁이들은 천천히 처리하겠다. 남은 놈은?"

"외곽 경비 무사가 칠백 정도 남아 있습니다. 하지만 상당수는 놈이 접근 가능한 지역에 매복 중이라……."

마연장이 주먹으로 탁자를 내리쳤다.

"생각을 잘못했다. 매복으로 어떻게 할 수 있는 놈이 아니야. 병력을 나눠놓으면 놈의 먹잇감만 된다."

"그러면 어떻게……."

"함정은 포기한다. 힘을 모아 정면승부를 하는 게 낫다. 무사들을 한 군데에 모아."

"어디다 모으라는 말씀이신지……."

마연장이 소리를 질렀다.

"이 멍청한 새끼. 놈이 여기를 향해 똑바로 오고 있잖아! 놈의 목적지는 이곳, 구곡폭포다! 그러니까, 놈을 끌어들인다. 저항이 줄어들면 방심할 거다. 놈이 이곳에 오면 힘을 모아 단번에 쳐죽인다!"

"알겠습니다. 즉시 후퇴시키겠습니다."

마연장이 이를 갈았다.

"그놈이 아무리 대단해도 결국은 사람이다. 교주님을 제외하고 혼자서 칠백의 정예 무사를 이길 수 있는 사람은 없다. 그러니까, 놈을 죽여 그 심장을 갈아 마셔 버리겠다."

구곡폭포는 꽤 높은 벼랑에서 아홉 번 꺾여 내려오는 작은 폭포다. 작은 폭포 아홉 개가 연결되어 구곡폭포라 불린다.

폭포가 작다고는 하지만 개울물과는 차원이 다른 양의 물이 흐른다. 주변 풍경까지 수려하여 예전에는 관광지로 유명했다.

구곡폭포는 기본적으로 분지 형태다. 폭포 아래쪽에는 연못과 물이 흐르는 개천이 있다. 주변은 한 부분만 제외하고는 벼랑이며, 그 한 곳에 물이 흐르고 통로가 된다. 벼랑 안쪽은 제법 널찍한 평지다.

숲이 끝나는 평지 입구에서, 마연장이 칠백의 무사들을 거느리고 섰다.

"여기 들어오는 길은 여기밖에 없어. 놈이 저 숲에서 나오는 순간이, 놈이 죽는 때다."

한참을 숨죽이고 기다렸다.

수풀이 바스락거렸다. 마연장이 손을 번쩍 들었다가 앞을 가리켰다.

"궁수대! 일격!"

백여 명의 무사가 활을 힘껏 당겨 쏘았다.

고수에게는 평범한 활로 쏜 화살이 통하지 않는다. 기를 수련한 사람의 회피 능력은, 나무의 탄력을 이용한 투사병기의 속도로는 잡을 수 없다.

고수에게 위협이 될 만큼 위력이 강한 보물급 활도 있지만, 그런 건 가격이 대단히 비싸다. 가격만 비싼 게 아니라 쏘는 데에 꽤 높은 무공이 필요하다. 고수를 잡을 만큼 대단한 활은 고수라야 쏠 수 있다.

따라서 평지에서라면 고수에게 이런 평범한 화살은 먹히지 않는다.

하지만 움직임이 제약되는 숲은 사정이 다르다. 사방이 수풀로 막힌 이런 곳에서 백여 발쯤이 동시에 쏟아지면 피할 곳이 없다.

화살을 쏘자마자, 무사들이 활을 바닥에 던졌다. 고수 앞에서 계속 활을 들고 있는 건 죽여 달라고 비는 것이나 마찬가지다.

장로 마연장이 다시 손을 들었다.

"전원, 이격 준비!"

무사들이 표창이나 수리검에서부터 투창이나 손도끼까지 투척 가능한 무기를 움켜쥐었다.

활은 준비된 수가 모자라 백여 발이 한계였지만, 투척무기는 보유량이 꽤 많았다. 칠백여 명의 무사 전부에게 돌아갔다.

"놈이 보이면 즉시 던져! 그 후 돌격이다!"

다들 침을 꿀꺽 삼키며 숲을 살폈다.

무사가 던지는 표창은 화살 못지않게 위력적이다. 거리가 가깝다면 활보다 더 치명적이다.

잠시 정적이 흘렀다. 화살을 쏟아 넣은 숲에서는 아무것도 나오지 않았다.

침 삼키는 소리가 하나둘씩 늘어났다. 지나친 긴장이 정신력을 조금씩 소모시켰다.

마연장이 작은 목소리로 명령했다.

"숲에 들어가서 확인하도록."

명령이 아래로 타고 내려갔다. 결국 평소에 뇌물을 적게 바친 조장의 조가 임무를 받았다.

마교의 무사들이 죽을상을 한 채 숲으로 들어갔다.

다들 바짝 긴장했다. 조금이라도 이상한 움직임이 보이면 아군이 있건 말건 투척무기를 던질 셈으로 손에 힘을 주었다.

잠시 후에 숲에 들어갔던 무사들이 안도의 한숨을 쉬며 숲에서 나왔다.

"사슴입니다. 사슴을 잡았⋯⋯."

나오던 무사들이 굳었다. 그들의 표정이 창백해졌다.

"저, 저⋯⋯."

그들의 시선은, 무사들의 뒤쪽 위를 향했다.

마연장이 뒤로 휙 돌아섰다.

"설마!"

칠백여 명의 무사들이 모두 뒤를 보았다.

해를 등진 채, 구곡폭포 꼭대기에 한 사람이 서 있었다.

눈이 부셨다. 눈이 부신 건 태양의 빛이 강해서만은 아니다.

마연장이 자기도 모르게 큰 소리로 말했다.

"당했다! 우리가 기다리는 걸 알고 뒤를 잡았구나!"

정이산이 폭포 꼭대기에서 아래를 내려다보며 말했다.

"너희들의 수는 이미 읽었다."

마연장이 손이 떨렸다.

"강한데다가, 자존심을 죽이고 뒤를 잡다니. 강적이다. 어려운 싸움이 되겠어."

나꽃녀가 정이산의 뒤쪽에서 구시렁거렸다.

"길을 잃어서 이리 온 거면서 허풍은. 어떻게 지도를 보고도 길을 잘못 드시나 몰라."

정이산이 짧게 말했다.

"지도가 틀렸다."

"보고 그린 지도가 왜 틀려요?"

"먼 데서 보고 그렸다. 그러니 틀렸지."

"피. 그런데 왜 수를 읽었다고 하세요? 창피해서요?"

"전략적 우위를 위해서. 병법이다."

"피. 피."

나꽃녀도 생각은 있다. 그녀의 목소리는 작았다. 폭포 아래에까지 전해지지는 않았다.

장로 마연장이 큰 소리로 명령을 내렸다. 사기를 높이기 위해서 일대를 쩌렁쩌렁 울릴 정도로 목소리를 키웠다.

"달라진 건 없다. 활을 준비해라!"

무사들이 던져놓은 활을 집으려고 움직였다. 대열이 순간적으로 흐트러졌다.

정이산이, 폭포에서 허공으로 걸음을 옮겼다.

"이곳에 들어왔다는 이유가, 죽어야 할 만큼 큰 죄였느냐."

허공은 발을 디딜 곳이 없다. 빠른 속도로 아래로 떨어져 내렸다. 아래로만 내려오는 게 아니다. 허공에서 계속 걸음을 걸었다. 몸이 앞으로도 나아갔다.

그대로 내려간다면, 마교 무사들의 한복판에 떨어질 낙하각도였다.

마연장이 깜짝 놀라 외쳤다.

"궁수대. 일격!"

아직 활을 다 줍기 전이다. 무사들은 정이산에게 일말의 공포감을 가지고 있기도 하다.

활을 쥔 무사들이 당황해서 몸을 급히 일으켰다. 아직 활을 잡지 못한 무사들은 몸을 날렸다.

발사 명령은 이미 내려와 있다. 다들 준비가 되는대로 활을 쏘았다.

무공을 익힌 무사는 보통 활쏘기를 많이 연습하지 않는다. 활을 연습할 시간에 칼을 수련한다.

그런 활쏘기라도 일제사격을 하면 위력이 높아진다. 하지만 지금은 일제사격이 아니다. 서로 활을 쏘는 시간이 달랐다. 중구난방으로 화살이 날아갔다.

정이산을 향해 제대로 날아간 화살은 몇 대 되지 않았다. 그나마도 시간차가 있었다.

정이산이 발끝으로 화살을 툭툭 찼다.

화살을 차며, 허공에서 몸을 좀 더 앞으로 이동시켰다. 언뜻 보면 마치 허공을 걷는 것 같았다.

발끝에 닿은 화살이 날아온 방향으로 도로 튕기듯 날아갔다. 쏘아진 것보다 몇 배는 빨랐다. 무사들의 귓가로 바람 가르는 소리가 요란했다.

그리고 나서 들리는 건, 살을 뚫는 화살의 끔찍한 소리와 비명이다.

"으아악!"

정이산은 벌써 반 가까이 내려왔다. 효과도 없는 활을 쏘느라 시간을 낭비했다. 마연장은 그걸 뒤늦게 깨달았다.

"이격! 던져라!"

무사들이 손에 쥔 표창과 수리검, 투창, 손도끼 등을 정이산을 향해 힘껏 던졌다. 투척무기에 조예가 있는 무사는 한 번에 수리검을 서너 개씩 날리기도 했다.

이번 공격이 화살보다 훨씬 더 위력적이었다. 천 개 가까이 되는 투척무기가 정이산을 향해 쏘아졌다.

나꽃녀가 벼랑 위에 숨어서 주먹을 꼭 쥐었다.

그녀는 정이산이 강하다는 걸 안다. 하지만 공간의 한 영역을 까맣게 채우는, 마치 벌떼 같은 날붙이들을 보고 겁을 먹었다.

"공자님!"

적이 한곳에 몰려 있다. 앞쪽에 아군은 없다. 다수의 적을 상대로 할 때 효과가 좋은 범위공격무공, 백팔수라마공을 펼치기 좋은 상태다.

정이산이 오른발을 가볍게 흔들었다.

발 주변에, 서른여섯 개의 기의 회오리가 생겼다.

세상에는 백팔수라마공이 손으로 펼치는 무공이라고 알려져 있다. 실제로 초대 천마교주는 그것을 손으로 펼쳤다. 현재는 천마교의 이름난 고수 열 명이 힘을 모아 손으로 펼친다.

정이산이 백팔수라마공을 발로 펼쳤다. 서른여섯 개의 기의 칼날이 아래로 내리꽂혔다. 날아가는 중간에, 정이산을 노린 날붙이들을 쳐내며 꽂혔다.

"으아악!"

왼발도 뻗었다. 남은 기의 잔상이 일흔두 개의 주먹으로 변했다.

마치 소나기가 쏟아지듯, 기의 파편들이 무사들 위로 쏟아졌다.

"아악!"

정이산을 정확히 노렸던 날붙이들은 백팔수라마공에 휩쓸려 사라졌다. 나머지는 애초에 빗나갈 것들이다.

그리고 그 공격으로, 수십 명의 마교 무사들이 쓰러졌다.

마연장은 마교의 장로답게 그 무공을 한눈에 알아보았다.

"배, 백팔수라마공을……. 발로 펼쳐?"

놀라고 있을 틈이 없다.

정이산이 땅 위로 내려섰다. 높은 폭포에서 뛰어내렸지만 마치 계단 한 걸음을 내려오는 것같이 착지가 부드러웠다.

마연장이 손을 뻗었다.

"삼격! 돌격해서 죽여! 교주님의 영광을 위하여!"

시간이 너무 짧아, 공포가 아직 무사들을 잠식하지 못했다.

그들은 자기네 숫자를 믿었다.

"우와아아!"

무사들이 정이산을 향해 돌격했다.

정이산이 앞으로 나아갔다. 땅을 디디고 한 걸음을 걷자 마연장의 코앞에 나타났다.

마연장은 너무 놀라 입을 떡 벌렸다.

"서, 설마 축지?"

무사들도 당황했다. 그들이 노리던 목표물이 어느새 뒤쪽으로 이동했다.

돌아서는 그들의 눈에, 정이산이 마연장의 가슴으로 손을 뻗는 것이 보였다.

정이산이 짧게 말했다.

"죽이려 했으니, 죽어라."

마연장이 급히 뒤로 물러났다. 팔이 닿지 않는 거리까지 물러났다.

그것만으로는 안심을 못하고 칼을 들어 앞을 막았다. 기운을 있는 대로 끌어올렸다. 그의 칼에 일생의 기운이 담겼다. 칼이 바위를 두부처럼 베고 쇠를 무처럼 자를 수 있는 힘을 얻었다.

손의 감각이 평소와 달랐다. 가진 능력보다 대단한 기운을 끌어냈다.

마연장은 확신했다.

'죽일 수 있다!'

칼을 힘차게 휘두르며 소리쳤다.

"내가 누군지 알아? 내가 바로 마교의 장로……."

"알아야 하나?"

정이산의 심장에서 기운이 회전했다. 백팔수라마공을 펼칠 때보다 더 격렬한 회전이다. 회전의 결과로 끌어낸 막대한 기가 손바닥에 맺혔다.

손바닥이 하얗게 변했다. 손바닥으로 공간을 때렸다. 공간이 출렁거렸다.

다음 순간, 공간이 폭발했다.

강력한 충격파가, 공간을 바스라트리며 앞으로 날아갔다. 마연장의 칼이 정이산을 베기 위해 날아오다가 그 충격파와 충돌했다.

칼에 담긴 기운은 한 선에 집중하는 절삭력이다. 게다가 정이산의 공격보다 훨씬 약했다. 그런 절삭력으로는 면으로 펴져 날아오는 강력한 충격파를 제대로 막지 못한다.

"크아악!"

칼을 넘어간 충격파가 마연장을 때렸다. 마연장이 뒤로 밀려났다.

단순한 충격파가 아니다. 파장에 정이산이 펼친 기운이 섞였다. 충격파를 뒤따라 날아간 강력한 기운이 물리력으로 변해 마연장의 몸뚱이를 때렸다.

밀려나던 마연장의 몸이 마치 거인의 주먹에라도 맞은 듯이 찌그러지며 뒤로 날아갔다.

마연장만이 아니다. 정이산이 일격에 담은 기운이 너무 강했다. 마연장의 주변이 모조리 살상영역에 들었다. 강력한 타격이 마연장의 곁에 뭉쳐 있던 무사들을 때렸다.

단 일격에, 마교의 장로 마연장과 무사 스무 명이 쓰러졌다. 스무 명의 무사 중에 고위간부들도 포함되어 있다.

정이산이 뒤로 돌아섰다.

"살고자 하는 자 죽을 것이요. 죽으려고 하는 자 죽을 것이다."

마교 무사들은 당황했다. 정이산이 보여준 일격의 위력이 너무 강력했다.

그때서야, 정이산이 보여준 무공들을 하나씩 짚어보았다.

"백팔수라마공?"

"축지?"

"장로님을 죽인 그건 뭐야? 그런 거, 본 적도 없어."

마교는 아직 육백이 넘는 무사가 남았다. 하지만 기세에서 밀렸다.

"후, 후퇴를 해야……."

"하지만 어디로?"

분지의 출구를 정이산이 막고 있다.

"벼랑 위로는……."

196

위를 힐끗거리던 무사들이 절망했다.

나꽃녀가 절벽 위에서 아래를 보고 있었다.

"퇴로가 막혔다."

그들은 나꽃녀도 대단한 고수라고 생각했다. 이런 높은 절벽을 오르는 건, 위에서 기다리고 있는 고수에게 죽여 달라고 하는 것과 같다.

마교의 무공은, 성질이 더러운 사람에게 잘 맞다. 화를 참지 못하는 사람에게 적당하다.

무사들의 눈에 독기가 올랐다.

"죽여. 죽여야 우리가 산다."

정이산이 육백이 넘는 마교 무사들을 보았다.

"그렇게 나와야지."

바닥에 창 한 자루가 꽂혀 있었다. 그에게 던졌다가 도로 떨어진 창이다.

정이산이 창을 뽑았다.

"시작하지."

정이산의 말은 마교 무사들을 흥분시켰다. 화나게 만들었다. 무사들이 마교 특유의 함성을 지르며 정이산에게 달려왔다.

"우랴!"

"죽여라!"

정이산이 창을 들었다.

"그러지."

창끝을 잡고, 수평으로 크게 원을 그리며 휘둘렀다.

창끝이 바람을 갈랐다. 바람과 함께 공간이 갈라졌다. 공간과 함께, 무사들의 몸이 베어졌다.

창날이 닿는 모든 곳이 베여나갔다.

"으아악!"

단 일격에 십여 명이 고꾸라졌다.

표창이 날아왔다. 창으로 쳐냈다.

쳐낸 표창이 고속으로 쏘아졌다. 무사의 몸을 관통했다. 힘이 남았다. 무사들은 밀집해 있다. 표창의 날카로운 이빨이 몇 명을 더 잡아먹었다.

"커억!"

정이산이 앞으로 나아갔다. 나아가며 창대를 휘저었다.

그가 걷는 공간은 죽음으로 바뀌었다. 잘 정련된 칼날이 나무로 된 창대에 맞아 부러졌다. 몸이 맞으면 몸이 베이고, 무기가 맞으면 무기가 부러졌다.

무사들은 살기 위해서 정이산을 죽이려 했다.

소용없었다. 그들의 능력으로는 창이 그리는 원 안으로 들어가지 못했다.

육백의 무사가 순식간에 오백으로 줄어들었다. 백 명이 죽어나갔다.

싸움이 너무 일방적이라, 무사들의 사기가 땅에 떨어졌다.

머릿수는 오백 배지만, 기세는 정이산 쪽이 천 배 이상이다.

오백의 무사들이 정이산 한 명을 어떻게 하지 못하고 벼랑 밑으로 몰렸다.

정이산이 들고 있던 창은 이미 너덜너덜해져서 부러지기 직전이다. 창날도 반쯤 부스러져 있다.

상관없다. 주변에 널린 게 마교 무사가 떨어뜨린 무기다. 이 창이 부러지면, 다른 것을 주우면 된다.

마교 무사들도 그걸 안다.

"다, 다 같이 죽음을 각오하고 돌격해야 이길 수 있어."

"하지만 누가 선봉에 서지?"

선봉에 서면 반드시 죽는다. 그걸 조금 전 싸움으로 깨달았다.

이럴 때는 누군가 명령을 내려야 한다. 하지만 명령을 내려 줄 장로 마연장은 죽었다. 마연장과 같이 있던 고위 간부들도 전부 죽었다. 그들에게는 이제 우두머리가 없다.

마교 무사들의 손이 덜덜 떨렸다.

그때서야 자기들이 사람을 잘못 건드렸다는 걸 깨달았다.

"사, 살려주세요!"

정이산이 대답했다.

"싫다."

대답이 너무 간단했다.

마교 무사 하나가 악에 받혀 소리를 질렀다.

"네가 그러고도 사람이냐! 왜 못 살려주겠다는 거냐!"

"너희는, 살려달라는 사람을 살려준 적이 있느냐?"

무사들의 표정이 확 밝아졌다.

"있습니다! 살려준 적 있습니다!"

"증거는?"

무사들이 폭포 쪽을 가리켰다.

"저 뒤쪽에, 안쪽으로 들어가는 입구를 파놓았습니다. 그 안에 가보면 살려준 놈들이 일하고 있습니다!"

"일을 해? 일꾼으로?"

"예! 일꾼이지만 살려두었습니다!"

"얼마나?"

"예?"

"열 명이 살려달라 사정하면, 그중 몇 명을 살려주었느냐?"

무사들이 앞다투어 말했다.

"전부 다 살려주었습니다!"

"절반은 살려주었습니다!"

"예쁜 여자나 재주가 있는 사람은 다 살려주었습니다!"

말이 제각각 달랐다.

"가장 적게 말한 놈이 그나마 정답에 가깝겠군."

마교 무사들이 당황했다.

"예?"

"목숨을 구할 만큼 재주 있는 사람과 예쁜 여자가 열 명 중에 몇 명이나 될까? 말을 들어 보니 다섯은 안 되겠지. 셋? 둘? 아니면 하나? 그것도 안 되나?"

"저, 저기 그래도 살려준 사람이 있으니까……."

정이산이 부서지기 직전의 창을 들었다.

"부족해."

심장 주변에서 기운이 회전했다. 아랫배에도 기의 회오리가 생겼다.

"너희들의 죄는 사형."

몸에서 기운이 급속도로 빠져나갔다. 양쪽에서 만들어내는 두 가지 기운이 하나로 모여 증폭되었다.

정이산의 몸 주변을 강력한 기운이 휘몰아쳤다. 땅바닥의 흙이 기운을 이기지 못하고 같이 솟아올랐다. 마치 정이산의 주변을 회오리바람이 감싸는 듯했다.

정이산이 증폭한 기운을 창에 모았다. 창이 버티지 못하고 심하게 떨렸다. 창대가 터지지 않도록 억지로 눌렀다. 압축된 기가 창 주변을 고속으로 회전했다. 창대가 심이 되고, 창 주변의 공간이 몸체가 되었다.

잠깐 사이에 거대한 기의 창이 만들어졌다. 그 기운이 너무 강력해 무사들의 눈에도 시리도록 푸르른 투명한 창이 보였다.

무사들이 본능적으로 칼을 들며 떨었다. 칼을 들었지만, 칼로 막을 자신이 없었다.

"저, 저런 건 못 막아……."

정이산이 선고했다.

"죽어라."

정이산이, 창을 힘껏 던졌다. 길고 뾰족한 기의 회오리가 공기를 찢어발기며 날아갔다.

마교 무사들이 칼을 마구 휘둘렀다. 그저 저 창이 자기를 향하기 않기만 바랐다.

날아간 창은, 마교 무사들을 향하지 않았다. 그들의 머리 위 높은 곳으로 날아갔다. 무사들이 목을 움츠렸다.

창이 절벽 한복판에 꽂혔다. 창에 깃든 거대한 기의 회오리가 절벽 속으로 쏟아져 들어갔다.

나무로 된 창대가 뒤늦게 바스러졌다. 창날은 보이지도 않았다.

마교 무사들이 그걸 보고, 환성을 질렀다.

"와아! 살았다!"

"빗나갔어!"

"그럼 그렇지. 사람의 능력으로 저런 걸 어떻게 조종……."

절벽 표면에 창이 꽂힌 자리로부터, 거미줄 같은 금이 사방으로 쭉쭉 퍼져나갔다.

쩍쩍 갈라지는 소리가 들렸을 땐 이미 늦었다. 미처 피할 틈도 없었다. 창이 꽂힌 자리부터 폭발했다. 벼랑을 구성하는 흙과 바위들이 산산이 부서지며 비가 되어 쏟아졌다.

"으, 으아악!"

무너지는 벼랑에 수많은 마교 무사들이 깔렸다.

발 빠른 고수들은 그 와중에도 앞으로 뛰었다. 앞에는 정이산이 있지만 서 있으면 죽는다.

"죽여!"

누군가 정이산을 공격하는 틈에 달아날 생각이다. 정말로 정이산을 향해 덤비는 자는 하나도 없었다.

정이산이 그들에게 말했다.

"너희들이 갈 곳은, 지옥이다."

땅바닥을 걷어찼다.

흙무더기가 앞으로 쏘아졌다. 흙에 섞인 자갈은 위에서 쏟아지는 바위들보다 크기는 작았지만, 관통력은 월등했다.

"크아악!"

도망치려던 고수 몇 명이 자갈에 맞아 죽었다.

남은 몇 명이 도망치기 위해 흩어졌다.

정이산이 바닥에 잔뜩 흩어진 무기들을 걷어찼다. 가볍게 걷어차도 칼날은 매섭게 날아갔다. 여러 자루의 칼날이 남긴 잔상이 주변 공간을 뒤덮었다. 마치 공간 전체에 반투명한 그물을 친 것 같은 착각을 일으켰다.

"으아악!"

도망치려던 몇 명이 그 그물을 피하지 못하고 칼에 맞아 죽었다.

모두 죽었다. 정이산을 죽이려고 기다리던 칠백여 명의 무사가 죽었다. 대부분은 벼랑이 무너질 때 깔려죽었고, 나머지는 정이산에게 죽었다.

단 한 명도 빠져나오지 못했다.

싸움이 끝났다. 싸움이라고 하기에는 너무 일방적이었다.

정이산이 뒤돌아섰다. 폭포 위를 보며 나꽃녀에게 말했다.

"내려와라."

나꽃녀는 참상을 보기 싫어 고개를 돌리고 있었다. 정이산의 목소리에 겨우 눈을 떴다.

싸움이 끝난 걸 보고 한숨을 쉬었다.

"하아. 또……."

어쨌든 정이산이 내려오라고 했으면 내려가야 한다. 하지만 벼랑 아래는 까마득하다.

"에? 여기를요?"

"어."

"못해요."

"나를 믿어라."

떨어지면 받아준다는 소리다.

"누구를 믿으라고요?"

"좀 믿어라."

"저는 그냥 돌아서 내려갈게요."

정이산의 목숨이 걸린 것도 아닌데, 이 험한 절벽을 내려가고 싶지는 않았다.

나꽃녀는 벼랑 위를 한참을 돌아 다시 입구 쪽으로 내려갔다.

그녀는 겨우 정이산의 곁으로 왔다.

"휴우."

그녀가 애써 시체들을 외면하며 폭포를 보았다. 두루마리 그림을 꺼냈다.

"정말 똑같네. 이 폭포가 맞나봐요."

폭포 앞에서 그림처럼 자세를 취해 보았다.

"어때요?"

정이산은 그녀를 보다가 말했다.

"가자."

"예? 어디를······."

"그쪽."

나꽃녀가 뒤쪽을 보았다.

"폭포잖아요."

"안쪽에 굴이 있다."

나꽃녀는 절벽 위에 있느라 아래에서의 아우성을 제대로 듣지 못했다. 긴가민가하면서 정이산을 따라갔다.

폭포 뒤에는 정말로 동굴 입구가 있었다.

"와아. 어떻게 아신 거예요?"

"잘."

"대단하세요. 정말 대단하세요."

나꽃녀의 칭찬은 진심이다. 그걸 알기에, 기분이 좋아졌다.

"가자."

"예."

동굴은 사람의 손을 탄 흔적이 확실했다. 벽면의 거친 부분은 깎이고 잘렸으며, 바닥에는 걷기 편하도록 흙이 넉넉히 깔려 있었다. 곳곳에 불을 붙이지 않은 횃불들도 많았다.

나꽃녀가 횃불 하나에 불을 붙인 후 정이산을 따라 걸었다.

"공자님. 그런데 여기는 왜 만든 걸까요?"

"마교가 뭔가 꾸미나보지."

"엑! 마교요?"

"우리를 공격한 건, 마교니까."

나꽃녀가 긴장했다.

"호, 혹시 저, 마교랑 무슨 관계가 있는 건 아니겠죠?"

"관계가 있겠지."

"무슨 관계가……."

"그걸 알아보러 가는 거다."

나꽃녀가 정이산의 옷깃을 잡았다. 정이산이 그녀를 돌아보았다.

나꽃녀가 고개를 꾸벅 숙였다.

"고마워요."

"그래야지."

"예?"

"가자."

*　　　*　　　*

동굴 바깥쪽을 지키던 무사들은 전멸했다. 동굴 중간에는
딱히 함정이라고 할 만한 것이 없었다.

대신에, 동굴이 길었다. 가다가 몇 번이나 횃불을 바꾸었다.
곳곳에 횃불이 쌓여 있는 이유였다.

나꽃녀가 물었다.

"이 안에 지하 석실 같은 게 있는 걸까요?"

"아니."

"어떻게 아세요?"

"환기가 잘 되니까."

"동굴이 석실 너머까지 연결되어 있을지도 모르죠."

"시끄러."

"예."

第七章

송주은의 나이는 이제 겨우 열아홉이다.

그녀가 항의했다.

"돈 많이 벌게 해준다고 해서 온 거예요. 그런데 여기는 아무리 봐도 아니잖아요."

나이 지긋한 남자가 실실 웃었다.

"흐흐. 미친년. 숙식제공에 매달 스무 냥을 준다고 했다며? 그런 일감이 있으면 아는 사람을 시키지 왜 알지도 못하는 너를 부르겠느냐?"

외부의 섭외 담당이 돈을 벌게 해준다는 말로 그녀를 꼬셔서 이곳으로 데려왔다. 장로 마연장이 그녀를 넘겨받아 이쪽으로 데려왔다. 이 남자가 그녀를 인계받았다.

송주은은 속을 수밖에 없었다. 그녀는 돈이 필요했다. 돈 때문에 사실이기를 바라며 의심이 가는 미끼를 물었다.

그녀가 사정했다.

"돌아가게 해주세요. 엄마가 아파요. 동생도 아직 어려요. 제가 돈을 벌어야 해요."

"어허. 이제 그런 사소한 일은 잊어라."

"엄마랑 동생이 어떻게 사소해요? 전 돌아갈 거예요."

"에잉. 정신을 못 차렸군. 얘들아. 고분고분해질 때까지 가둬두고 물 한 모금 주지 마라."

무사 몇 명이 그녀의 양팔을 잡았다.

"예이."

그녀가 발버둥쳤다.

"아악! 놔! 난 돌아갈 거야!"

남자가 그런 그녀를 보고 실실 웃었다.

"사흘 정도 처박아놓으면 좀 조용해지겠지."

*   *   *

정이산과 나꽃녀는 한참을 걸어 동굴 반대편에 도착했다.

그들이 오는 소리를 듣고 반대편을 지키던 무사가 고개를 들이밀며 물었다.

"그놈은 잘 죽인……. 케엑!"

무사가 뒤로 날아갔다. 정이산이 무사를 걷어차고 동굴 바깥으로 나갔다.

그곳은 분지였다. 커다란 산 가운데를 거대한 숟가락으로 움푹 파낸 것 같은 분지로, 가운데는 물이 고인 작은 호수가 있었다.

"화산이었겠군."

호수 주변에 여러 채의 건물이 보였다. 사람들도 많았다.

그리고, 무사들도 있었다.

입구를 지키던 무사들을 쳐내는 걸 보고, 다른 무사들이 소리를 질렀다.

"적의 침입이다!"

"막아라!"

"선녀들은 안전한 곳으로 보내!"

"놈을 죽여라!"

무사들이 칼을 들고 달려왔다.

기세 좋게 달려오던 무사들이, 서서히 속도를 늦췄다. 완전히 멈춰선 채 돌처럼 굳었다. 그들의 얼굴은 경악으로 물들었다.

"서, 설마……."

나꽃녀가 기분이 좋아져서 말했다.

"공자님의 무서움을 이제 깨달았나 봐요."

정이산이 부정했다.

"너를 보고 있다."

"예? 저를 왜……."

무사들이 놀란 얼굴로 나꽃녀를 쳐다보았다. 그중 한 명의
목소리가 바르르 떨렸다.

"시, 신녀님?"

*　　　*　　　*

인간의 본능 중 하나는 수렵이다. 보통 사람은 사냥으로 토
끼 한 마리를 잡거나 낚시로 붕어만 잡아도 즐거워한다.

마교 교주쯤 되면 수렵 욕구를 만족시키는 데에 토끼로는
부족하다.

거대한 호랑이가 마교 교주 마상진을 향해 달려왔다.

크와앙!

마교 교주 마상진이 활시위를 당겼다.

사람의 뼈를 마교 비전의 방법으로 가공해 활대로 삼고, 미
녀의 머리카락을 꼬아 약물로 처리한 활줄을 썼다. 화살대에
는 순금으로 장식을 넣었다.

백금으로 만든 화살촉이 반짝 빛났다.

시위를 놓았다.

화살이 빠른 속도로 날아갔다. 나무로 만든 활과는 비교도 할 수 없을 정도로 위력적이었다.

날카로운 백금촉이 호랑이의 머릿가죽을 찢고 두개골을 뚫었다. 화살에 담긴 강력한 힘이 호랑이의 몸통을 갈랐다. 화살이 호랑이의 머리부터 꼬리까지 정확히 관통했다.

크아앙!

호랑이가 비명을 지르며 아래로 떨어졌다. 굴러오던 몸뚱이가 마상진의 코앞에서 멈추었다.

화살 한 대에 거대한 호랑이가 절명했다.

마교의 장로들이 아부했다.

"큰 걸 잡으셨습니다."

"호랑이도 교주님에게 죽은 걸 영광으로 알 겁니다."

마상진이 활을 옆으로 내밀었다. 따라다니던 시녀 중 한 명이 재빨리 활을 받았다. 마상진이 자기가 잡은 호랑이의 크기를 가늠해 보며 물었다.

"성자라 불리는 놈은?"

장로 중 하나가 대답했다.

"구곡폭포 쪽 숲으로 진입했다는 보고를 받았습니다. 대비를 철저히 하고 있으니, 지금쯤 죽었을 겁니다."

"살마를 죽인 놈이다. 쉽게 죽지 않아."

"마연장 장로를 믿어 보십시오. 그곳의 비밀을 지키는 게 마연장 장로의 일입니다."

은근슬쩍 책임을 마연장에게 떠넘겼다.

"그건 됐고."

마상진이 장로들을 돌아보았다.

"신녀는 찾았나?"

장로들이 목을 움츠렸다. 아무도 대답하지 않았다.

마상진의 눈이 장로 중 한 명을 향했다. 지목당한 장로가 기어들어가는 목소리로 보고했다.

"남해 바다에서 실종된 후로, 찾을 수가……. 이렇게 찾아도 안 보이는 것을 봐서 사망한 것 같습……."

마상진이 장로에게 손짓을 했다. 장로가 급히 다가왔다. 마상진이 걷어찼다.

"케엑!"

장로가 가슴을 움켜쥐고 뒤로 나뒹굴었다. 맞기 전에 기운을 써 보호했지만 결국 갈비뼈에 금이 갔다.

마상진이 섬뜩한 목소리로 말했다.

"천마교에 원한을 갚으려면, 신녀가 반드시 필요하지. 찾아내게. 죽었으면 살려내. 없으면 만들어내야지. 아니면, 자네 혼자 죽는 걸로 안 끝날 게야."

"마, 만들고 있습니다. 시간만 주시면 분명히……."

"시간은 남는 게 아니네. 언제나 모자라지."

216

　　　　　*　　　　　*　　　　　*

　천마교 대장로 문상우가 진수성찬을 차려 놓고 부어라 마셔
라 잔치를 벌였다.

　"크하하. 노세. 놀아. 교주 없을 때 놀아."

　다른 장로가 음식을 맛보며 아부했다.

　"진귀한 요리를 참 많이 차리셨습니다. 이거 다 북쪽 지방
에서 나는 것들이잖습니까?"

　문상우가 아쉬움을 감추지 않았다.

　"우리가 육지에 정식으로 진출했으면, 거기다 별장이라도
만들어 놓고 자주 가서 놀아주려고 했더니."

　"이게 다 전전대 교주님 때문입니다."

　"누가 아니라나. 그분은 왜 마교는 때려잡아서, 우리만 욕
먹게 만들어?"

　군사 도일현이 한켠에서 요리를 깨작거리다가 변명한답시
고 말했다.

　"마교 같은 놈들이라는 소리 듣기 싫어서 하신 일이십니
다."

　문상우가 코웃음을 쳤다.

　"헹. 그래서 마교보다 더한 놈들이라는 소리를 듣냐? 결국
여기 섬에 틀어박혀서 살잖아."

　"우리가 살기에는 충분히 큽니다만……."

"섬 말고, 진짜 큰 강이 흐르고 높은 산이 있는 땅에 별장을 가지고 싶다니까! 당당하게 온 세상을 돌아다니고 싶다고!"

"그럼 복동구처럼 하시면……."

"동구 그놈처럼 몰래 놀러 다니는 게 아니라, 내가 나타나면 다들 환영해 주고, 접대도 하고 그래야 여행하는 맛이 나지!"

"육지에 진출하면 마교 놈들의 저항이 만만치 않을 텐데요? 교주님도 그걸 꺼려하시는 걸 겁니다."

"저항하면 때려 부수면 되지. 어차피 마교잖아! 백해무익한 놈들인데 좀 때려 부수면 어때!"

천마교를 경계하는 게 마교 한 군데만은 아니다.

"그럼 무림맹의 저항은 어쩌실 겁니까?"

문상우는 고민하지도 않았다.

"어차피 먹는 욕, 좀 더 먹지 뭐."

*　　　*　　　*

세상의 움직임이 급박하게 흘렀다.

무림맹도 사태의 심각성을 인식했다. 이제 상주지부만의 문제가 아니다.

"마교의 움직임이 심상치 않습니다."

"몇 천이나 되는 무사가 육로를 통해 상주 지방으로 내려갔습니다."

"무사를 가득 실은 배 몇 척이 바닷길을 통해 떠나는 게 목격되었습니다. 은밀히 알아본 바에 의하면 목적지가 바로 상주 지방이라고 합니다."

무림맹 수뇌부를 구성하고 있는 주요 간부나 장로들의 표정은 하나같이 어두웠다.

장로 하나가 혼잣말을 했다.

"세상이 어찌 되려고 마교 놈들이 전쟁이라도 할 듯이 구는지. 쯧쯧."

혼잣말이지만, 전쟁이라는 단어가 사람들에게 큰 부담을 주었다.

다른 장로가 정보각주에게 따지듯이 물었다.

"마교 상주지부는 누가 없앴는지 아직도 확인 못했소?"

정보각주가 대답했다.

"전서구를 다시 날려 확인했습니다. 우리 상주지부는 마교의 지소 몇 곳만 무찔렀다고 합니다. 우리가 한 짓이 아닙니다."

"그럼 누구요?"

"만약 이름 좀 알려진 문파들이 서로 손을 잡았다면 우리가 모를 리가 없습니다. 기존의 세력 중에 그만한 전력을 가진 곳은 셋뿐입니다. 마교가 스스로를 쳤을 리는 없고, 우리도 하지 않았습니다. 그럼 남은 곳은 하나뿐입니다."

분위기가 싸해졌다.

무림맹주 천이만이 어두운 표정으로 질문했다.

"역시 천마교인가?"

"달리 생각할 수 없습니다."

무림맹주 천이만이 탄식했다.

"마교 하나만 해도 해결하기가 쉽지 않은데, 잠잠하던 천마교까지 나서다니. 이거 일이 많아지겠어."

군사 강치국도 걱정했다.

"천마교가 그동안 소소한 말썽을 부린 적은 많지만, 이렇게 본격적인 군사활동을 벌인 건 실로 수십 년만입니다."

"그렇지. 내 젊었을 때가 생각나는군. 마교가 먼저 전쟁을 일으키고, 그 다음이 천마교였지. 호전적인 둘이 싸운 덕분에 우리가 이 땅의 정의를 지킬 수 있었어."

"정의를 위해 많은 사람이 죽었습니다. 이번 일도 심상치 않습니다. 대비하셔야 합니다."

"천마교 놈들이 어떤 놈들인가? 음흉하고 나쁜 놈들이지. 분명히 뭔가 원하는 게 있을 거야. 그게 뭘까?"

"단서가 나온 게 있습니다."

군사가 벽에 걸린 대형 지도 앞으로 걸어갔다.

"최근, 이곳 원도 지방 구곡폭포 인근의 움직임이 심상치 않습니다."

"구곡폭포?"

"마교의 영향력이 강해 우리가 손대지 않는 지역 중 하나입니다. 이쪽은 마교가 특히 신경 쓰는 곳이라 우리는 정보원조차 심어두지 않았습니다."

"그런데 움직임이 심상치 않은 건 어떻게 알았지?"

"상주지부의 정보당주 고용천이 성자인 체 하는 자의 뒤를 밟고 있습니다. 최근에는 보고를 상주지부를 거치지 않고 이곳으로 직접 보내도록 지시해 놓았습니다."

"성자인 체 하는 놈이라면, 그 세상 이치도 제대로 모르고 설치는 놈 말이군. 누가 키웠는지 몰라도 순리를 가르치지 못했어. 정의를 세우고 싶으면 마땅히 나를 찾아왔어야지. 군사. 계속해 봐."

"고용천의 보고에 의하면, 성자가 이 구곡폭포로 들어갔다고 합니다."

"마교가 가만있지 않았을 텐데?"

"숲속에서 교전이 있는 듯하다는 보고입니다. 들어가서 상황을 살펴보겠다고 침투 허가 요청을 해왔습니다."

"그래서 뭐라고 했지?"

"고용천은 상주지부의 정보당주입니다. 그런 인물이 마교의 핵심 거점에 접근했다가 잡히면 문제가 커집니다. 요즘 때가 때인지라 마교의 보복을 피할 수 없습니다. 그래서 일단 대기하라고 했습니다."

천이만이 기다란 턱수염을 쓰다듬었다.

"흐음. 무슨 일인지 궁금한데……."

"잘못 건드리면 국지전의 발생 위험이 있습니다. 그러면 생기는 것도 없이 피만 봅니다. 최악의 경우 우리 고유 영역 중 일부를 빼앗길 수 있습니다."

"보복이라……."

"예. 그러니 그냥 두고 보심이……."

무림맹주가 고개를 가로저었다.

"아니. 무슨 일인지 알아야겠어."

"예? 하지만……."

"궁금하단 말이야. 도대체 그 안에서 어떤 일이 있는지."

"위험부담이 너무 큽니다."

"대신에 고 당주에게, 잡히더라도 절대로 신분을 밝히지 말라 그래. 정보당주쯤 되면 입 무게가 그 정도는 되겠지?"

"보고에 의하면 믿을 만한 사람이지만, 그 부하들의 입단속까지는 자신할 수 없습니다."

"그럼 혼자 들어가 보라고 해. 만약 잡히면 사냥꾼이나 약초꾼, 뭐 적당한 거라고 둘러대라고 하고. 죽으면 가족은 잘 보살펴줄 테니까 걱정하지 말라 그래."

무림맹주의 지시는 지엄하다. 이만큼 말했는데 군사가 계속 무시할 수는 없다.

"알겠습니다. 설사 실토한다고 해도, 우리는 그를 모르는 사람이라고 부정하겠습니다."

"믿을까? 그의 신분이 있는데?"

"그럼, 그를 횡령 후 도망친 자라고 발표하고 쫓던 중이라 하겠습니다."

"그거 괜찮군. 지금부터 그가 횡령한 혐의가 있어서 조사 중이라는 떡밥을 조금씩 뿌려놔. 마교에게 안 들키고 임무를 완수하면 조사 결과 혐의 없다고 하고. 혹시 붙잡히면 소문 내놓은 것을 크게 부풀리고."

"알겠습니다."

"내 언제나처럼 자네만 믿지."

*　　　*　　　*

과거에는 화산 분화구였던 분지에는, 백여 명의 마교 무사가 배치되어 있다.

분지는 좁지 않다. 하지만 고함소리가 들리지 않을 정도로 넓지도 않다.

사방에 흩어져 있던 무사들이 소리를 듣고 몰려왔다.

"누구냐!"

"어떤 놈이 감히……."

그들은 나꽃녀를 보자마자 얼어붙었다.

"헉! 신녀님?"

"신녀님이……. 왜 적과 함께……."

"혹시 적이 아닌가?"

나꽃녀는 당황했다.

"나, 나보고 신녀래요."

정이산이 무사들을 스윽 둘러보았다.

"너를 알아보는군."

정보가 필요했다.

정이산이 나꽃녀의 목을 손으로 턱 잡았다.

나꽃녀가 무슨 일인가 싶어서 정이산을 쳐다보았다.

"공자님?"

가볍게 잡아 목에 부담은 없다.

하지만 보는 무사들 입장에서는 다르다. 그녀의 가녀린 목
이 당장이라도 부러질 것처럼 보였다.

무사들이 아우성을 쳤다.

"이놈! 신녀님을 인질로 잡다니!"

"신녀님을 놔드리지 않으면 산채로 갈아 마셔 버리겠다!"

정이산이 나꽃녀는 보지도 않고 말했다.

"그 그림. 역시 너를 그린 거였군."

나꽃녀는 겁을 먹었다. 정이산이 아니라, 자신의 정체에 대
해 겁먹었다.

'이 사람들은 마교. 마교가 나를 신녀라고 불러. 마교랑 천
마교는 사이가 나쁘고, 또 나쁜 놈들이고…….'

224

부정하고 싶어서, 아니라고 말했다.

"동굴 밖에서는 아무도 알아보지 못했잖아요."

"아무도 너를 보지 못했다."

싸움이 시작되기 전에 나꽃녀는 절벽 위 뒤쪽에 있었다. 싸움이 시작된 후로는 아무도 절벽 위를 살펴볼 여유가 없었다. 싸움이 치열해진 후에는, 그녀를 알아볼 만한 사람은 모두 죽고 일반 무사만 남았었다.

나꽃녀의 입술이 바르르 떨렸다.

"그, 그럼 정말로……."

"아무래도 넌, 마교의 신녀인가 보군."

나꽃녀는 기억이 없다. 기억이 없지만 마교가 얼마나 나쁜 짓을 많이 하는지는, 여기까지 오면서 충분히 보았다.

그녀가 진심으로 말했다.

"나, 그런 거 싫어요."

정이산이 마교 무사들을 돌아보았다. 다들 나꽃녀가 다칠까 봐 가까이 다가오지도 못했다.

"현실이다."

나꽃녀의 목에서 손을 놓았다. 그녀를 툭 밀었다.

나꽃녀가 정이산에게 밀려, 뒷걸음질을 쳤다. 정이산이 점점 멀어지는 게 보였다.

멀어지기 싫었다.

손을 뻗었다. 잡히지 않았다. 닿지도 않았다.

"공……자님."

둘 사이의 거리가 멀어지자마자, 마교의 무사들이 정이산을 향해 달려드는 게 보였다. 그들의 시퍼런 칼날에서 이가 나간 부분이 섬뜩함을 더해 주었다.

정이산은 한 명이고 마교 무사는 수가 많다. 그가 마교 무사들에게 덮여 보이지 않게 되는 순간에, 나꽃녀가 소리를 질렀다.

"공자님!"

목소리에, 슬픔과 간절함을 동시에 담았다. 자신의 정체에 대한 슬픔과, 관계를 끊지 말아달라는 간절함을 담았다.

다음 순간, 마교 무사들이 폭발하듯 튕겨나갔다.

"으아악!"

정이산이 들어올렸던 손을 천천히 내렸다. 마교 무사들이 뒤로 날아가 바닥에 틱틱 소리를 내며 떨어졌다.

정이산이 마교 무사들에게서 시선을 떼, 나꽃녀를 돌아보았다.

"너는 신녀다."

나꽃녀가 단호하게 말했다.

"저는 떠나지 않아요."

"네가 아는 것보다 중요한 위치일지 모른다."

"전 모르잖아요."

"마교에 네 가족이 있다면?"

나꽃녀가 멈칫했다.

"가족……이요?"

전설에서야 사람이 돌에서도 태어나고 알에서도 태어난다고 하지만, 현실에서는 혼자 태어나는 사람은 없다. 어머니가 낳아주어야 한다.

정이산이 제안했다.

"결정은 네가 해라."

나꽃녀가 다부진 표정을 지었다.

"그건 그때 가서 생각할 일이잖아요. 아직 아무것도 모르잖아요. 저는 공자님을 떠나지 않아요."

정이산이 그녀를 가만히 보다가 말했다.

"너에 관한 정보를 얻을 때까지, 결정을 미루는 것도 좋겠지."

그가 마교 무사들을 돌아보았다. 쓰러져 있던 무사들이 꿈틀거리며 몸을 일으켰다.

나꽃녀가 깜짝 놀라 물었다.

"안 죽이셨네요?"

"너를 안다."

"저를 아는 사람이라서 살려주셨어요?"

그녀는 지금까지 정이산이 자신을 공격하는 사람을 살려주는 걸 본 적이 없다. 하지만 이번에는 아무도 죽이지 않았다.

정이산이 돌아보지도 않고 대답했다.

"아니. 너에 대한 정보가 필요했다."

나꽃녀가 미소를 지었다.

"알아요. 그러셨겠죠."

"끄응. 안 믿는구나."

"예."

정이산이 무사들 쪽으로 관심을 돌렸다.

공간을 터트려 백여 명을 단번에 물리쳤다. 밖에서 장로와 무사들을 일격에 죽일 때와 비슷한 수법이지만 조금 다르다. 게다가 훨씬 약하게 펼쳤다. 그냥 공기의 압력으로 밀어냈다.

타격이 분산됐다. 그 정도로는 적을 죽이기는 어렵다.

쓰러진 무사들 중에 치명상을 입은 사람은 없다. 모두 전투력을 보존했다. 자기들이 어떤 종류의 수법에 당했는지도 안다.

겁을 먹지 않았다. 정이산이 펼친 건 꽤 어려운 수법이지만, 작정하고 수련하면 못 익힐 것도 없다. 무사들이 보기에는 고수라는 증명 그 이상은 아니다.

무사들 중에 지위가 높은 자가 동료들에게 지시했다.

"방심했다. 함부로 접근하지 마라. 근거리 공격에 특화된 수련을 한 놈이다!"

그들이 다시 대열을 맞추었다. 공격대열이다.

그때 새로운 사람이 나타났다. 검은빛 긴 옷을 입은 남자로, 옷에 마(魔) 자가 금실로 수놓아져 있었다.

그가 나타나자 무사들이 좌우로 움직여 길을 열어주었다.

"신관님이 오셨다!"

마교의 신관은 무공 고수이기도 하다. 마교 무사들의 사기가 올라갔다.

신관이 마교 무사들의 앞으로 나서며 정이산을 향해 호통을 쳤다.

"이놈! 신녀님에게 무슨 짓을 한 거냐! 감히 신녀님께 부정한 짓을! 마신께서 내리시는 벌을 받고 고통 속에 죽으리라!"

정이산의 눈썹이 살짝 비틀렸다.

그의 표정 변화에 놀란 나꽃녀가 대화로 상황을 해결해 보려고 앞으로 나갔다.

"잠깐만요!"

그녀가 무사들에게 말했다.

"저는 잡혀 있거나 무슨 짓을 당한 게 아니에요."

신관이 외쳤다.

"신녀님은 속고 계신 겁니다!"

마교 무사들이 따라 소리를 질렀다.

"당했습니다!"

"분명히 당했습니다!"

나꽃녀는 답답했다. 황당하기도 했다.

"아이참. 나도 당하고 싶……지도 않았고, 당한 적도 없다니까요! 도대체 뭘 당했다는 거예요?"

뭔가 야하거나 추잡한 이야기가 나올 거라고 생각했다.

하지만 마교 신관의 입에서 나온 말은 달랐다.

"사기를 당하셨습니다."

나꽃녀의 눈이 동그래졌다.

"예?"

무슨 말인지 이해가 가지 않았다.

정이산이 대화를 끊었다.

"기억상실증에 걸렸다는 걸 아는군."

마교 신관이 사악한 것이라도 본다는 듯이 악에 받힌 소리를 질렀다.

"이 부정한 놈! 그게 아니다!"

"맞잖아."

나꽃녀가 물었다.

"공자님. 그게 무슨……."

정이산이 설명했다.

"네가 기억상실인 걸 알아. 그래서 기억이 없는 네가 신녀의 신분임에도 불구하고 나에게 속고 있다고 생각하는 거야. 그래서 사기를 당했다고 확신하는 거야."

나꽃녀가 마교 신관을 돌아보았다.

"정……말이에요?"

신관이 손을 내저었다.

"기억상실이 아닙니다. 그건, 신녀님의 영혼에서 속세의 때를 씻어내서 그렇습니다. 속세의 때가 다 씻겨나가면서, 속세의 기억도 같이 씻어졌습니다."

언뜻 들으면 그럴듯하기도 하지만, 고맙다고 할 소리는 절대로 아니다.

정이산이 말했다.

"저들이 말하는 속세의 때가 바로 네 기억이다."

나꽃녀가 하도 황당해서 정이산에게 물었다.

"그러니까, 제 기억을 일부러 잃게 만들었다고요?"

"어."

그녀의 눈꼬리가 치솟았다.

"뭐 이런 쌍노…… 아니, 나쁜 사람들이 다 있어요?"

"마교다."

"하긴요."

나꽃녀가 다부진 표정을 지었다.

"마교 따위, 싫어요."

정이산이 제안했다.

"다 죽일까?"

나꽃녀가 가만히 생각해 보니, 그래도 자기를 알아보고 신녀라고 불러주는 사람들을 죽이는 건 꺼림칙했다.

"아뇨. 다 죽이면 저에게 무슨 일이 있었는지 알아볼 수가 없잖아요."

"그렇지."

"산 사람이 많을수록 도움이 될 거예요."

"알아."

정이산이 앞으로 나아갔다. 나꽃녀와 정이산 사이의 거리가 벌어졌다.

마교 신관이 정이산을 가리키며 소리를 질렀다.

"죽여! 저 마귀를 죽이고 신녀님을 되찾……."

정이산이 어느새 신관의 앞을 잡았다. 신관이 깜짝 놀라 칼을 휘둘렀다.

"이 부정한 놈!"

마교라는 곳이 애초에 힘의 논리가 지배하는 곳이다. 교리 조차도 힘을 중요시한다. 그런 마교의 신관에게 있어서 무공은 곧 신앙심의 증명이다.

마교의 신관은 고수다. 칼날에 깃든 기운이 예사롭지 않다.

정이산의 상대로는 모자라다.

정이산이 날아오는 칼날을 손끝으로 감아 당겼다. 칼이 딸려왔다. 칼날을 옆으로 밀었다. 손을 앞으로 내밀어 신관의 손목을 툭 쳤다.

"큭!"

신관이 칼을 놓쳤다. 칼을 놓치는 신관을 밀었다. 막 떨어지려는 칼 손잡이를 턱 잡았다.

신관이 열 걸음이나 뒷걸음질을 치다가 겨우 중심을 잡았다. 명색이 고수라고 쓰러지지는 않았다.

칼은 이미 정이산의 손에 들어갔다.

신관이 그걸 보고 소리를 질렀다.

"보통 놈이 아니다! 일단 후퇴해서 반격의 기회를 잡자!"

마교 무사들이 얼씨구나 하고 물러났다.

"와아! 후퇴다!"

마치 썰물이 빠지는 것 같았다.

나꽃녀는 어리둥절했다. 그는 당연히 마교 무사들이 공격해 올 줄 알았다. 이렇게 간단히 도망칠 줄은 몰랐다.

그녀가 정이산에게 물었다.

"저기. 공자님."

"왜?"

"여기 무사들은, 어째 좀 이상하네요?"

"오랫동안 여기 갇혀 지내서겠지."

"예?"

"환경이 고정되면, 뭐든 단순해지니까."

그녀가 고개를 갸웃거리다가 다른 걸 물었다.

"그런데, 저에 대해 물어보려면 몇 명이라도 잡아야 하는 거 아녜요?"

정이산이 앞쪽을 보았다. 나꽃녀의 시선이 따라갔다.

숟가락으로 떠낸 것 같은 분지 안에는 집이 많았다. 그 중에 서도 중심부의 작은 호수 옆에 세워진 건물은 꽤 컸다.

마교의 무사들은 모두 그 큰 건물로 도망쳤다.

건물 밖의 많은 집들 사이에, 오가는 사람들이 보였다.

"와아. 몇백 명은 되겠어요. 저 사람들도 마교인가요?"

"숲에서 실종된 사람을 모두 죽인 건 아니라 했지."

"아, 그럼 납치된 사람들이네요? 그런데 왜 납치한 거죠?"

"노예다."

나꽃녀의 눈이 동그래졌다.

"노, 노예요?"

"본인 의사와 상관없이 잡아놓고 일을 시키지만, 대가는 없다. 떠날 자유도 없다. 생명을 유지할 권리도 없다. 일을 하지 않거나 저항하면 죽이겠지. 저들을 마교에서 뭐라고 호칭하든, 노예다."

"너무해요. 노예라니."

"이제는 아니야."

정이산이 사람들을 향해 걸어갔다.

"가자."

나꽃녀가 기운차게 대답했다.

"예!"

*　　　　*　　　　*

사람들은 잔뜩 겁을 먹은 채 정이산을 보기만 했다.

아무도 말을 하지 않았다.

234

어색한 침묵이 흘렀다.

나꽃녀가 정이산에게 말했다.

"조용한 분들이시네요."

정이산이 설명했다.

"외부인에게 말을 걸었다가 죽는 사람을 여러 번 봤겠지."

"네? 말 좀 걸었다고 죽여요? 어머. 정말 마교는 해도 해도 너무하네요."

사람들이 말하기를 기다리면 답이 없다는 걸 안 나꽃녀가 먼저 말을 걸었다.

"저기요. 저 아시는 분 계세요?"

사람들이 서로를 돌아보기만 했다.

질문을 받았으면 누군가 대답을 해야 한다. 아무도 대답하지 않으면 피를 본다. 그게 그들의 지난 십 년 동안의 경험이다.

젊은 남자가 나서서 조심스럽게 대답했다.

"뵌 적이 없습니다. 아씨."

나꽃녀가 고개를 갸웃거렸다.

"무사들은 알아보던데, 왜 모르실까?"

"저희는 그저 시키는 일만 하는 무지렁이들이라……."

"나보고 신녀라던데."

사람들이 고개를 갸웃거렸다.

"저……. 선녀님들은 가끔 뵐 기회가 있습니다만, 신녀님이 계시다는 소리는 처음 듣는지라⋯⋯."

나꽃녀가 정이산을 돌아보았다.

"절 모른다는데요?"

정이산이 젊은 남자에게 물었다.

"선녀는 어디 있지?"

남자가 호수가의 커다란 건물을 가리켰다. 마교 무사들이
도망친 곳이다.

"선녀님들은 다들 저기 계신데, 가끔 밖에 나오실 때 뵐 기
회가 있습니다만⋯⋯."

정이산이 나꽃녀를 가리켰다.

"닮았나?"

짧은 질문이지만, 젊은 남자는 무슨 의미인지 단번에 알아
들었다. 해답이 존재하는 질문이어서다.

"예. 조금 닮은 분들이 많습니다."

정이산이 남자를 물끄러미 보았다.

"용기가 있구나."

남자가 고개를 숙였다.

"아닙니다. 저는 시키면 시키는 대로 하는⋯⋯."

"나는 마교가 아니다."

마교가 아니다. 천마교다. 그것도 교주다.

남자가 의심과 기대가 섞인 표정으로 물었다.

"저, 정말입니까?"

나꽃녀가 큰소리를 쳤다.

"우리 공자님께서 구해드릴 거예요."

사람들 중 일부는 대놓고 환한 표정을 지었다.

"구해 주시러……."

하지만 경계하는 사람이 더 많았다.

"마교가 지키고 있는데 어떻게……."

사람들이 웅성거렸다.

"함부로 말을 섞었다가 마교에게 들키면 죽을 거야."

"마교가 우리를 시험하는 걸지도……."

긴 세월이 그들을 소극적으로 만들었다. 그들에게는 생명이 걸린 일이라 어쩔 수 없었다. 상황을 잘못 판단한 사람이 마교 무사의 칼에 죽는 일이 지난 십 년 동안 여러 번 있었다. 그들을 죽인 무사들이 지금 바로 근처의 건물에 들어가 있다.

사람들은 용기를 잃었다. 나서지도 못했다. 구해 준다고 해도 구함을 받기 위해 한 걸음 나설 용기가 없다.

모두 그런 건 아니다. 대표로 나섰던 젊은 남자가, 정이산에게 말했다.

"구해 주십시오. 저는 집으로 돌아가야 합니다."

나꽃녀가 아는 정이산은 구해 달라고 하면 버려두는 인간이다. 그녀가 나름대로 머리를 써서 말했다.

"지금 저에게 구해 달라고 말씀하신 거죠?"

"예? 저분께서 구해 주신다고 하셨잖습니까? 당연히 저분께……."

"아이참. 그게 아니라 저에게……."

정이산이 그녀의 말을 끊었다.

"그러지."

나꽃녀가 놀라 정이산을 돌아보았다.

"공자님?"

"가자."

"예? 예."

정이산은 더 묻지 않았다. 곧바로 선녀들이 있다는 건물로 향했다.

나꽃녀가 얼른 따라붙었다.

젊은 남자도 정이산의 조금 뒤를 따라 걸어왔다.

나꽃녀가 정이산에게 물었다.

"공자님. 어떻게 된 거예요?"

왜 구해 달라는 부탁을 들어 주냐고 묻는 게 아니다. 그것도 궁금했지만 이미 잘 풀린 일을 따지고 들만큼 멍청하지는 않다.

그녀의 질문은 다른 쪽이다.

"선녀들이 왜 저를 닮았죠?"

"지음지체."

"예?"

양산에서 나꽃녀는 가짜 명의 허이령에게 월광지음지체라

는 진단을 받았다. 그 근거 중 하나가 허이령이 가지고 있던 그림이었다.

"지음지체의 특징이 네 외모에 드러난다. 선녀라. 지음지체 겠지. 너는 월광지음지체. 특히 귀하다. 그래서 신녀."

"아, 그럼 체질을 가지고 신녀와 선녀를 구분하는 건가요?"

"곧 알게 되겠지."

어차피 넓지 않은 분지다. 어느새 큰 건물 앞에 도착했다.

거리가 가까워지자마자 건물에서 화살이 소나기처럼 날아왔다.

일반 화살은 고수에게 통하지 않는다. 정이산이 화살 몇 대를 잡아서 도로 던졌다.

돌아가는 화살의 속도는, 처음 쏜 것과는 비교도 할 수 없을 만큼 빠르다.

"으아악!"

화살이 뚝 그쳤다. 문을 단단히 걸어 잠그고 코빼기도 보이지 않았다.

정이산이 앞으로 걸어갔다.

따라왔던 젊은 남자가 급히 말렸다.

"공자님. 그 안에는 무서운 함정이 있다고 들었습니다."

"알아."

"문을 열면 위험합니다."

"안 열어."

"예?"

정이산이 문 옆쪽 벽으로 걸어갔다.

돌을 쌓아 만든 단단한 벽이다. 그 벽에 손을 댔다.

손끝을 타고 낮은 울림이 퍼졌다. 벽이 고속으로 진동했다. 돌과 돌 사이를 메운 찰흙이 먼지가 되어 흩어졌다.

다음 순간, 그가 손댄 곳 근처가 와르르 무너졌다.

젊은 남자가 입을 떡 벌렸다.

"벼, 벽을……. 맨손으로……."

나꽃녀가 어떠냐는 듯이 코를 세우며 말했다.

"어머. 문을 새로 만드셨네."

벽 안쪽에서, 마교 무사들은 정문을 잔뜩 노리던 중이다. 정문 근처의 함정도 모두 발동시켰다. 무사들은 각종 활과 표창 등으로 정문을 겨누었다.

그들이 깜짝 놀라 무너진 벽 쪽으로 고개를 돌렸다. 상황을 파악하자마자 소리를 질렀다.

"벽을 뚫었다!"

"막아!"

정이산이 빨랐다. 바닥에 떨어진 돌 하나를 발로 콱 밟았다. 돌덩이가 부서져 자갈이 되었다.

그 돌무더기를 발로 걷어찼다.

온갖 크기의 자갈들이 마치 수십 명이 돌팔매라도 하듯이 날아갔다. 가까운 거리에서 날아든 돌멩이들은 충분히 위력적이었다.

"크아악!"

단번에 적이 반격할 기회를 무산시켰다.

마교 무사들이 혼란에 빠진 시간은 짧았다. 한 번의 공격이라면 정신을 차릴 수 있다.

한 번이 아니다. 정이산이 짧은 간격으로 돌을 부수고 걷어찼다.

연달아, 수십 개씩 돌멩이가 날아갔다.

"아아악!"

무공이 그나마 높은 무사는 돌을 쳐냈다. 수가 너무 많고 속도가 빨랐다. 자기 몸 하나 건사하기도 바빴다.

무공이 낮은 무사는 한두 개 쳐내는 게 고작이다. 하나도 못막고 쓰러지는 자도 있었다.

순식간에, 십여 명만 남고 나머지는 모두 바닥에 고꾸라졌다.

정이산이 안쪽으로 걸어 들어가며 말했다.

"겨우 돌 몇 개를 막지 못하는구나. 약한 사람들만 괴롭히느라, 너희들도 약해졌구나."

남은 무사들이 칼을 꽉 움켜쥐고 정이산을 노려보았다. 눈동자가 흔들렸다. 손이 떨렸다.

무사 중 하나가 협박을 시도했다.

"이, 이놈. 우리는 위대한 마교다! 당장 꺼지지 않으면 피의 보복을 당할 거다! 네가 아는 모든 사람이 죽는 걸 피하고 싶다면, 꺼져라!"

"싫다."

"뭐, 뭐?"

"선녀는 지음지체. 신녀는 월광지음지체인가?"

무사들은 무슨 말인지 알아듣지 못했다.

"그게 무슨 소리냐!"

무사들 뒤쪽에 숨어 있던 신관이 펄쩍 뛰었다.

"그걸 어떻게! 이놈! 정체가 뭐냐!"

"틀림없군."

정이산이 건물 안쪽을 돌아보았다.

"선녀들은, 아직 의식을 겪기 전인가?"

그의 시선이 돌아가자마자, 무사 다섯 명이 달려들었다.

"방심!"

돌아보지도 않았다. 옆으로 스윽 움직여 공격을 피했다.

피하기만 한 건 아니다. 자신에게 칼을 들이댄 자에게는, 칼로 대답했다. 적의 칼을 잡아, 적의 몸에 꽂았다.

"커억!"

몇 번의 손짓만으로 다섯이 피를 뿌리며 쓰러졌다.

나머지 다섯은 얼어붙었다.

애초에 이 안쪽에 무공 고수는 신관밖에 없다. 나머지도 그냥저냥 세월만 보내며 살아 무공이 퇴보했다.

다른 다섯이 신관 쪽으로 주춤주춤 물러났다.

"신관님. 어떻게 합니까?"

신관의 손도 부들부들 떨렸다.

안쪽과 바깥쪽은 분리되어 있다. 안쪽으로 들어와 이 건물 안을 본 사람은, 구곡폭포 근처를 떠날 수 없다.

장로 마연장만이 예외였다. 일반 무사라면 아예 이 분지에 서조차 나갈 수 없다.

설사 마연장이라고 하더라도 특별한 경우가 아니라면 안으로 들어오지 않았다.

신관은 지난 십 년간 이곳에서 왕처럼 살았다. 드물게 고위 간부를 만날 때를 제외하고는 모든 것은 그의 마음대로였다.

이제 처지가 초라해졌다. 화가 났다.

"내가, 내가 누군데 감히!"

신관이 칼을 쥐고 정이산에게 달려들었다.

"쳐라!"

무사들이 멋도 모르고 신관의 뒤를 따랐다. 어쨌든 신관은 그들 중에서 가장 고수다.

"와아! 쳐라!"

정이산이 눈살을 살짝 찌푸렸다.

"운 좋은 놈들."

주먹을 뻗었다. 강철보다 단단한 주먹이 신관을 때렸다.

"케에엑!"

신관이 비명을 지르며 뒤로 날아갔다. 따라오던 무사들이 신관과 뒤엉켰다.

"어흑!"

창졸간이라 손에 든 칼을 제대로 다루지 못했다 칼날이 서로를 베었다.

신관은 이미 정신을 잃었다. 무사 다섯이 부상을 참고 몸을 일으키려고 했다.

정이산이 그들을 스쳐 지나가며, 손바닥으로 머리를 퍽퍽 때렸다.

일어나던 무사들이 그대로 자빠졌다. 그들을 마지막으로, 고개를 드는 자는 아무도 남지 않았다.

第八章

　송주은은 손바닥만 한 창문밖에 없는 창고에 갇혀 훌쩍였다.

　"나, 돌아가야 되는데……."

　무서웠다. 앞으로 자신에게 어떤 일이 벌어질지 몰라 두려웠다.

　창고의 문이 서서히 열렸다.

　송주은이 깜짝 놀라 웃옷을 단단히 움켜쥐었다. 혹시 몸을 요구할지도 모른다는 걱정이 들었다. 농락당하기 싫었다.

　'내 몸에 손을 댈 거라면.'

　"차라리 날 죽여!"

문이 활짝 열렸다. 밝은 빛이 쏟아져 들어왔다. 그 빛 한가
운데에 사람의 모습이 보였다. 어둠에 적응된 눈이 빛에 예민
하게 반응했다. 사람의 윤곽만 겨우 보였다.

"싫다."

그녀는 정이산의 목소리가 듣기 좋았다. 눈을 가늘게 떴다.
정이산이 좀 더 잘 보였다.

정이산의 뒤에서 쏟아져 들어오는 햇빛이 마치 후광처럼 보
였다.

보통 사람에게는 후광이 비치지 않는다. 문득, 이곳에 잡혀
오기 전에 들은, 어떤 인물에 대한 소문이 떠올랐다.

'우리를 구원하기 위해 오신다는…….'

"성자님?"

"아니다."

정이산이 뒤돌아가 버렸다.

비로소 눈이 빛에 적응했다. 송주은이 창고를 걸어 나왔다.

"이, 이건……."

그녀의 눈앞에, 그 무섭던 마교의 무사들이 밧줄에 묶여 있
었다.

분지에 잡혀 있던 사람들이 싸움이 끝나고 나서 몰려와 무
사들을 밧줄로 칭칭 감았다.

나꽃녀도 그 일을 도왔다. 무사를 묶다가 그녀를 보고 손을
흔들었다.

"어머. 안녕하세요?"

송주은은 잡혀온 지 얼마 되지 않아 나꽃녀를 본 적이 없다.

"아, 안녕하세요. 그런데 이게 어떻게 된……."

나꽃녀가 무사를 묶어놓고 허리를 폈다. 손으로 허리를 두드리며 자랑했다.

"우리 공자님이 다 때려잡으셨어요. 제가 묶는 걸 도왔고요."

송주은이 고개를 돌려 정이산을 보았다.

'마교나 악당을 때려잡고 사람들을 구하는 거, 우리를 구원하기 위해 움직이시는 거, 성자님이 하시는 일이잖아.'

"정말 성자님 아니세요?"

"아니다."

나꽃녀가 웃으며 손을 흔들었다.

"그런 오해 가끔 들어요. 아니에요. 위기에 빠진 사람 좀 도와줬다고 성자면 세상에 성자 천지일 거 아녜요?"

"그럼 누구신지……."

"우리 공자님은……. 음……."

차마 천마교주라고는 말하지 못했다.

"여하튼 아니에요."

이번에는 나꽃녀가 질문했다.

"그런데 누구세요?"

"예? 전 송주은인데요?"

"아니, 그러니까, 왜 갇혀 있었던 거예요?"

송주은이 자기가 잡혀온 사정을 이야기했다.

"속아서요. 돈을 벌 수 있다는 말에 속아서 왔는데, 날 보고 선녀니 뭐니 하면서 이상한 것만 먹이고 그러잖아요."

나꽃녀의 표정이 환해졌다.

"선녀! 그런데 잡혀왔다는 거죠?"

"네. 어서 집에 돌아가야 하는데……. 집에 엄마랑 동생이……."

나꽃녀가 더 듣지도 않고 정이산에게 말했다.

"보세요. 마교에게 잡혀와서 선녀가 된 거라잖아요. 그러니까 저도 그럴 거예요. 아. 다행이다."

정이산이 송주은에게 물었다.

"혼자 남았나?"

"예?"

나꽃녀가 통역했다.

"다른 선녀들은 없이 혼자 있냐고요. 잡혀 계시던 분들에게 선녀분들이 더 많다고 들었거든요."

"아, 저 안쪽에……."

송주은이 그들을 안내했다.

안쪽 건물의 바닥에 잘 위장된 문이 있었다.

"땅 밑에 복도가 있는데요. 그걸 걸어가다 보면 정말 큰 공간이 나와요. 방도 많고요. 이상한 것도 많아요. 평소에는 그 안에서 살아요."

정이산이 나꽃녀에게 말했다.

"열어."

"예."

분지에 잡혀 있던 인물들 중 중년 남자가 급히 나섰다.

"잠깐!"

나꽃녀가 돌아보았다.

남자가 말했다.

"거기는 함부로 들어가지 마십시오."

정이산이 거절했다.

"싫다."

"예? 아, 제 말은 단지, 거기 있는 기관은 저희들이 심혈을 기울여 만든 것입니다. 아무리 무공이 높아도 거기는 통과할 수 없습니다."

남자는 그런 의도가 없었지만, 전부 정이산을 제대로 자극하는 소리들이다.

정이산이 다시 나꽃녀에게 말했다.

"열어."

"예."

나꽃녀가 문을 벌컥 열었다. 그래도 겁이 나서 정면에서 열지 않고 옆에서 열었다.

열린 문으로 화살들이 날아왔다. 정이산을 향해서였다.

송주은이 놀라 비명을 질렀다.

"꺄악! 아?"

평범한 화살 정도로는 정이산을 위협하지 않는다. 이런 근거리에서 발사되었어도 마찬가지다.

중년 남자가 다급해져서 정이산에게 다가왔다.

"공자님께서 저희 자유를 찾아주셨습니다. 도움이 되고 싶어서 드리는 말씀입니다. 제가 지금은 이 모양 이 꼴로 있지만, 제가 바로 기문식입니다."

"누구?"

"아, 그게, 마교에 잡혀오기 전에 밖에서는 기문식이라고 하면 기관전문가로 이름이 좀 알려져 있었습니다. 들어보셨을 텐데……."

"모른다."

"제 이름을 못 들어보였다면 기관에 대해서도 별 지식이 없다는 소리인데, 그런 상태로 들어가면 무공이 아무리 높아도 죽습니다. 들어가지 마십시오."

"싫다."

기문식은 답답했다.

"그럼 제가 동료들과 먼저 기관 해제를 하도록 시간을 주십시오. 이 기관을 만든 게 우리들이니까, 한 사흘만 말미를 주시면 해제할 수 있습니다."

정이산이 대답도 하지 않고 안으로 걸어갔다.

나꽃녀가 주변을 살폈다. 휴대용 등잔을 찾아 불을 붙였다.

정이산이 나꽃녀를 돌아보았다. 위험하든 말든 따라오려고 하는 게 빤히 보였다.

정이산이 기관전문가 기문식에게 질문했다.

"어디냐?"

"예?"

"부술 곳."

기문식이 그때서야 정이산의 말을 알아들었다.

'기관의 심장부를 말하는군.'

고개를 가로저었다.

"부수는 건 불가능합니다. 입구의 기관들을 관장하는 장치의 심장부는 바로 그 오른쪽에 있습니다만, 두껍고 단단한 돌벽으로 보호되어 있어 부술 수가 없습니다. 돌 사이에 철판도 한 장 깔았습니다. 그러니까 우리가 바깥쪽부터 차근차근 해제해 들어가야……."

정이산이 손을 옆으로 뻗었다.

정이산의 심장에서 기운이 회전해 증폭된 후 손을 뒤덮었다. 강력한 기운이 손을 보호하고, 앞을 가로막는 것을 갈아버렸다. 평범한 돌로는 그 기운을 막을 수 없었다.

하얗게 변한 손을 돌벽에 푹 박아 넣었다.

돌로 만든 벽이 마치 진흙이라도 되는 것처럼 부드럽게 파였다. 얇은 철판도 쉽게 뚫렸다.

손끝이 빈 공간에 들어갔다. 기관장치의 심장부가 들어 있는 공간이다.

기문식이 놀라서 입을 떡 벌리고 있다가 급히 외쳤다.

"구멍을 뚫어주셨으니 이제 저희가 맡겠습니다. 그 안의 기관들은 좋은 쇠를 많이 써서 칼로 쳐도 잘리지 않습니다. 힘으로는 부술 수 없으니까 물러서 주십시오."

정이산이 손을 폈다. 손에 맺혀 있던 기운이 손바닥 바깥으로 떨어져 나오며 맹렬히 회전했다. 정이산이 회전하는 기를 움켜쥐었다. 기운이 압축되었다.

다시 손을 놓았다.

압력이 사라지자마자, 압축된 기운이 폭발했다.

낮은 폭음과, 잔진동이 기문식까지도 느낄 정도로 확실히 전해졌다.

정이산이 손을 스윽 빼냈다. 손끝에 먼지만 잔뜩 묻어 있었다.

기문식은 너무 놀라 입을 떡 하고 벌렸다.

"서, 설마……."

급히 다가가 구멍에 눈을 대고 안쪽을 살폈다. 아무것도 보이지 않았다.

기관장치의 상태는 다른 방법으로도 확인할 수 있다. 기문식이 정이산의 앞으로 들어가서, 제법 묵직한 돌을 주워 안쪽으로 던졌다. 발판 하나가 돌에 맞아 쑥 들어갔다.

원래라면 사람이 그 발판을 밟는 순간 사방에서 창이 솟아나야 한다. 하지만 아무런 반응이 없었다.

기문식은 믿어지지 않았다. 하지만 눈으로 보고도 믿지 않을 수가 없다.

기문식이 뒤돌아서서 정이산을 보았다.

"서, 설마, 기관의 심장부를, 부숴 버리신 겁니까?"

입구 바깥에서 빛이 들어왔다. 기문식이 어두운 안쪽에서 밝은 빛을 보자 눈이 조금 부셨다. 그 빛의 한가운데에 정이산이 서 있었다.

기문식이 그 빛을 보며 생각했다.

'설마…… 후광?'

각도가 맞아떨어져, 마치 후광처럼 보였다.

나꽃녀가 자랑했다.

"놀라셨죠? 우리 공자님 대단하시지 않아요?"

기문식이 정신을 차렸다. 비로소 안타까운 마음이 밀려왔다.

"아니, 그게 아니라……. 힘들게 만든 걸……."

"예?"

"나와 동료들의 필생의 역작이……. 기관진학의 큰 발전이……. 잘 해체했으면 그대로 가지고 나갈 수 있었는데……."

"그, 그래도, 심장부만 부수었잖아요."

"심장부가 신기술이고 나머지야 기존에 있던 기술이라……."

차마 구해 준 사람에게 심한 소리는 못하고 구시렁대기만 했다.

정이산이 물었다.

"다 죽었나?"

나꽃녀가 통역했다.

"기관이 다 죽었냐는 말씀이세요."

기문식이 정신을 차리고 대답했다.

"아닙니다. 제가 설계한 기관은 그리 간단하지 않습니다. 이건 입구 쪽을 담당하는 기관장치입니다. 안쪽에는 더 많은 기관이 더 철저하게 보호되고 있습니다."

"가자."

나꽃녀가 정이산의 곁에 달라붙었다.

"제가 불 밝혀드릴게요. 아예 앞장설까요?"

정이산이 기문식을 힐끗 보았다.

기문식은 누구보고 가자고 한 건지 깨달았다.

기문식이 망설이다가 침을 꿀꺽 삼켰다.

'정상적인 상황이라면 죽으러 가는 거지만, 이렇게 강력한 무공을 가진 분이 계시다면…….'

기관장치의 신기술을 개발한 건 그이지만, 머릿속에 담겨 있는 게 전부다. 마교는 해체에 도움이 되는 정보를 기록하는 걸 허락하지 않았다. 만든 지 몇 년이나 지난 것도 있다. 그런 건 재현하는데 시간이 많이 걸린다. 재현된다는 보장도 없다.

그는 장인이다. 신기술의 핵심을 보존하고 싶은 욕심이 났다.

욕심을 버렸다.

'시간만 조금 더 걸릴 뿐, 재현이 불가능한 것도 아니니까 당장은 이분의 일을 도와드리자.'

욕심을 버린 건 겁이 나서였다.

'여기서 시간 끌다가 마교가 다시 잡으러 오면 큰일이니까.'

납치되고 몇 년이나 이 감옥이나 다름없는 곳에 갇혀서 사람대접 못 받고 살았다.

얼른 정이산의 뒤를 따랐다.

"제가 같이 가면서 설치된 기관장치들을 설명드리겠습니다. 이 기관들은 제 역작으로……."

기왕 부수기로 한 거, 아주 제대로 박살내기로 했다.

'여기 사용된 기술을 마교에게 넘겨줄 순 없으니까.'

*   *   *

마교는 많은 돈을 들여 함정을 설치했다.

사람이야 납치해다 썼으니 임금은 들지 않았다. 하지만 기관을 만드는 데 사용되는 물자 중에 비싼 것이 많았다. 보검도 여러 자루가 녹아들어갔다.

이제 이 복도는 강력한 무공을 가진 고수라고 해도 함부로 들어가면 목숨을 담보할 수 없을 정도도 치명적인 공간이 되었다.

물론 그건 함정이 발동했을 때의 이야기다.

정이산이 함정 구조에 정통한 건 아니다. 무공은 열심히 익혔지만, 기관진식에 대해서는 신경을 쓰지도 않았다.

一막으면 부순다.

그게 그가 쓰는 기관진식의 대처법이다.

문제가 없는 건 아니다.

기문식이 돌벽을 가리켰다.

"여기가 아마⋯⋯."

정이산이 돌벽을 부수었다. 돌 뒤에 나온 건 단단하게 다져진 흙이다.

"아, 이 벽이 아닌가 봅니다."

정이산이 기문식을 돌아보았다. 입술을 살짝 벌리고 이 사이로 바람이 들어가는 소리를 냈다.

"쓰읍."

기문식이 얼른 다른 벽을 가리켰다.

"저기인가 봅니다. 저기."

기문식의 기억은 정확하지 않았다. 지금까지 멀쩡한 벽을 여러 개 부쉈다.

나꽃녀가 정이산의 얼굴을 보며 생각했다.

'공자님이 표정이 많아지셨네. 쓰읍도 할 줄 아시고.'

재미있어서 따라해 보았다.

"쓰읍."

정이산이 나꽃녀를 돌아보았다. 나꽃녀가 깜짝 놀라 시선을 피하며 앞으로 나갔다.

"아, 여기로 가면 되는 거……."

정이산이 나꽃녀의 어깨를 휙 잡아당겼다.

나꽃녀가 뒤로 끌려가며 깜짝 놀라 외쳤다.

"죄송해요! 잘못했어요!"

소리치는 그녀의 바로 앞으로 화살이 쉭쉭 소리를 내며 지나갔다.

"에?"

화살이 날아왔다는 건, 기문식이 놓친 기관제어장치가 있다는 의미다. 정이산과 나꽃녀가 동시에 기문식을 돌아보았다.

"쓰읍!"

"쓰읍!"

정이산은 기문식의 도움으로 핵심부위들만 부수며 통로를 통과했다.

짧지 않은 통로를 빠져나오자 커다란 지하 석실이 나왔다.

벽은 모두 단단한 돌로 막혀 있다. 안쪽에는 십여 명의 여자
가 눕거나 앉아 있었다. 그들의 앞에는 여러 가지 약단지나 솥
등이 즐비했다. 약재가 잔뜩 쌓여 있는 곳도 있었다.

나꽃녀가 말했다.

"창문도 없네요?"

기문식이 설명했다.

"길고 좁은 환기통로들을 만들어 외부의 공기가 통하게 했
습니다. 사람이 통과하기에는 좁지만 숨을 쉴 만큼은 됩니
다."

안에 있던 여자 중 한 명이 조금 멍한 표정으로 나꽃녀를 향
해 다가왔다.

"우리, 언제 본 적 있지 않아요?"

나꽃녀가 혹시나 해서 물어보았다.

"저를 아세요?"

"잘 모르겠어요. 요즘은 기억이 흐릿해서요. 그래도 어쩐
지, 처음 보는 분 같지가 않아요."

정이산이 말했다.

"아직 기억을 다 지우지 못한 거겠지."

나꽃녀의 눈에 대번에 눈물이 차올랐다.

"너무해요. 사람을 강제로 잡아와서, 이렇게 만들다니."

그 말에 자기도 강제로 잡혀온 게 틀림없다는 뜻이 담겼다.

나꽃녀는 자기가 혹시 마교의 인물일까 걱정했다. 하지만

상황을 보니 안심이 되었다.

"전부 다 잡혀온 거네요. 그러니까 저도 억지로 끌려왔었다는 소리죠? 저는 분명히 곱게 자란……."

여자 중 한명이 그녀의 말을 끊었다.

"억지로라니욧! 내가 누군지 알아욧?"

나꽃녀가 여자를 돌아보았다.

이 안에 있는 여자들은 모두 기본 미모가 상당했다. 그냥 예쁜 게 아니라, 다들 나꽃녀와 비슷한 구석이 있었다.

소리친 여자는, 그 중에서도 나꽃녀와 특히 많이 닮아 있었다. 자매라고 해도 믿을 정도였다.

그만큼 미모도 뛰어났다.

나꽃녀가 물었다.

"누구?"

"우리 아빠가 누군지 알아요? 바로 진마단주세욧!"

"누구?"

"아무리 무식해도 우리 아빠 이름은 들어봤을 거 아녜요?"

나꽃녀가 정이산을 돌아보았다.

정이산은 설명해 주지 않았다. 나꽃녀가 다시 여자를 돌아보았다.

"누구?"

여자가 당황했다.

"저, 정말 몰라요?"

그녀를 구원해 준 건 기문식이다.

"설마 아가씨 아버님이……. 진마검 진모한?"

여자가 콧대를 세웠다.

"흥. 이제 아셨어요? 제가 바로 우리 아빠의 딸. 진소영이 예……. 뭐죠? 마치 아직도 모르겠다는 듯한 그 표정은?"

나꽃녀가 멀뚱멀뚱 서 있다가 정이산을 돌아보았다.

"아세요?"

진모한은 유명한 고수다. 정이산도 들어보았다.

"어."

진소영이 펄펄 뛰었다.

"그 애매한 반응은 뭐예요? 마교의 무사라면 당연히 우리 아빠를 존경한다고 말해야죠!"

나꽃녀는 그때서야 진소영이 뭘 착각하는지 깨달았다.

"우리 마교 아닌데요?"

"예?"

"마교 아니라고요."

진소영이 뒤로 주춤주춤 물러났다.

"서, 설마……. 무림맹의 습격?"

그녀가 두 주먹을 들어올리며 자세를 낮췄다. 마치 암고양이가 목표를 노리는 듯한 모습이 되었다.

"감히 여기가 어디라고 무림맹 따위가!"

"무림맹도 아닌데요?"

진소영은 혼란에 빠졌다.

"그, 그럼 누구예요? 누가 감히 여기를 쳐들어와요? 천마교일 리는 없잖아요!"

나꽃녀가 천마교라고 대답하기도 전에, 기관전문가 기문식이 끼어들었다.

"성자님과 그 일행이라는 소문이……."

진소영이 깜짝 놀라 정이산에게 물었다.

"설마, 낄 데 안 낄 데 가리지 않고 낀다는 그 성자?"

"아니다."

"그, 그렇죠? 아니죠?"

안심하다가 외쳤다.

"그럼 누군데욧!"

"나그네."

"흥. 나그네건 뭐건, 당장 도망치지 않으면 밖에 있는 우리 마교의 무사들이 가만두지 않……."

말하다가, 모순을 깨달았다.

"가만, 밖에 무사들이 있으면 여기 이렇게 들어올 수 있을리가 없잖아요. 그럼 밖에 무사들은……."

정이산이 뒤돌아섰다.

"가자."

여자들은 눈만 멀뚱멀뚱 뜨고 보기만 했다.

나꽃녀가 얼른 그녀들에게 말했다.

"자, 다들 이 음침한데서 나가요. 나가서 햇볕 좀 보면 기억이 돌아올지도 몰라요. 아, 밖에 신관놈도 잡아놨으니까 한번 족쳐보자고요."

*　　　*　　　*

구해진 여자들 중 일부는 나꽃녀의 곁만 맴돌았다.

"우리, 꼭 언제 만난 적 있는 것 같아요."

"친구였을까요?"

안 그러는 사람도 있었다.

기억을 거의 잃어버린 여자의 경우는 나꽃녀를 보고도 별 반응을 보이지 않았다.

반대로, 기억이 완전한 진소영도 혼자 따로 걸어오면서 콧대만 세웠다.

"흥. 우리 아빠가 오시면, 당신들 다 큰일 날 줄 알아요. 우리 아빠 정말 센 분이세요."

아무도 상대해 주지 않자 나꽃녀를 불렀다.

"거기 나랑 닮은 당신!"

나꽃녀가 그녀를 돌아보았다.

"우리가 닮긴 닮았죠?"

"나랑 겉모습만 살짝 닮은 거예욧! 품위나 교양, 무공까지 어딜 감히 비교해요?"

나꽃녀가 실실 웃었다.

"헤에. 하긴. 다른 건 안 닮는 게 나도 좋아요."

"뭐, 뭐예욧!"

화를 내려고 했지만, 지금은 진소영이 큰소리칠 상황이 아
니다.

나꽃녀에게는 정이산이 있지만 그녀의 아버지인 진모한은
여기 없다.

진소영이 목소리를 가다듬고 나꽃녀에게 물었다.

"헴. 헴. 하여간 당신. 혹시 말이에요."

"혹시 뭐요?"

"나랑 친척이에요?"

나꽃녀의 표정이 싹 변했다.

"뭐, 뭐예요? 친척이라니요? 왜 그런 말을 해요?"

마교의 사람이고 싶지 않다. 친척이냐는 말에 바짝 긴장했
다.

그녀의 격렬한 반응에 진소영이 짜증을 냈다.

"나 같은 미녀랑 닮기가 어디 쉬운 줄 알아요? 게다가 우리
집안이 마교에서 얼마나 명문인데! 같은 핏줄이냐고 물으면
영광인 줄 알아야지!"

나꽃녀가 불안한 표정으로 정이산을 돌아보았다.

"공자님. 아니겠죠? 전 마교 따위가 아니겠죠?"

"알아봐야지."

뒤에서 진소영이 방방 뛰었다.

"마교 따위라니! 무엄해욧!"

그녀가 방방 뛰든 말든 아무도 상관하지 않았다.

                    *   *   *

지상에서는 사람들이 말싸움이 요란했다.

"당장 도망쳐야 해!"

"하지만 밖에 누가 지키고 있는지도 모르는데 어떻게 도망
칩니까? 도망치다 잡히면 고문당하다 죽는 거 아시잖습니
까?"

"어허, 이 사람. 그러다가 마교가 몰려와봐."

"그분이 계시잖습니까?"

"혼자서 어떻게 마교를 상대해? 우린 다 죽어! 게다가 안에
서 함정에 당해 죽어 버리기라도 했으면 어떻게 하려고? 기다
리다가 마교가 오면 다 죽으려고?"

묶여 있던 신관이 그 싸움을 보고 큰소리로 제안했다.

"그래! 분명히 죽었을 거야. 그러니까 나를 풀어줘. 풀어주
는 놈은 살려주는 건 물론이고 큰 상을 내리고, 또 여기서 풀
어준다! 팔자 고쳐서 집에 돌아가는 거야!"

몇 사람의 마음이 흔들렸다.

"저렇게까지 말하는데, 상은 몰라도 풀어주지는 않을까?"

마교에게 상까지는 기대도 하지 않았다.

"맞아. 목숨을 구해 주면 약속을 조금은 지키겠지. 우리를 풀어주기는 할 거야."

처음 정이산과 대화를 텄던 젊은 남자, 조태진이 화를 냈다.

"무슨 소리! 그분을 배신하자는 소리입니까?"

"어허. 이 사람. 배신이 아니지. 그냥 좋게 좋게 해결을 보는 거야. 세상살이가 원래 다 그런 거 아닌가?"

"저들을 풀어주면, 우리를 쫓아내고 입구를 막아 버릴 게 뻔한데 그럼 안에 들어간 분들은 어쩌라고요!"

"자고로 자기 목숨보다 중요한 건 없다고 했네. 우리도 다 살자고 하는 짓 아닌가?"

조태진이 빼앗아둔 칼 한 자루를 잡고 신관에게 달려갔다. 칼날을 신관의 목에 대고 소리를 질렀다.

"허튼 수작 하면 신관부터 죽여 버리겠습니다!"

사람들이 놀라서 그에게 다가갔다.

"어허. 이 사람. 미쳤군. 어디 감히 그분의 목에 칼을……"

다가가는 사람들의 손에도, 빼앗은 칼이 한 자루씩 들려 있었다.

조태진이 겁을 떨쳐내려고 소리를 질렀다.

"은혜를 알아야지!"

모든 사람이 그를 노리는 건 아니다. 어떤 사람들은 칼을 들고 조태진의 편에 섰다.

"맞아. 난 그분을 믿을란다."

분위기가 점점 험악해졌다. 다들 칼을 꽉 움겨쥐고 서로를 노려보았다. 당장이라도 칼질을 시작할 것 같았다.

그때, 정이산의 목소리가 들렸다.

"좋은 칼 놔두고 말로 하지 마라."

사람들이 깜짝 놀라 입구 쪽을 돌아보았다.

정이산이 입구에서 스윽 올라왔다.

그 뒤를 나꽃녀가 따라 나오다가 물었다.

"어머. 분위기가 왜 이래요? 마치 마교 손에서 힘들여 구해 냈더니 자기들끼리 죽이기라도 하려는 것처럼?"

정이산이 근처에 굴러다니던 의자를 세워 한쪽 다리까지 꼬고 앉았다.

"이제 시작할 거니까 너도 자리 잡아."

"예?"

"어서."

"예."

나꽃녀가 자기도 의자 하나를 세워놓고 그 위에 앉았다. 얼굴은 불안한 표정이 가득하고 손을 만지작거렸지만 군소리 없이 구경했다.

정이산이 의자에 앉은 채 사람들에게 말했다.

"뭐해? 어서 싸움 시작하지 않고?"

사람들은 머쓱해졌다. 원래 싸움이라는 건 멍석 깔아주면 흥이 깨져 안 싸우는 건데, 이렇게 작정하고 구경하겠다고 나오니 더 싸울 분위기가 나지 않았다.

조태진 쪽 사람들이 뒤늦게 환성을 질렀다.

"와아!"

정이산이 돌아오자, 마음을 조금 놓았다.

마교 무사들을 풀어주고 도망치자던 사람들 중에, 처음 말을 꺼냈던 사람이 그냥 물러날 수는 없어서 한마디 했다.

"우, 우리는 살고 싶어서 그런 겁니다! 사실, 마교를 어떻게 혼자서 상대한단 말입니까!"

정이산이 짧게 대답했다.

"했잖아."

정이산 혼자서 이곳을 지키는 마교 무사들을 다 때려잡고 사람들을 구했다.

"그, 그거야…… 그래도, 우리는 불안하니까, 어쩔 수 없이……."

나꽃녀가 가만히 보니까, 피를 볼 만한 싸움은 이제 일어날 것 같지 않다. 그녀가 안심하고 일어나 큰 소리로 따졌다.

"사람이 은혜를 알아야지!"

"으, 은혜…… 아, 그야……."

"우리 공자님이 구해 주셨으면 고맙다고 해야지, 뭘 잘했다고 따지고 그래욧!"

남자는 더 이상 변명하지 못하고 조용히 사람들 사이로 숨어들었다.

구멍에서, 갇혀 있던 여자들이 줄줄이 올라왔다.

진소영이 다시 문제를 일으켰다. 그녀는 밖에 나오자마자 마교 무사들이 묶여 있는 걸 보고 항의했다.

"감히 우리 마교의 무사들을 묶어놓다니! 정신이 나갔어요? 이 죄를 어떻게 다 갚으려고!"

'우리 마교 무사'라는 말에 조태진이 반응했다.

"마교의 여자다! 저 여자도 묶어야……."

정이산이 이빨 사이로 바람소리를 냈다.

"쓰읍."

조태진이 눈치를 채고 조용히 입을 다물었다.

"아, 물론 공자님께서 그렇게 결정하시면 따른다는 말이었습니다."

사람들이 진소영을 보는 눈이 곱지 않다.

그녀가 아무리 앞뒤가 없는 아가씨라도, 이쯤 되면 상황이 자기에게 불리하다는 것 정도는 안다.

조용히 입을 다물고 눈치를 살폈다.

조태진이 조심스럽게 물었다.

"저, 그런데 저 마교의 여자, 아니, 아가씨와는 관계가……."

정이산이 나꽃녀를 쓰윽 보았다. 사람들의 시선이 따라갔다.

"아, 두 분이 많이 닮으셨는데……. 헉! 그러면 혹시…….
이 아가씨께서도……."

정이산은 대답하지 않았다. 몰라서다.

나꽃녀만 당황했다.

"아뇨. 저는요. 그러니까 마교랑은 아무 상관이 없을 거 같
기도 한데……. 그게……."

진소영이 기회다 싶어 끼어들었다.

"나랑 그렇게 많이 닮았으면서 아니라니! 말도 안 돼요!"

나꽃녀는 마교와 엮이는 게 싫다. 목소리가 자연히 올라갔
다.

"난 수박이고, 당신은 호박에 줄 그은 거잖아욋!"

진소영이 방방 뛰었다.

"누, 누가 호박이얏! 내가 수박이예욋!"

둘이 싸우는 꼴도 비슷했다. 사람들이 그걸 보며 고개를 끄
덕였다.

"확실히, 관계가 좀 있어 보이는 것 같기도 하고……."

정이산이 나꽃녀의 가슴 쪽을 힐끗 보며 말했다.

"수박이라……."

나꽃녀가 깜짝 놀라 정이산을 돌아보며 변명했다.

"아니, 제가 꼭 수박처럼 생겼다는 게 아니라요."

정이산은 어느새 고개를 돌린 후다. 그가 신관 쪽으로 걸어
갔다.

신관이 바짝 긴장해서 침을 꿀꺽 삼켰다.

"저 여자들이 어디서 왔는지 아나?"

"그, 그게……. 원래 저는 아무것도 알면 안 되는지라……."

"모르면 죽든지."

신관이 깜짝 놀라 말했다.

"그래도 심심풀이로 세상 이야기를 전해 듣다가 얻어들은 게 많습니다!"

정이산이 진소영을 가리켰다.

"저건 어디서 왔지?"

진소영이 발끈해서 외쳤다.

"감히 저거라니!"

신관이 얼른 대답했다.

"입만 열면 자기가 진마검 진모한의 딸이라고 자랑했습니다. 그러니까 진모한의 딸입니다!"

"진모한 정도 되는 인물의 딸도 선녀로 만드나?"

신관이 머뭇거렸다.

"저기, 그게……. 저 여자는 선녀가 될 게 아닙니다."

"아니면?"

"신녀가 될 여자라……."

"월광지음지체?"

신관이 불안한 듯 눈알을 굴렸다.

"그거 정말 비밀입니다만 이미 아신다니까……. 예. 맞습니다."

"흔한가?"

"신녀 말입니까? 아닙니다. 정말 귀합니다. 제가 여기서 십 년을 일하면서 신녀감은 딱 두 번 보았습니다. 나머지는 다 이런저런 지음지체들인데, 그런 건 선녀가 한계입니다. 선녀조차도 하도 귀해서, 일 년에 평균 열 명 정도 들어옵니다. 올해는 풍년이라 열 명을 넘기고 신녀감까지 들어왔……."

정이산이 나꽃녀를 가리켰다.

"저거 본 적 있지?"

나꽃녀는 그렇게 불리는 게 익숙해서 딱히 따질 생각도 들지 않았다.

"첫 번째 신녀입니다. 왜 어르신과 같이 왔는지 모르겠습니다만……."

"주웠다."

"예?"

"그보다."

정이산이 섬을 떠나 여행을 하는 이유 중 하나는 나꽃녀의 기억을 되찾기 위해 고향을 찾아가는 것이다.

"저건 누구지?"

"예? 그야 신녀……."

"원래 신분은?"

"그게, 자기 입으로 말을 안 해서 저도 잘……."

"죽어야겠군."

신관이 깜짝 놀라 외쳤다.

"저, 저는 아는 게 많습니다!"

신관이 선녀들을 가리키며 외쳤다.

"저것들이 어디서 왔는지는 다 알고 있습니다. 살려만 주시면 전부 털어놓겠습니다!"

"됐고."

"예?"

정이산이 다시 나꽃녀를 가리켰다.

"저거 기억을 되돌릴 방법은?"

"그, 그건 저도 잘……."

"네가 기억을 잃게 만들었잖아."

"저야 위에서 시키는 대로 조제하고 먹인 죄밖에 없습니다. 모든 건 위에서 다 알아서 하니까……."

신관은 나꽃녀의 기억을 찾게 할 방법을 내놓고 싶었다. 그러지 않으면 당장 죽을 것 같았다. 그렇다고 되도 않는 방법을 꺼내놓으면 죽는 시간만 좀 늦춰질 뿐이다.

그래서, 윗선을 팔았다.

"이 일은 엄청난 기밀입니다. 교 내에 아는 사람이 몇 명 없습니다. 바깥에 마연장이라는 놈이 장로질을 하고 있는데, 그놈을 족치시면 뭔가 얻는 게 있을……."

"죽었다."

신관의 얼굴이 파랗게 질렸다.

"그, 그럼……. 교에는 아는 놈이 있을 겁니다. 교주가 알든지, 아니면 장로 중에도 아는 장로가 몇 명은 있을 겁니다. 그러니까……."

말하다 보니까, 마교를 직접 공격하라는 소리다.

신관이 울상을 지었다.

"다른 방법은 없습니다."

"그렇군."

그렇게 말한 게 전부다. 걱정하지도, 경계하지도 않았다.

공연히 사람들만 걱정이 되서 자기들끼리 수군거렸다.

"이거 이제 어쩌지?"

"우리 여기서 풀려나도 살 수 있는 건가?"

"어이. 태진이. 자네가 뭔가 좀 여쭤보기라도……."

정이산의 시선이 그쪽으로 돌아갔다. 조태진에게 물었다.

"성은 뭐냐?"

조태진은 정이산이 이 분지에 들어왔을 때 제일 먼저 협조적으로 나왔던 사람이다. 그가 긴장한 채 대답했다.

"조입니다. 조태진입니다."

"그럴 줄 알았다."

"예?"

"어디서 왔냐?"

"남쪽에 있는 작은 마을이라 잘 모르실 겁니다. 양산 근처인데……."

"글 알아?"

"예. 압니다. 장사를 크게 하려면 공부는 필수이니까요."

"적어."

"예? 아, 예."

조태진이 품에서 작은 천뭉치를 꺼냈다. 묶여 있던 끈을 풀자 길쭉한 숯이 나왔다.

갇혀 있는 그들에게 붓이나 먹은 제공되지 않았다. 이젠 글씨를 숯으로 쓰는 게 익숙하다.

종이는 주변에 많았다. 하얀 놈을 골라 바닥에 펼쳐놓으며 물었다.

"말씀하십시오."

정이산이 신관을 돌아보았다.

"읊어."

"예?"

신관은 조태진보다 눈치가 느렸다. 정이산이 신관의 가슴을 걷어찼다.

"케엑!"

나꽃녀가 통역했다.

"저기 저 불쌍한 아가씨들, 저 호박만 빼고. 아가씨들 신상 내력을 아는 대로 읊으라고."

신관이 자빠진 몸을 뒤집어 무릎 꿇은 자세로 바꾸고 입을 놀렸다.

"저기 저 눈이 큰 여자는, 아, 지음지체는 다 눈이 크지. 그게 아니라, 저기 첫 번째 여자는 이름이 선주인데, 고향은……."

신관이 잡다하게 떠드는 걸 조태진이 요약해서 필요한 부분만 적었다.

마침내 이야기가 끝나자, 정이산이 돌아섰다.

"가자."

사람들은 당황했다.

"가, 가다니요? 공자님. 여기 이놈들은 어떻게 하시고 그냥 가시나요?"

묶여 있는 마교 무사들만 수십 명이다. 마교의 신관도 한 명 있다.

정이산이 사람들을 돌아보고 말했다.

"너희들의 몫이다."

"뭐, 뭐가 말입니까?"

"죽이고 살리는 것은 너희들이 몫이다. 그간의 복수를 위해 죽이든, 목격자를 없애기 위해서 죽이든, 불쌍해서 살려주든, 아니면 끌고 가든. 모두 너희들의 몫이다."

第九章

絶對沈默

   사람들은 그때서야 무슨 말인지 알아들었다. 하지만 쉽게 결정하지 못했다. 결정 자체를 못하는 게 아니라, 선택할 수 있는 결정이 너무 많았다.
   사람들이 외쳤다.
   "죽입시다. 내가 십 년 동안 저놈들에게 당한 게 얼만데! 저 놈들에게 죽은 사람은 얼마나 많고! 피에는 피!"
   "죽입시다! 목격자를 남겨두면, 마교가 우리를 추격하기 그 만큼 쉬워집니다."
   죽이자는 의견이 연달아 나오자 마교 무사들의 얼굴이 새하 얗게 질렸다.

신관이 무릎걸음으로 사람들에게 다가가 사정했다.

"살려주십시오. 살려만 주시면 내 그 은혜는 잊지 않고, 추적도 못하게 말리겠습니다."

조태진이 코웃음을 쳤다.

"흥. 비밀을 지키기 위해서 사람을 그렇게 많이 죽여 왔으면서, 그 말을 믿으란 거냐?"

"비밀은 이제 다 까발려졌는데, 지켜서 뭐하겠습니까? 제가 살아야 추격하자는 사람들을 잘 설득할 것 아닙니까? 굳이 죽여야겠으면 저기 저 필요 없는 놈들만 죽이고, 저는 살려주십시오. 아무래도 신관인 제 말이 더 잘 먹힙니다."

다른 마교 무사들이 깜짝 놀라 외쳤다.

"신관 이 개자식아!"

그들도 무릎걸음으로 다가왔다.

"우리를 살려주십시오!"

"우리 임무는 목숨으로 이곳의 비밀을 지키는 겁니다. 비밀을 지키는 데 실패했으니 우린 어차피 책임을 뒤집어쓰고 다 죽습니다. 우리도 이제 여러분과 같은 처지입니다."

"그러니까 신관놈을 죽이면 우리가 여러분 편에 붙어서 경호무사도 해드리고 또 추격대도 막아드리겠습니다."

신관이 깜짝 놀라 소리쳤다.

"이놈들! 날 위해 충성을 바친다더니! 개가 주인을 무는구나!"

무식한 놈들이 모인 곳에서는 목소리 큰 놈이 유리하다. 무사들도 질세라 소리를 질렀다.

"이 돼지새끼야! 네 자리 때문에 그런 척한 거지, 설마 너따위에게 손톱만큼이라도 충성했겠냐!"

정이산이 한마디 던졌다.

"개판이군."

신관과 무사들이 깜짝 놀라 입을 다물었다. 생사여탈권을 가진 건 정이산이다.

정이산이 잡혀 있던 사람들을 향해 물었다.

"결정은?"

사람들이 서로를 돌아보며 의견을 나누었다.

"살려서 데려간다고 해도, 마교 놈들인데 또 배신할 거야."

"저놈들이 배신하면 우리는 다 죽은 목숨이잖아."

"죽이자."

죽이자는 쪽으로 의견이 모였다. 마교 무사들은 공포에 질렸다.

그때 조태진이 나섰다.

"우리가 저들에게 괴롭힘을 당하고, 또 많이 죽기도 했지만, 다 죽여 버리는 건 너무 심한 짓입니다. 저들도 어쨌든 인간입니다."

사람들 중 하나가 불평했다.

"성자 나셨군."

"성자라서가 아니라, 이치가 그렇잖습니까?"

"자네는 여기 들어온 지 이 년밖에 안 됐으니까 험한 꼴을 덜 봤겠지. 옛날에는 정말 사람이 쉽게 죽었어. 당장 나만 해도, 심마니 동료들과 잡혀 와서는, 나 혼자 살아남았어. 난 약초를 다루는 재주가 좀 있었거든. 내 동료들은 재주가 모자라다는 이유만으로 죽어서 약초밭에 묻혔지."

나꽃녀가 그걸 듣고 몸을 움찔 떨었다.

"야, 약초가 그럼……."

정이산이 설명했다.

"키우는데 사람의 피가 필요한 약초가 몇 가지 있다. 마교가 거기 손을 댔군. 우린 그런 걸 안 쓰니까, 마의가 분석해내지 못할 만해."

나꽃녀가 뒤로 돌아 헛구역질을 했다.

"웨엑!"

그런 약초를 먹은 기억은 없다. 하지만 상황을 보면 먹었을 게 뻔하다.

조태진이 사람들을 설득하기 위해서 새로운 이유를 댔다.

"우리가 마교의 손에서 벗어나려면, 무림맹이 완전히 장악하고 있는 지역으로 도망쳐야 합니다. 거기까지 가는 동안 누가 우리를 지켜줄까요? 저 무사들은 무공이 높다 하니 도움이될 겁니다. 어차피 자기들도 살려면 도망쳐야 하는 건 마찬가지 아닙니까?"

"무림맹에서 저들을 받아줄까? 의심할 텐데?"

"마교 손에 잡혀 있던 우리는 의심 안 받겠습니까? 신분이 밝혀지면 무림맹에 끌려가서 문초를 당할 겁니다. 어차피 당분간은 무림맹의 눈에서도 숨어 지내야 합니다."

조태진과 말싸움을 하던 사람이 정이산을 힐끗 보았다.

"우리를 지켜줄 분이라면 저기 저분께서 더 확실⋯⋯."

정이산이 그 말을 끊었다.

"싫다."

그 사람은 움찔하고는 다시 무사들 쪽을 보았다.

"확실히. 무사 놈들은 필요할지도⋯⋯. 하지만 무사들이 배신하면 우리는 다 죽을 텐데⋯⋯."

나꽃녀가 헛구역질을 멈추고 글썽이는 눈물을 닦으며 정이산에게 부탁했다.

"공자님. 뭐 좋은 방법 없을까요?"

정이산이 나꽃녀의 등짐에 손을 넣었다.

등짐 속에 상한 떡이 잡혔다. 주막에서 얻어왔는데 그때 이미 상태가 별로 안 좋았다. 싸우느라 바빠 못 먹었더니 완전히 상해 버렸다.

손 안에서 떡이 수십 조각으로 나뉘었다. 손을 가볍게 놀리자, 떡조각들이 둥글게 말려 마치 환약처럼 변했다.

정이산이 그걸 꺼냈다. 나꽃녀는 냄새와 색깔만으로 그게 뭔지 깨달았다.

'상한 떡?'

정이산이 마교 무사들에게 다가갔다. 마교 무사들이 긴장으로 침을 꿀꺽 삼켰다.

"벌려."

눈치 빠른 몇 명이 재빨리 입을 벌렸다. 눈치가 어두운 자는 다리를 벌렸다가 뒤늦게 입을 열었다.

정이산이 그 입에 상한 떡으로 만든 환약을 한 알씩 던져 넣었다. 떡에 기운을 아주 살짝 실었다.

"삼켜."

무사들은 어차피 목숨이 벼랑 끝에서 간당거리는 처지다. 군소리 없이 떡을 꿀꺽 삼켰다.

정이산이 떡에 실은 기운이 상한 떡의 부패 속도를 증가시켰다. 무공을 익힌 무사들은 뱃속에 뭔가 안 좋은 것이 들어왔다는 걸 깨달았다.

정이산이 말했다.

"독이다."

"헉!"

깜짝 놀란 무사들이 방금 먹은 떡을 토해내려고 했다.

정이산이 경고했다.

"뱉으면 죽는다."

무사들이 막 뱉어내려던 떡을 다시 꿀꺽 삼켰다.

정이산이 설명했다.

"만성독이다. 처음에는 심하게 배가 아프고 설사를 하는 자
도 있을 거다. 그 후에는 독기운을 느낄 수도 없다. 당장은 움
직이는데 불편함이 없다. 그 독기운은 너희 몸속에 숨어 있다
가 발작할 기회만 본다. 독이 발작할 때까지 남은 날이 많지
만."

사람들을 향해 눈짓했다.

"저들이 죽으면, 해독제는 없다."

무사들은 무슨 소리인지 알아들었다.

'어쨌든 당장은 살려준다는 소리!'

다들 무릎을 꿇은 상태에서 머리를 깊이 숙였다.

"목숨을 걸고 보호하겠습니다!"

정이산이 잡혀온 사람들을 향해 말했다.

"죽고 살리는 건, 너희들이 결정해라."

사람들이 서로를 돌아보았다.

"뭐, 이렇게까지 됐는데 굳이 죽일 필요야……."

"죽이고 싶지만, 사실 우리도 무사가 필요하니까……."

상황이 거의 해결된 듯하지만, 안 그런 경우도 남아 있다.

신관이 무릎걸음으로 정이산에게 다가와 입을 떡 벌렸다.

"뭐냐?"

"저에게도 독을 주십시오."

"사람들이 결정하지 않았다."

"예?"

정이산이 사람들을 돌아보았다.

"너희가 결정해라."

사람들의 눈에 불이 붙었다. 그들은 복수를 원한다. 무사들은 자신들의 생존을 위해서 받아들였지만, 신관은 사정이 다르다.

게다가, 원한은 신관이 가장 많이 쌓았다.

"사람을 죽이라고 판결한 건 언제나 신관이지!"

"저 새끼가 내 동생을 죽이라고 했어!"

무사들도 질세라 말을 보탰다.

"우리는 신관이 죽이라고 해서 죽였습니다."

"명령 없이 죽인 적은 단 한 번도 없습니다!"

틀린 말은 아니다. 이 안에 있는 사람들의 생사여탈권은 신관이 가지고 있었다. 마교 무사들이 함부로 사람들을 죽이면 일손이 모자라진다. 그래서 신관의 명령이 있을 때에만 사람을 죽였다.

사람들은 도망치기 위해서 무사들이 필요하다. 신관은 필요 없다. 맺힌 한을 풀 대상도 필요하다.

모든 원성이 신관에게 집중됐다.

"죽여라!"

"죽여!"

신관에 대해서만은, 조태진도 반대하지 않았다. 그가 생각하기에도 이 안에서 가장 큰 악은, 신관이다.

조태진이 조용히 뒤돌아섰다. 자기 손으로 죽이는 것만 사양했다.

정이산이 나꽃녀에게 말했다.

"가자."

"예."

조태진이 깜짝 놀라 달라붙었다.

"저, 저기⋯⋯."

"뭐냐?"

조태진이 침을 꿀꺽 삼키고 말했다.

"우리 중에는 재주가 뛰어난 사람이 많습니다. 마교가 살려서 부려먹을 정도입니다. 그 재주가 이름이 알려져서 마교에게 납치당해 들어온 사람들도 많습니다."

사실이다. 당장 기문식만 해도 밖에서는 이름 높은 기관 전문가다. 그는 이곳의 함정 설치를 위해 납치되었다.

"희망자를 거두어주시면, 하시는 일에 도움이 될 겁니다."

사람들이 신관을 노려보는 걸 멈추고 정이산을 돌아보았다.

그들의 머리가 팽팽 돌아갔다.

이유는 각자 달랐지만, 결론은 비슷했다.

'자기가 살아날 방법이 있으니까 마교와 싸우는 거겠지. 저 고수 밑에 있으면 마교를 피해 생명을 보존할 수 있을 거야.'

'은혜를 입었으면 갚아야 하는 법.'

'큰 일을 할 사람 같아. 자고로 큰 배를 타야 고기를 많이

잡는 법.'

사람들이 우르르 몰려들었다.

"저희는 재주가 많습니다."

"거두어 주십시오!"

마교 무사들도 질세라 무릎걸음으로 다가왔다.

'어차피 배를 갈아타기로 한 이상. 큰 배로……'

"우리도 거두어 주십시오!"

다들, 눈에 간절한 열망이 깃들었다.

정이산이 그들을 스윽 돌아보며 말했다.

"이미 많아."

사람들은 당황했다.

"예?"

정이산은 천마교주다. 천마교에는 인재가 많다.

"귀찮아."

이들을 데리고 다니면 일이 늘어난다. 부하들을 거느리고 다닐 거라면, 천마교 친위대라도 데리고 다니는 게 낫다. 이들은 당장은 전력이 되지 못한다. 이들이 정이산을 돕는 게 아니라, 정이산이 이들을 지켜줘야 한다.

그게 귀찮다.

정이산이 거절할수록, 사람들은 점점 더 그를 따라가는 게 안전하다는 생각을 했다.

'역시. 뭔가 있는 사람이었어.'

"거두어 주십시오!"

가만히 보고 있던 나꽃녀가 종알거렸다.

"우리 공자님이 저 안에 있을 때, 버리고 도망치자던 사람들이 참 염치도 없네요."

사람들이 움찔했다. 도망치자던 사람들은 입이 있어도 변명할 염치가 없었다.

정이산이 나꽃녀에게 말했다.

"이들을 탓할 수 없다."

나꽃녀는 정이산이 남을 편들어주는 걸 본 기억이 별로 없다.

"예? 왜 못해요?"

"죽음의 공포 속에 너무 오래 갇혀 있었으니까. 그러다 탈출구가 보이면, 앞을 다투어 빠져나가려고 하지. 그게 보통의 인간이다. 탓할 수 없다."

"그럼, 받아들이실 거예요?"

나꽃녀 입장에서는 사람들이 불쌍하기는 하다.

'공자님은 교주님이시니까, 방법이 있으시……'

문득, 자기가 정이산을 어느새 교주라는 호칭보다는 공자라고 부르는 일이 더 잦다는 걸 깨달았다.

심각하게 생각하지는 않았다.

'뭐 어때. 공자님이 더 정감이 있잖아. 기회 봐서 오빠라고 부를까?'

자기도 모르게 얼굴이 빨개졌다.

정이산이 사람들을 스윽 둘러보았다. 사람들 속에 마교에서 선녀라고 부르는 처녀들도 보였다.

정말 귀찮았다.

"아니."

사람들의 표정이 어두워졌다.

"살려주세요!"

"우리보고 어쩌란 말입니까?"

"안 받아주시면, 받아주실 때까지 따라다니겠습니다!"

"그렇습니다. 따라다니겠습니다!"

사람들이 정말 끝까지 달라붙을 기세였다.

정이산이 그런 그들을 물끄러미 보다가 말했다..

"머물 곳을 마련해 주지."

사람들의 어두워졌던 표정이 대번에 밝아졌다. 그 말을 받아준다는 것으로 잘못 알아들었다.

조태진이 감격해서 고개를 숙였다.

"고맙습니다. 아, 그런데……."

그가 사람들을 돌아보며 말했다.

"가족이 있는 사람들도 있는데……."

"알아서 데려가."

다른 사람을 데려가도 좋다는 말에, 사람들의 얼굴이 이제는 더 밝아질 수 없을 정도로 환해졌다.

"감사합니다!"

"이 은혜는 평생 잊지 않겠습니다!"

"반드시 갚겠습니다!"

조태진이 그런 사람들을 보며 씁쓸한 표정을 지었다.

나꽃녀가 그걸 보고 물었다.

"왜 그러세요? 안 좋으세요?"

"저도 원래 약혼녀가 있었는데, 아마 지금쯤은 시집을 갔을 겁니다. 제가 이 년이나 연락을 못해서⋯⋯."

정이산이 말했다.

"안 갔어."

"예?"

"믿어."

조태진은 정이산이 왜 그런 소리를 하는지 몰랐다. 하지만 믿으라고 하니 뭔지 모를 믿음이 생겼다.

"예. 믿겠습니다!"

정이산이 숯으로 종이에 주소를 하나 적어주었다. 어느 지방 어느 도시의 누구라는 정도였지만 사람을 찾는 데는 충분한 정보였다.

그건 천마교의 비밀 거점 연락책의 이름이다. 정이산은 얼굴 한 번 본 적 없는 부하지만, 최근에 비밀 거점들의 현황에 대한 보고를 받은 적이 있어 사는 도시와 이름 정도는 외우고 있었다.

'이놈이 알아서 하겠지.'

정이산이 종이를 접어서 조태진에게 주었다.

"너만 봐."

"이게 뭔지 가르쳐 주시……."

"가겠다는 사람들만 데리고 이놈 찾아가."

사람들 입장에서는 목숨이 걸린 일이다. 뭔지도 모르고 무작정 갈 수는 없다.

사람들 몇 명이 물었다.

"저……. 거기 가면 저희는 어떻게 되는 겁니까?"

"맞습니다. 거기 가면 뭔가 좋은 일이라도 있습니까?"

"괜히 또 이상한 데 끌려가면 어떻게 하라고……."

나꽃녀가 마지막 말에 화를 냈다.

"아니. 이 사람들이. 구해 줬더니 한다는 소리 하고는! 못 믿겠으면 안 가면 되잖아요!"

조태진이 나섰다.

"죄송합니다. 저희들이 죽음을 눈앞에 두고 살았더니 인간다운 예의를 조금 잃었습니다."

정이산이 정정해 주었다.

"인간다운 도의를 많이 잃었지."

다들 욕을 먹어도 할 말이 없다.

조태진이 조심스럽게 물었다.

"그런데, 거기 가면 어떻게 되는지 이야기해 주시면 다들 마음이 편할 텐데, 말씀을 좀 해주시면……."

예전의 정이산이라면 이런 경우에 아무것도 말해 주지 않았
다.

"원하는 걸 얻을 수 있다."

정이산이 보기에 이들이 가장 원하는 건 마교를 피해 살아
남는 것이다. 천마교의 비밀 거점이라면 이들을 빼돌려 안전
한 곳에 숨기는 게 가능하다. 마교나 무림맹의 눈에서 숨어 활
동하는 게 바로 비밀 거점의 첫 번째 임무여서다.

조태진의 표정이 밝아졌다. 다른 사람들도 마찬가지였다.

조태진이 기쁜 마음에 질문했다.

"가서 뭐라고 하면 되겠습니까?"

"내가 보냈다 그래."

"알겠습니다. 그런데 생명의 구함을 받고서도 은인께서 누
구신지 아직 성함도 못 여쭤보았습니다."

"알면 다쳐."

"예?"

조태진은 당황했다. 이름을 알아야 보냈다고 말을 할 수 있
을 텐데, 이름을 가르쳐 주지 않는다.

정이산은 굳이 가르쳐 줄 필요를 못 느꼈다. 연락책에게 여
기서 일어난 일을 설명하면 자기가 보냈다는 걸 어떻게든 알
아낼 거라고 생각했다.

알면 다친다는 말은 진심이다.

자기가 천마교주라는 정보를 주면, 이 사람들이 지금처럼 따른다는 보장이 없다. 천마교의 악명을 생각하면, 일행 중에 배신자가 나올 수 있다. 천마교는 마교만이 아니라 무림맹도 적으로 규정한 곳이다. 자기가 누군지 알면, 이들이 위험해진다.

정이산이 그대로 돌아서 걸어가면서 나꽃녀에게 말했다.

"가자."

나꽃녀가 따라붙었다.

"예!"

정이산이 떠나고 나자, 사람들은 어떻게 해야 할지 몰라 망설였다.

"누구신지를 알아야……."

그때, 들어온 지 며칠 안 된 선녀 후보 송주은이 말했다.

"성자님이세요!

사람들이 송주은을 돌아보았다.

"성자님? 그게 누구신데?"

"지금 밖에서는 엄청 유명한 분이세요. 이 험한 세상에서 우리를 구원해 주실 분이라고 들었어요. 성자님이 틀림없어요."

조태진은 이곳에 갇혀 있느라 소문은 듣지 못했다. 하지만 송주은의 말을 믿었다.

"하긴. 벌써 우리를 구원해 주셨으니."

정이산이 떠나고 나자, 신관이 속으로 안도의 한숨을 쉬었다.

'휴우. 그 괴물이 갔으니 살았다. 이제 무사들이 풀려나면 잘 설득해서 저것들을 다 죽이고…….'

새까만 발바닥이 신관의 살이 오른 얼굴을 걷어찼다.

"케엑!"

사람들이 우르르 몰려와 신관을 밟았다.

"이 새끼부터 죽이자!"

"원수를 갚아라!"

"와아!"

*　　　*　　　*

정이산은 나꽃녀를 데리고 구곡폭포를 나왔다.

문제가 생겼다.

정이산이 걸음을 멈추고 뒤를 돌아보았다.

"너 왜 따라오냐?"

마교 진마검 진모한의 딸 진소영이 당당하게 말했다.

"어머. 그럼 그 험악한 사람들 틈에 절 남겨두려고 했어요?"

"어."

"난 마교 사람이에요. 거기 있으면 좋은 꼴 못 봐요."

"그래서?"

정이산의 반응이 영 안 좋다.

진소영은 진모한이라는 마교에서도 세 손가락 안에 드는 고수의 딸로 자랐다. 그 신분만 가지고 있어도 그녀를 함부로 대하는 사람은 거의 없다.

게다가 그녀의 미모 역시 마교에서 손에 꼽힌다.

험한 세상이다. 힘이 없는 미녀는 팔자가 고달파지는 경우가 많다. 하지만 진소영쯤 되는 배경을 가지면 사정이 달라진다.

마교의 젊은이들이 그녀에게 목을 맸다. 주변 사람들이, 특히 젊은 남자들이 그녀에게 잘 대해 주었다. 그쯤 되면 미모가 곧 권력이다.

그래서 그녀는 정이산의 반응이 낯설다.

"그, 그래서라니요? 당연히 날 보호해 줘야죠!"

"왜?"

이쯤 되면 진소영의 자존심이 발동될 때가 됐다.

"흥. 좀 튕기시나 본데."

"가라."

자존심도 때와 장소를 가려야 한다. 진소영에게 그 정도 머리는 있다.

"이 위험한 곳에서 혼자 어딜 가라는 거예요? 뒤에는 날 잡아먹으려고 드는 사람들이 잔뜩 있는데!"

정이산이 진소영을 위아래로 스윽 보았다.

나꽃녀와 쌍둥이처럼 똑같이 생긴 건 아니다. 그래도 모르는 사람에게 자매라고 하면 열이면 열 믿을 만큼 닮았다.

"스스로를 지키지 못하는군."

"흐, 흥. 난 무공에 대한 자질이 뛰어나요. 아빠도 감탄하셨어요. 다만, 다만, 체질상 내공이 잘 안 쌓여서……. 그래도 이만하면 고수를 상대로도 해볼 만하다고 하셨어요!"

내공 없이 고수를 상대할 정도의 실력을 쌓는 건 정말 어렵다. 보통 자질이나 노력으로는 어림도 없다. 사실이라면 그녀에게 내공만 더해진다면 적수가 별로 없는 고수가 된다는 소리다.

겉모습만 가지고는 그녀의 말이 정말인지 알 수 없다.

"못 지킨다고?"

"흐, 흥. 저기 뒤에 남겨둔 무사들은 실력도 괜찮은 편이고, 또 고수도 있고, 수도 많고……. 내가 내공만 있었어도 이길 수 있지만."

목소리가 조금 작아졌다.

"내공이 없으니까……."

"쯧."

그 혀 차는 소리에, 그녀의 자존심에 금이 쫙쫙 갔다.

그녀가 소리를 빽 질렀다.

"걱정하지 마요! 조금만 따라가다가 안전해지면 제 갈길 갈 거니까 안심하라고요!"

곧 죽어도 지금 간다는 소리는 하지 않는다.

정이산이 그녀를 평가했다.

"생존능력은 괜찮군."

"예?"

"독하다고."

나꽃녀는 그들의 대화를 듣고 살짝 긴장했다.

'공자님이 잘 알지도 못하는 여자에게 이렇게 말을 많이 하시는 경우가, 심각할 때 말고 있던가?'

지금은 전혀 심각해 보이지 않는다. 그런데 정이산이 평소보다 말을 많이 한다.

나꽃녀는 그게 살짝 불안했다.

그녀가 정이산의 소매를 살짝 당겼다.

"공자님. 이제 어디로 가실 거예요?"

"네 기억을 찾을 수 있는 곳."

그녀가 깜짝 놀랐다.

"마, 마교 본부에 쳐들어가시게요?"

감동을 받은 건 사실이다. 하지만 자살행위는 사양이다. 정이산이 죽는 것도 보고 싶지 않다.

"공자님. 안 돼요!"

진소영이 코웃음을 쳤다.

"흥. 불을 보고 달려드는 불나방도 아니고. 죽으러 가겠다는 거예요?"

정이산은 대답하지 않았다.

"가자."

*　　*　　*

숲을 나올 때는 아무도 그들의 앞을 막지 않았다. 막을 무사도, 함정도 없었다. 방해가 될 만한 함정과 덫은 들어갈 때 모두 부수었다.

진소영이 구곡폭포에 갇힌 기간은 얼마 안 된다. 그래도 갇혀 있다가 구해져서 기분이 무척 좋았다.

"와아. 역시 숲에 들어오면 공기가 참 맑죠? 어머. 저 나무는 왜 분질러져 있대? 칼질은 도대체 몇 번이나 한 거야? 누가 이 나무를 괴롭힌 걸까요?"

진소영은 사정도 모르고 정이산이 진입하면서 때려부순 덫을 구경했다. 그녀는 속이 편했다.

반대로 나꽃녀는 걱정이 태산이다.

"공자님. 아무리 공자님이라고 해도요. 혼자서 마교 전부랑 싸우면 어떻게 해요."

"누가?"

"예? 공자님이……."

"내가 왜?"

"예에? 하지만 제 기억을 찾을 수 있는 곳이라고……. 그걸 알아내려면 마교 본부로 가야……."

"가서, 알 만한 놈을 잡으면 돼."

나꽃녀가 조금 안심했다.

"아. 그렇구나. 마교랑 싸우는 게 아니라, 몰래 접근해서 한 놈만 잡으실 생각이구나."

이상한 생각이 들어 다시 물었다.

"그런데 저에 대해서 누가 알죠?"

"누가 아는지 아는 놈을 먼저 잡아야지."

"그럼 그 '누가 아는지 아는 놈'이 누군지 아세요?"

"몰라."

나꽃녀가 하도 황당해서 입만 뻐끔거렸다.

숲 밖으로 나가자, 주막의 주모가 그들을 보고 호들갑을 떨었다.

"아이고. 포기하고 나오셨구만. 잘하셨어요."

벌써 구곡폭포를 박살냈다고는 상상도 하지 못했다.

주모가 정이산의 뒤로 나꽃녀가 나타났다. 나꽃녀 뒤로 진소영이 고개를 쏙 내밀었다.

"어머. 여긴 뭐예요?"

코를 살짝 들어보았다.

"음식 냄새 좋네. 밥 파는 덴가 보다."

그녀가 주막 마당의 평상에 자리부터 잡더니, 주모에게 말했다.

"여기 뭐 돼요? 잘 하는 거 있으면 다 가져와 봐요. 그동안 약초쪼가리만 씹었더니 입안에 가시가 돋는 것 같네. 아, 일단 고기부터 좀 구워와 봐요."

정이산이 나꽃녀를 보고 말했다.

"고기 좋아하는 건 그 체질의 특징이군."

주모가 정이산을 돌아보았다.

"저분은 누구……."

시선이 나꽃녀에게 넘어갔다. 둘이 닮은 걸 보고 고개를 살짝 끄덕였다.

"아, 둘이 자매구나. 저 아가씨 찾으러 들어가셨나 보네요? 아가씨가 길이라도 잃으셨나요?"

*   *   *

정이산 일행이 떠나고 나서, 이번에는 구곡폭포에 갇혀 있던 사람들과 선녀들, 그리고 무사들이 숲을 빠져나왔다.

그들은 혹시 매복이나 함정이 없을까 경계하며 빠져나오느라 시간이 많이 걸렸다.

주모가 깜짝 놀라 두 팔로 머리를 가렸다.

"아이고. 저는 아무것도 몰라요. 전 그냥 여기서 밥만 팔아요. 정말이에요."

나온 사람 중 하나가 그녀를 불렀다.

"주모. 날세."

주모가 고개를 스윽 들어보았다. 누군지 알아보고 화들짝
놀랐다.

"에구머니나! 영덕이 아버지 아니세요? 아니, 거기 들어가
서 죽은 줄 알았는데 어떻게……."

"성자님이 구해 주셨지요."

"서, 성자님이요? 성자님이 거기 나타나셨어요?"

"그렇다니까."

"하지만 성자님은 여기 들르신 적이 없는데……."

잡혀 들어간 지 며칠 안 된 송주은이 나섰다.

"아마 성자님이 맞으실 거예요. 소문으로 들은 그대로거든
요. 젊은 남자분하고, 따라다니는 좀 예쁜 여자하고. 아, 닮은
여자가 하나 더 붙었는데 혹시 못 보셨어요?"

주모는 송주은이 누구 이야기를 하는지 깨달았다.

"에엑? 설마 그분이……. 에이, 설마……. 까칠하든
데……."

"성자님이 원래 좀 까칠한 척한대요. 소문에는, 그래야 사
람들이 부담을 안 가져서라던데요?"

"아닐 텐데. 진짜 성격 같았는데……."

사람들이 주막 평상이나 마루 등에 자리를 잡았다. 자리가

없는 사람은 마당 땅바닥에 앉았다.

"주모. 여기 뭐든지 먹을 거 좀 내와 봐."

"난 고기! 고기 먹어본 지 십 년이 지났어."

주모가 난처한 표정을 지었다.

"고기 없는데……."

"뭐? 고기가 왜 없어? 이거 우리가 돈이 없을까봐 그래? 우리 돈 많아!"

구곡폭포를 나올 때 돈이 될 만하고 부피가 작은 건 다 털어왔다. 보통은 금붙이처럼 언제든지 돈으로 바꿀 수 있는 것들이다.

주모가 손을 내저었다.

"그게 아니라, 우리는 원래 가게가 작아서 고기가 별로 없어요. 요즘은 특히나 손님이 많이 지나가서 말린 고기하고 키우는 닭 몇 마리만 남아 있었는데, 닭은 앞에 간 손님들이 다 먹었어요. 말린 고기는 여행 중에 먹겠다고 가져갔고요."

"뭐? 손님이 얼마나 많이 왔는데?"

"그게……."

*　　　*　　　*

진소영이 마부석 옆자리에서 배를 쓰다듬었다.

"아, 이제 좀 먹은 것 같네."

나꽃녀가 한소리 했다.

"돼지. 어떻게 혼자서 닭을 세 마리를 먹어요?"

"어머. 그러는 자기는? 자기도 세 마리 먹어놓고."

"양보하면 손해니까 그랬죠. 그리고 내 닭이 더 작았어요."

"헤에. 퍽이나. 그리고 사람이 그 정도는 먹어줘야 어디 가
서 고기 좀 먹었다고 말하죠."

정이산이 마차 안에서 한마디 했다.

"국밥 먹은 놈은 굶어죽겠군."

나꽃녀가 입을 다물었다.

둘이 경쟁심을 가지고 닭백숙을 먹어치우느라, 미처 정이산
의 몫을 배려하지 못했다. 정신을 차리고 보니 이미 쌓인 건
뼈뿐이고, 정이산의 앞에는 국밥 한 그릇만 덩그러니 놓여 있
었다.

진소영은 나꽃녀가 아니다. 입을 다물지 않았다. 오히려 항
의했다.

"그런데 왜 내가 이 밖에서 가야 해요? 이런 건 원래 남자가
해야죠. 난 귀하게 자랐단 말이에요."

정이산이 마차 안에서 제안했다.

"내리든지."

"누, 누가 내린다고 했어요? 그래도 나랑 친해지면, 나중에
싸움이 붙을 때 제가 잘 이야기해 줄게요. 저 아는 사람 많아
요. 목숨은 건질 수 있을 거예요."

"누구 목숨?"

"예? 누구냐니요? 그걸 몰라서 물어요?"

"어."

                 *   *   *

정이산이 준 목적지는 조태진이 가지고 있다.

조태진은 그걸 함부로 공개하지 않았다.

문제가 생겼다.

사람들이 말했다.

"가족을 만나야지."

"나 혼자 도망칠 순 없어."

조태진 자신도 연인을 만나러 가야 한다. 대부분 사정이 비슷했다. 그냥 목적지로 갈 수는 없다.

그렇다고 목적지를 알려줄 수도 없다.

조태진은 믿을 만한 몇 명과 대책을 논의했다.

"목적지를 공개하면 배신자가 생겼을 때 우리는 물론이고 은혜를 베푸는 쪽까지 피해를 줍니다. 좋은 방법이 없을까요?"

기관전문가 기문식이 방안을 내놓았다.

"집결지 몇 곳을 지정해서, 각자 원하는 곳에 갔다가 지정된 장소에 모이게 하지. 혹 발각되지 않았는지 확인한 후에 그들을 데려오면 되니까."

"그럼 집결지는 많을수록 좋겠습니다."

"그렇지. 이런 계산에는 내가 전문이니까, 거리와 사람들의 고향 등을 감안해서 잘 선정하겠네."

"전체적인 건 아는 사람이 적을수록 좋으니 저에게도 말씀하지 마십시오. 사람들에게도 자기가 집결할 곳만 가르쳐 주시고요."

"당연히 그래야지."

그들 나름대로는 목숨이 걸린 일이다. 기문식이 사람들의 지역 분류나 위치 지정을 꽤 치밀하게 짰다.

기문식이 자신했다.

"이 정도면 완벽할 게야."

*　　　*　　　*

완벽하지 않았다.

기문식의 배치도는 훌륭했다. 여러 사람의 목적지를 고려해서 눈에 잘 뜨이지 않는 집결지들을 선정했다. 어떤 때는 작은 마을을 고르고, 큰 도시의 여관을 선택하는 때도 있었다.

하지만, 배신자가 문제였다.

사람이 많이 모일수록, 그 중에서 사기꾼이나 도둑놈이 나올 확률이 올라간다. 자신의 목숨을 위협받고 가족의 안전도 걱정되는 상황이라면 자연히 배신하는 쪽이 낫다고 생각하는 자도 생긴다.

마교 무사 중 하나가 배신을 하고 도망쳤다. 그는 마교의 작은 지소 한 곳을 찾아가 상황을 보고했다. 무사가 찾아간 마교 지소에는 구곡폭포에 대해서 아는 사람이 없었다.

"거기가 우리 마교의 비밀 연구 시설이라고? 처음 듣는 소리인데?"

도망친 마교 무사가 초조해서 목소리를 높였다.

"당장 보고를 올려야 합니다. 보고가 늦으면 위에서 큰 처벌이 내려올 겁니다."

"어허. 이놈이 어디서 협박질이야? 죽고 싶으냐!"

"살고 싶어서 그러는 겁니다!"

지소장은 마교 무사의 말을 다 믿지는 않았다. 그래도 혹시나 해서, 속는 셈 치고 전서구를 날렸다.

전서구 비용이 만만치 않았다.

"만약 거짓말이면 이 돈을 네놈에게서 받아내겠다. 여봐라. 그때까지 저놈이 도망치지 못하게 가둬두어라."

마교 무사가 항의했다.

"난 공을 세웠습니다!"

"아, 네가 세운 게 공인지 똥인지는 두고 보자고."

배신자의 보고는 곧바로 전서구를 타고 마교의 본부로 올라 갔다. 전서구 접수 담당자 중에는 구곡폭포에 대한 처리방안을 아는 자가 있었다.

구곡폭포는 '교주즉시보고사항' 이었다.

본래 마교의 장로 중에서도, 구곡폭포에 어떤 비밀이 있는지 제대로 아는 자들은 많지 않았다. 그래도 장로쯤 되면, 구곡폭포에 마교의 비밀 시설이 있다는 정도는 안다. 그 시설에 선녀라고 불리는 여자들이 있다는 것도 안다. 대부분은 선녀의 정체에 대해서까지는 모른다.

일반 무사들의 경우는 그런 게 있는지조차 모른다.

                    *   *   *

군사 피반뇌가 수뇌부 회의에서 긴장한 얼굴로 보고했다.

"구곡폭포를 잃었습니다."

장로들의 얼굴색이 변했다.

"뭣이? 감히 어떤 놈들이!"

"마교의 시설을 건드리다니! 가만 둘 수 없다!"

마교 교주 마상진의 눈빛이 차가워졌다.

"마연장은 뭘 하고?"

"마연장 장로와 그가 지휘하는 외곽 수비 무사들은 전멸했습니다."

장로들이 신음을 흘렸다.

"그 마연장이 당하다니……."

"거기 배치된 무사의 수만 천여 명인데, 어떻게 전멸을……. 적이 얼마나 많이 쳐들어왔기에……."

피반뇌가 설명했다.

"현장 조사 결과, 적이 아니라 자연재해에 당했습니다."

"자연재해?"

"무사 대부분이 벼랑 밑에 진을 치고 있다가, 벼랑이 무너지는 바람에 제대로 싸워보지도 못하고 전멸한 것 같습니다."

"허어. 어찌 그런 일이……."

마교 교주 마상진이 혀를 찼다.

"쯧쯧. 운이 나빴군."

군사 피반뇌가 말을 덧붙였다.

"혹시 외곽의 무사 중에 살아서 도망친 자가 있는지 모르겠지만, 자기가 살아 있다고 보고를 올린 자는 없습니다."

마상진이 지시했다.

"도망을 친 놈이 있다면, 잡아서 목을 베야지."

"알겠습니다."

"안쪽은?"

"내부는 원래 탈출자를 막는 게 기본 임무라……. 외곽보다 머리 숫자가 십분의 일밖에 되지 않아서……."

"거기도 전멸인가?"

"몇십 놈 정도가 배신하고 적에게 붙었다는 보고입니다. 이 보고를 올린 놈도 내부의 무사로서, 그는 다행이 배신하지 않고 탈출해 보고를……."

마상진이 피반뇌의 말을 끊었다.

"그자의 목을 베게."

"예?"

"그곳을 잃은 책임을 이런 보고서 하나로 메울 수는 없지. 구곡폭포 내부의 무사는, 그곳에 뼈를 묻었어야 해. 그래서 내부에는 신관 외에는 고수를 따로 두지 않은 것이지."

"알겠습니다."

마상진이 자세를 조금 바꾸었다.

"그래. 누구 짓이지?"

"그게……."

"모르나?"

"아닙니다. 보고에 의하면, 아무래도 성자라 불리는 놈의 짓 같다고……."

마상진이 눈살을 찌푸렸다.

"역시 그런가. 놈이 이렇게까지 방해가 될 줄은 몰랐군."

"그렇게 보입니다."

"무사들을 모았을 때, 상주지부의 복수가 아니라 원래 계획대로 오 장로에게 맡겨서 놈을 죽였어야 했어."

"그렇습니다만, 당시에 상주지부가 무림맹에게 습격을 당하는 바람에 어쩔 수 없이……."

마상진이 망설임 없이 지시했다.

"상주지부에서 살아남은 놈들을 잡아 목을 베게."

피반뇌가 질린 얼굴로 말했다.

"생존자의 수가 많습니다만……."

"적을 앞에 두고 도망치는 놈은 죽어야지. 아랫것들이 그걸 알아야 해."

"알겠습니다."

"상주의 무림맹 지부를 공격하러 보낸 놈들을 불러들여 성자짓을 하는 놈을 잡아. 잡아서 확실히 죽이게. 놈의 일행이 있으면 그들도 다 죽여."

피반뇌가 머뭇거렸다.

"저기, 그게 문제가 있습니다."

마상진이 인상을 썼다.

"감히 내 명령을 거부하는 겐가? 이거 모르는 사이에 군사가 많이 컸군."

군사가 얼른 머리를 숙였다.

"제가 감히 어떻게 교주님의 명령을 못하겠다고 하겠습니까? 다만 그 가짜 성자의 일행이……."

"일행이 왜?"

"신녀를 데리고 있다고 합니다."

"진모한의 딸 말인가?"

그 말에 장로들 상당수가 몸을 움찔거렸다. 자기들끼리 소곤거렸다.

"진 단주의 딸이라니? 설마 소영이 말이야?"

"소영이가 구곡폭포에 있었어? 진 단주가 이 사실을 아나?"

"진 단주야 자기 단과 함께 멀리 파견 나가 있잖아. 아마 모르겠지."

마상진이 장로들을 쏘아보았다.

"말이 새어나가면 목을 베겠다."

장로들이 얼른 머리를 숙였다.

"입에 자물쇠를 달겠습니다."

마상진이 다시 군사 피반뇌에게 물었다.

"가짜 성자가 진모한의 딸을 왜 데려갔지?"

피반뇌가 이마의 땀을 닦았다.

"그게, 진모한의 딸 이야기가 아니라······."

"아니라니? 분명 신녀라 하지 않았나? 신녀가 된 경우는 지금까지 겨우 두······."

마상진의 얼굴이 굳었다.

"진짜 신녀를 말함인가?"

"목격자의 보고에 의하면, 틀림없다고 합니다."

마상진이 턱을 괬다.

"흐음. 바다에 빠져죽은 게 아니군."

"어떻게 성자라 불리는 놈과 인연을 맺었는지는 모르겠습니다만, 진짜 신녀가 살아 있다면 우리에게는 큰 이익입니다."

"진짜 신녀라……."

"마신께서 교주님을 돕나봅니다."

"진짜라면, 아직 기억이 없겠군."

"예. 그게 문제입니다. 우리가 가짜 성자를 죽이기 위해 전력을 다해 공격하면, 신녀도 싸움에 말려듭니다. 기억이 없어서 자기가 성자와 한편이라고 생각할 테니, 최악의 경우 같이 죽을 수도……."

"신녀를 안전하게 확보하는 게 무엇보다도 중요해. 군사. 방법을 찾게. 그게 자네 일이잖은가."

"남쪽에 보낸 부대는 즉시 올라와서 성자를 추적하게 하겠습니다."

"신녀와 떨어질 때까지 정면 공격은 자제해야지. 알다시피, 신녀의 안전한 확보가 무엇보다도 중요해."

"알겠습니다. 저를 믿어주십시오. 좋은 방안을 내보겠습니다."

마상진이 조금 여유로운 표정으로 물었다.

"그래. 진짜 신녀를 찾았으니, 진모한의 딸은 어떻게 할까? 기왕에 찾아낸 신녀감인데 그냥 버릴 수는 없지 않은가?"

피반뇌의 목소리가 다시 작아졌다.

"저, 그 진소영에게도 문제가……."

第十章

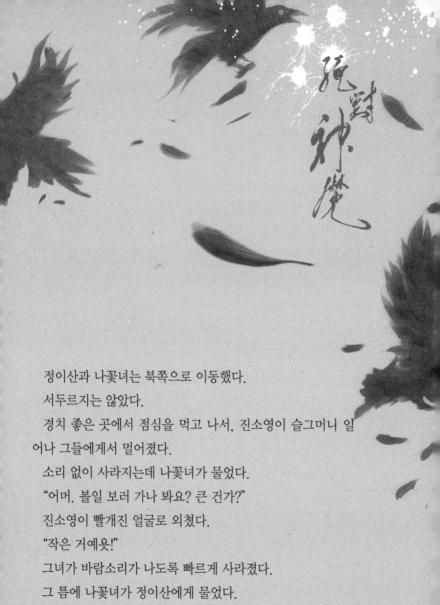

정이산과 나꽃녀는 북쪽으로 이동했다.

서두르지는 않았다.

경치 좋은 곳에서 점심을 먹고 나서, 진소영이 슬그머니 일어나 그들에게서 멀어졌다.

소리 없이 사라지는데 나꽃녀가 물었다.

"어머. 볼일 보러 가나 봐요? 큰 건가?"

진소영이 빨개진 얼굴로 외쳤다.

"작은 거예욧!"

그녀가 바람소리가 나도록 빠르게 사라졌다.

그 틈에 나꽃녀가 정이산에게 물었다.

"공자님. 제가 병법을 잘 아는 건 아니지만요. 마교에게서 뭔가 빼내려면, 그들이 대비하기 전에 가는 게 낫지 않아요? 좀 서둘러서 말이에요."

"어."

나꽃녀가 살짝 기대를 품고 물었다.

"그런데 이렇게 시간을 끄시는 건, 혹시 마교 본부에 가서 저에 대해 알 만한 놈을 잡아올 생각을 버리신 거예요?"

"아니."

"그럼 왜 이렇게 여유가 만만하신 거예요?"

정이산이 당연한 걸 묻는다는 듯이 질문했다.

"겨우 마교 때문에 서두르란 말이냐?"

나꽃녀에게는 당연하지 않다.

그녀는 이제 정이산이 무척 강하다는 걸 안다.

하지만 그녀도 상식은 있다. 인간이 강해질 수 있는 한계에 대한 상식이다.

"서둘러도 어려운 걸 안 서두르시니까 걱정이 되서 그러죠. 그러다 마교가 함정이라도 파면 공자님은 죽은 목숨이잖아요. 이번에 가신다고 하는 데는 어리버리들이 아니라 마교 본부잖아요."

"날 못 믿나?"

"믿는 것도 한계가 있죠. 공자님이 저 산을 옮길 수 있다고 하면 제가 믿겠어요?"

정이산이 나꽃녀가 가리킨 산을 쳐다보았다.

"흐음."

"될지 안 될지 가늠해 보는 듯한 표정 짓지 마세요. 말도 안 되는 소리잖아요."

정이산이 나꽃녀를 스윽 돌아보았다.

"따지냐?"

어지간하면 나꽃녀가 이쯤에서 꼬리를 만다. 하지만 그녀는 이번 일만은 양보할 수 없다.

'정말 마교에 쳐들어가면 공자님이랑 나랑 다 죽을 거야. 이건 반드시 말려야 해.'

"따질 건 따져야죠. 공자님이 천마교의 무사들을 다 끌고 오셨다면 혹시 모르겠지만, 우리 둘이서 어떻게 이겨요? 게다 가 전 싸움에 별로 보탬도 안 되는데요."

"넌 구경만 해."

나꽃녀가 결국 소리를 빽 질렀다.

"구경만 하면 공자님이 돌아가시니까 그러죠!"

"안 죽어."

"말은 누가 못⋯⋯."

나꽃녀의 눈에 저 멀리서 진소영이 돌아오는 게 보였다. 그 녀가 조용히 입을 다물었다. 적어도 진소영 앞에서 싸우는 모 습을 보이고 싶지는 않았다.

"다음에 이야기해요."

"싫다."

"아이참. 저게 들으면 안 되는데."

진소영이 다가오다가 둘 사이의 냉랭한 분위기를 눈치챘다. 그러자마자 이게 웬 떡이냐 하는 표정을 지으며 빠른 걸음으로 다가왔다.

"싸우는 거야? 싸우는구나? 왜 싸우다 말아? 좀 더 싸우지. 난 싸움 구경이 제일 재미있더라."

*   *   *

송주은의 고향은 중금촌이다.

고향에 돌아간 그녀가 중금촌과 부동촌의 사람들을 모아놓고 설명했다.

"그래서 주모가, 그분이 촌장을 잡아났다고 대신 연락 좀 해달라 그러는 거예요. 전 촌장이 죽은 걸 보고 깜짝 놀랐죠. 무슨 일인지 몰랐으니까요."

사람들이 탄성을 질렀다.

"틀림없이 성자님이셔. 잡아준다고 약속하시더니 벌써 잡으셨군! 역시 소문 그대로야!"

"그 촌장이 원래 좀 수상하다 싶었는데, 주모 말 들으니까 암살자 출신이라나봐요."

"나쁜 놈이니까 사기를 치지!"

"그렇게만 말하면 다 아실 거라고 하던데……."

중금촌장이 사람들에게 말했다.

"당장 가자. 가서 우리 돈을 찾아오자!"

부동촌도 지지 않았다.

"우리도 가야지!"

한 떼의 젊은이들이 몰려가고 난 후에, 그녀의 동생이 다가왔다.

"누나. 그럼 이제 완전히 돌아온 거야?"

그녀가 고개를 가로저었다.

"아니. 나는 여기를 떠날 거야. 갈 곳이 있어."

소년이 시무룩해졌다.

"그럼, 같이 못 사는 거야?"

"같이 가야지. 엄마도 같이 갈 거야. 거기만 가면 엄마 병도 치료할 수 있을 거야."

"정말? 요즘 세상에 그렇게 좋은 곳이 있어?"

송주은이 조금 몽롱한 표정을 지었다.

"그럼. 성자님이 말씀해 주신 곳이니까."

*   *   *

조태진은 정이산에게 구해진 후, 여객마차를 잡아타고 상주 지방 북쪽의 도시인 양산까지 달려왔다. 여객마차라고 하는 것이 원래 비용을 제법 많이 먹지만 그곳을 빠져나올 때 챙겨 온 돈이 솔찮게 많아 비용을 치르는 데 문제는 없었다.

양산에 도착한 후에도 마음이 급했다. 그의 고향 마을은 양산에서 가까웠지만 걸어갈 여유가 없었다.

양산에 말을 빌려주는 마방에 들르자, 주인이 그를 보고 반갑게 맞았다.

"이게 누구야? 태진이 아니야? 이게 얼마만인가? 한 이 년 만이지?"

조태진은 큰 상인이 되는 게 꿈이다. 꿈을 위해서 수레를 빌려 여러 곳을 돌아다니며 장사를 하고는 했다.

"아저씨. 말 좀 빌려주십시오. 빨리 집에 가야 됩니다."

"어허. 이 친구. 말이야 돈만 내면 얼마든지 빌려주지."

"돈이라면 여기……."

"그런데 벌써 잊었나?"

"예? 뭘……."

"자네, 이 년 전에 내게서 노새 한 마리 빌려갔잖은가."

주인이 조태진의 뒤를 스윽 보았다.

"그건 어디 가고? 난 떼먹힌 줄 알았네만."

지금 조태진에게 노새 한 마리 값보다는 많은 돈이 있다.

하지만 그 돈은 앞으로의 여행에 경비로 사용할 돈이다. 주머니를 탈탈 털어 주면 차후 계획에 문제가 생긴다.

상인이란 본디 협상을 할 줄 알아야 한다. 조태진이 주머니를 뒤져 금조각을 하나 꺼냈다. 원래는 금두꺼비였는데 사람들과 여러 조각으로 나눈 것이다.

조각이 작아서 노새 한 마리 값으로는 모자라다.

조태진이 그 금조각을 슬쩍 보여주며 말했다.

"그 노새 죽어 버렸습니다. 일단 여기 이거로 퉁 치시죠."

조태진만 상인이 아니다. 마방 주인도 근본은 상인이다. 단번에 좋다고 하지는 않는다.

"험. 그거로 조금 부족한 것 같은데. 좀 더 쓰지 그러나?"

상인이라고 해서 돈만 가지고 거래하는 건 아니다. 인간관계가 거래에 미치는 영향은 꽤 크다.

"죽을 고생을 하고 이 년 만에 겨우 돌아왔습니다. 아저씨도 어차피 그 노새는 손실처리 했을 거 아닙니까?"

"그래도……."

"싫다 그러면 이대로 도망쳐 버릴 겁니다. 제 발 빠른 거 아시죠?"

"험험. 알았네. 내 자네와의 안면을 생각해서 그러지."

"말도 빌려주시고요."

마방 주인이 경계했다.

"또 사라지면 어쩌려고?"

"집에까지만 갈 겁니다."

세상인심이 흉흉하다. 돈을 위해서 남의 등에 칼을 꽂는 일이 다반사다. 마방 주인은 믿을 만한 사람이 아니면 담보 없이 말을 빌려주지 않는다. 조태진에게 신용 말고 담보가 있을 리 없다. 그 신용도 이 년이나 사라져 있으면서 대부분 까먹었다.

"내 우리 애 하나 딸려 보낼 테니, 가자마자 말 도로 보내게."

*　　　*　　　*

민금영은 양산 근처 마을의 처녀다. 일가친척을 모두 잃고, 애인은 연락이 없는 지 벌써 이 년이다.

혼자서 먹고 살려면 무슨 일이든 해야 한다. 세상인심이 나쁘고 다들 이리저리 뜯기는 게 많아 경제도 잘 돌지 않는다.

그래도 그녀는 자기 소유의 작은 밭이 있고, 또 조태진의 것도 대신 경작한다. 덕분에 뜯길 걸 다 뜯겨도 밥은 굶지 않는다.

밥은 굶지 않지만, 혼자서 그런 일을 모두 하려니 자연히 일이 많다. 아침부터 저녁까지 일만 하다 하루가 다 간다.

한동안 비가 오지 않았다. 민금영은 물통에 물을 길어 밭에 뿌렸다.

밭 전체를 적실 정도로 물을 주려면 하루 종일 뿌려도 시간이 모자랐다. 호미질까지 해줘야 하지만 해가 지면 일을 할 수 없다. 밭에 잡초가 조금씩 늘어났다.

그녀가 물을 뿌리다 한숨을 쉬었다.

"하아. 님은 언제나 오시려나. 그 많은 밤을 울며 지새도, 이놈의 눈물은 마르지를 않아. 내가 흘린 눈물만큼 비가 왔으면, 님과 나의 땅이 촉촉이 젖으련만."

한탄하는 그녀의 눈에 저 멀리서 달려오는 말 두 마리가 보였다.

"저 말이 님의 소식을 가져오는 거라면 얼마나 좋을까?"

말 한 마리가 속도를 냈다. 말이 곧바로 그녀를 향해 달려왔다.

그녀는 처음에는 조태진의 체형을 알아보지 못했다. 건장한 편이던 조태진이 지금은 바짝 말라 볼품없는 체구가 됐다.

거리가 가까워지면서, 조태진의 체형이 아니라 얼굴을 구분했다. 그녀의 눈이 커졌다. 입이 서서히 벌어졌다.

"아, 아……."

조태진이 소리를 질렀다.

"금영아!"

그녀가 자리에 풀썩 주저앉았다. 눈물이 뚝뚝 떨어졌다.

"아아. 오셨어. 드디어 오셨어."

*   *   *

서로의 지난 이야기가 간단히 오갔다.

"그래서 이제 죽었구나 하는데, 그분께서 나타나셔서 우리를 구해 주셨지. 우리를 위해 마교의 잔당들을 때려잡으시고, 복수까지 하게 해주셨어."

"아, 정말 좋은 분이시네요."

"언뜻 보면 까칠한 것 같지만 참 속이 깊은 분이시지."

까칠하다는 말에, 민금영이 혹시나 해서 물었다.

"혹시 예쁜 여자분을 데리고 다니시지 않던가요?"

"금영이가 그걸 어떻게 알아?"

민금영이 환하게 웃었다.

"성자님이시잖아요."

"응? 그분을 성자님이라고 부르는 사람이 우리 일행 중에 있기는 했는데……. 그래도 남녀 한 쌍이라는 것만 가지고 얼굴도 모르면서 그렇게 판단하는 건……."

"틀림없어요. 그분께서, 우리 마을도 구해 주셨거든요."

듣고 있던 마방의 소년이 끼어들었다.

"사실 우리 양산도 구해 주셨죠. 허이령이 가짜 명의라는 걸 밝혀내셨으니까요."

조태진이 깜짝 놀라 물었다.

"허 명의가 가짜 명의라니. 그게 무슨 소리야?"

이번에는 민금영이 그간 있었던 일을 이야기했다.

다 듣고 나서, 조태진이 무릎을 쳤다.

"말투나 그런 걸 듣고 보니, 그분이 틀림없구나."

조태진은 일단 마방의 소년을 돌려보냈다. 그리고 민금영의 양 어깨를 잡았다.

"금영아. 내 할 말이 있다."

민금영이 눈을 반짝였다.

"예. 말씀하세요."

결혼이라도 하자고 하려는 줄 알았다. 이 년이면 많이 기다
렸다.

조태진의 입에서는 다른 소리가 나왔다.

"여길 뜨자."

"예?"

"내가 마교에게 잡혀 있으면서 내 고향이 어디인지는 거짓
으로 말했으니 당장은 추격해 오지 못할 거야. 하지만 시간이
지나면 소문이 퍼질지도 몰라. 작은 위험이라도 목숨을 걸 수
는 없으니까, 여길 떠나 안전한 곳으로 가자."

다른 이유라면 민금영도 망설였겠지만, 마교와 엮인 일이
다. 마교에게 잘못 걸려들면 호랑이를 만난 것보다 죽을 확률
이 높다는 게 세상의 상식이다.

어차피 그녀를 죽을 위기에까지 몰고 갔던 이 마을에 더 이
상 미련도 없다.

"알았어요. 일단 우리 밭이랑 집 같은 걸 팔아요."

"당연하지. 시간이 없어서 제 값은 못 받겠지만, 내 최대한
받아볼게."

"그런데 갈 곳은 정해졌나요?"

"성자님이 가르쳐 주신 곳이 있지. 정말 좋은 곳이야."

요즘 이야기되는 성자는 곧 구원자를 의미한다. 성자가 말했다면 그 의미는 크다.

민금영도 기대에 차서 물었다.

"어떤 곳인데요?"

정이산은 원하는 걸 얻을 수 있다고만 말했다. 정이산이 말한 원하는 건 마교의 눈을 피해 생존할 수 있는 곳이다.

조태진은 다르게 받아들였다.

"꿈을 이룰 수 있는 곳이지."

"그럼 그곳은 마교도 무림맹도 없는 살기 좋은 땅일까요?"

"당연하지."

틀린 말은 아니다. 마교도 무림맹도 없다. 다만, 천마교가 있다.

두 사람 다 그건 상상도 하지 못했다.

조태진과 민금영은 그날 중으로 재산을 처분하고 마을을 떠났다. 떠날 때는 마을의 짐마차를 하나 구입해서 간단한 살림살이와 식량을 싣고 갔다.

조태진을 따라갔던 소년이 말을 가지고 마방으로 돌아왔다.

마방 주인이 물었다.

"그래. 잘 다녀왔구나. 별일은 없었고?"

그렇지 않아도 입이 근질거리던 소년이, 즉시 수다를 떨기 시작했다.

"나타났어요. 성자님이 나타났어요."

"응? 여기 돌아오셨단 말이냐?"

"그게 아니라, 구곡폭포에 나타나셔서 마교를 때려잡으셨대요."

"구곡폭포?"

마방 주인이 급히 안쪽에서 전국지도를 찾아 펼쳤다. 말을 빌려주거나 할 때 요금 계산을 위해 쓰는 한 냥짜리 지도로, 자세한 부분은 표시되지 않은 간략한 물건이다. 그래도 구곡폭포의 위치가 대충 어디쯤인지는 그려져 있었다.

"여기로구나. 허어. 벌써 원주 지방의 이곳까지 올라가셨어."

그가 소년에게 물었다.

"그래. 거기서 무슨 일이 있었다더냐?"

소년이 자기가 들은 이야기를 침을 튀기며 늘어놓았다. 다 들은 주인이 뒷짐을 지고 일어섰다.

"에헴. 너는 마방을 잘 지켜라."

"어디 가시게요?"

"성자님이 어떤 분이시냐? 우리 양산을 구해 주신 분 아니시냐? 성자님에 대한 이 정보를 양산에서 내가 제일 먼저 입수했으니, 가서 자랑 좀 해야겠다. 사람들을 모아놓으면 이야기 값으로 거하게 얻어먹겠어. 허허. 오늘따라 소고기가 땡기는구나."

소년이 항의했다.

"아저씨. 그거 제가 가져온 정보잖아요. 제가 먼저 입수했으니 소고기를 얻어먹어도 제가 얻어먹어야죠."

"억울하면 네가 마방 주인 하던가."

"너무해요!"

"어험. 조금 싸오마."

*   *   *

구곡폭포에 갇혀 있던 사람들은 대부분 그 재주가 출중하다. 그들 중 일부는 자기 분야에서 이름을 날리다가 마교에 납치되어 구곡폭포에 끌려왔다.

기관진식에 뛰어난 사람들은 구곡폭포에서 덫과 함정을 만들었다. 의술이 높은 사람들은 고문서를 분석해 선녀들이 먹을 약재를 만들어냈다.

모든 사람이 그런 과정을 거친 건 아니다. 구곡폭포 근처로 들어왔다가 마교에게 붙잡힌 사람들도 있다.

재주가 모자란 사람은 잡힌 후 살해당했다. 쓸모가 있다고 판단된 사람들만 살아남아 폭포 안쪽에서 일을 했다.

조태진은 고객의 주문품을 마련하기 위해 무리하게 폭포에 접근했다가 잡힌 경우다. 그는 상업적 재능을 인정받아 살아남았다. 주로 폭포 내부 물자의 재고관리 등을 담당했다.

기관전문가 기문식은 자기 작업장에서 납치된 경우다. 그는 주로 폭포 안쪽에 여자들이 머무는 지하 비밀시설 진입로의 기관장치를 설계했다.

숲에 설치된 함정의 설계는 다른 사람들이 맡았지만 기문식도 그 일에 제법 깊이 개입했다.

기문식이 몇 년 만에 돌아왔을 때 그의 가족과 제자들은 물론이고 같은 일을 하는 동료들까지 난리가 났다.

"여보!"

"아버지!"

"스승님!"

"문식아!"

기문식은 그런 사람들을 찾아다니며 입이 부르트도록 설득했다.

"마교의 눈에 거슬리면 칼에 맞아 죽는 세상. 무림맹에게 잘못 보이면 괴롭힘을 당해 말라죽는 세상. 무림맹이나 마교에 끈이 없으면 재주를 제대로 펼쳐볼 수도 없는 이 더러운 세상에서 무슨 일을 할 수 있겠냐!"

그의 제자가 물었다.

"스승님. 세상이 원래 그러한데 어쩌겠습니까? 그렇다고 저 남쪽 섬에 있다는 천마교를 찾아갈 수도 없잖습니까? 천마교는 마교보다 더 지독한 놈들 아닙니까?"

"이제 방법이 생겼다. 원하는 것을 얻을 수 있는 땅을 찾았다."

"그런 곳이 있습니까?"

"성자님이 보장하셨다."

"아, 소문의 그 성자 말입니까? 하지만 그건 그냥 소문 아닙니까? 요즘 세상에 그런 사람이 어디 있겠습니까?"

"내 직접 눈으로 보았다. 보통 사람이 아니야. 가자. 가서 큰 뜻을 펼치자. 그 땅에 가면 우리가 원하는 것을 마음껏 연구하고 만들 수 있어! 무림맹과 마교가 없는 곳에서!"

근거지를 옮긴다는 건 거창한 일이다. 그것도 마교와 무림맹의 손이 닿지 않는 곳을 찾아가는 일이다. 만약 일이 잘못되면 무림맹이나 마교에게 보복을 당할 수도 있다.

제자가 불안한 마음을 감추지 못하고 물었다.

"스승님. 성자를 믿어도 될까요? 사기꾼이라는 소문도 있던데……."

기문식이 큰소리를 쳤다.

"내 사람 보는 눈을 믿어라. 보통 분이 아니셨다. 마교와 무림맹 치하에서 우리를 구원하기 위해서 오신 분이야."

별로 그러려고 온 건 아니다.

몇 년이나 갇혀 있다가 구해진 기문식의 눈은 지금 정상이 아니다. 개가 구해 줬어도 떠받들고 싶은 심정이다.

"그분 뒤로 후광이 비치는 것도 본 적 있다!"

제자들이 탄성을 질렀다.

"오오!"

그들도 마교와 무림맹의 행패에 질리던 참이다. 구원을 간절히 바라왔다. 뭔가 그럴싸한 사람이 나타났다고 하자 무조건 믿고 싶었다.

미처 몰랐다. 기문식은 구조 받았을 당시에 정이산의 등 뒤로 햇빛이 반짝이는 걸 후광이라고 착각했다.

기문식이 그 바닥에서 유명한 사람들의 이름을 댔다.

"이미 조구동, 함복구, 강기호도 뜻을 같이 했다!"

모두 구곡폭포에 갇혀 있던 기관이나 진식의 전문가들이다.

제자들의 탄성이 더 커졌다.

"와아! 그분들까지!"

"그렇다면 우리가 망설일 이유가 뭐가 있겠습니까? 당장 짐을 챙기겠습니다!"

기문식은 든든했다. 제자들이 그를 따른다 하니 걱정거리가 없었다.

'흐흐. 철산, 복구, 기호 이놈들. 네놈들은 몇 명이나 데려올지 몰라도 나보다는 적을 거다.'

"마교의 첩자들을 건드려서 좋을 게 없으니, 조용히, 그리고 빨리 준비해라. 챙겨가기 힘든 건 버려라. 그곳에 가서 새로 만들면 된다. 우리가 갈 곳에 대장장이로 유명한 강철산과 목공으로 일가를 이룬 한우손이 제자들을 데리고 합류할 테니까!"

"알겠습니다!"

*   *   *

말이 마차를 끌려면 종종 쉬어주고 풀도 먹어야 한다. 말이 쉴 때면 사람도 쉬었다.

나꽃녀가 작은 모닥불에 냄비를 얹어놓고 밥과 찌개를 끓였다.

밥은 쌀밥이지만 찌개가 문제다. 재료라고는 말린 고기와 말린 야채밖에 없다.

음식 재료라고 하는 건 기왕이면 신선한 게 맛을 내기 좋다. 말린 건 아무리 물에 불려도 갓 잡거나 수확한 것보다 맛이 못하다.

그럼에도 불구하고 나꽃녀는 맛있는 찌개를 끓여냈다.

그 맛에 정이산이 만족했다.

구곡폭포에 갇힌 동안 약초로 만든 음식만 먹던 진소영은 말할 것도 없다.

"냠냠. 꽃녀 씨는 그래도 음식 하나는 참 잘하네요?"

나꽃녀가 찌개 냄비 위에 숟가락을 얹었다.

"'그래도 음식 하나는' 이라니요?"

진소영은 먹을 것 앞에서 약하다.

"어머. 잘못 들었나보다. 난 음식도 참 잘한다고 말했는데."

나꽃녀가 만족하고 숟가락을 걸었다.

'이겼다.'

진소영도 속으로 생각했다.

'말 해주는 돈 드는 것도 아니고. 먹는 게 남는 거니까.'

진소영이 밥을 먹다가 정이산을 힐끗 보았다. 정이산의 찌
개 떠먹는 속도는 그녀들보다 월등히 빨랐다.

진소영이 정이산의 속도를 늦춰보려고 칭찬을 했다.

"찔러도 피 한 방울 안 나올 것처럼 생겨서는, 용케 그 사람
들을 받아줬네요?"

칭찬이랍시고 했지만 그 속에 욕이 섞였다.

나꽃녀가 편들었다.

"우리 공자님이 얼마나 마음이 따뜻한 분이신데요. 겉으로
보이는 게 전부가 아니에요."

진소영이 눈을 동그랗게 뜨고 정이산에게 물었다.

"정말 마음이 따뜻해서 그런 거예요?"

정이산이 밥을 먹는 사이에 짧게 대답했다.

"귀찮아서."

진소영은 원래 정이산의 먹는 속도를 늦춰보려고 말을 걸었
다. 하지만 그의 대답에 당황해 숟가락질 하는 것도 잊었다.

"예?"

"너 하나 따라다니는 것도 이렇게 귀찮은데, 그런 어중이떠
중이들을 달고 다니면 얼마나 귀찮을까."

진소영이 발끈했다.

"아니! 내가 귀찮다니욧! 그게 말이 돼요?"

"어."

진소영이 분을 참지 못하고 씩씩거렸다. 뭔가 욕이라도 하
고 싶은데, 대놓고 하면 따라다니기 힘들다.

'참자. 참아. 지금 내 처지가 좀 묘하니까 참자. 아빠만 만
나면 그냥 콱.'

참으려고 했는데, 성질이 나서 완전히 참지를 못했다. 따지
고 들었다.

"그래서 뭐예요? 지금 그 사람들을 어딘지도 모르는 위험한
곳에 던져놨다는 거예요? 그러다 잡히면 어떻게 하라고!"

정이산이 신기한 것을 본다는 듯한 표정으로 진소영을 쳐다
보았다. 그녀가 그 눈빛에 당황했다.

"뭐, 뭐예욧!"

"너 마교라며."

"그래요. 자랑스러운 마교의 신도예요!"

"마교가 나쁜 놈들인 걸 알면서도 신도질을 하네?"

진소영은 무슨 말인지 깨달았다. 구곡폭포에서 도망친 사람
들을 잡으려는 곳은 아직은 마교뿐이다. 잡힐까봐 걱정하는
건 '마교의 자랑스러운 신도'가 할 말은 아니다.

"흐, 흥. 부, 불쌍한 건 불쌍한 거고!"

당황하다가 말을 돌리기 위해 다시 따졌다.

"내가 먼저 물어봤잖아요! 그 불쌍한 사람들을 알지도 못하는 곳에 던져 버렸잖아요!"

"아니."

진소영이 당황했다.

"예?"

정이산과 대화하다 보면 당황의 연속이다.

"하지만 방금 '귀찮아서' 라고 했잖아욧!"

"귀찮아서 부하에게 넘겼다."

"예?"

새로운 정보를 얻었다.

"부하가 있었어요?"

"어."

"귀찮아서 부하에게 해결하라고 맡겼다고요?"

"어."

정이산은 천마교주다. 명령만 내리면 따르는 부하들이 엄청나게 많다.

"그럼 부하가 귀찮은 일을 대신 하는 거네요?"

"어."

자기가 귀찮은 건 싫지만, 부하들이 귀찮아하는 건 알 바 아니다.

진소영은 정이산과 대화하다보니 어지럽기만 했다. 그녀가 편들어줄 사람을 찾아 나꽃녀 쪽으로 시선을 돌렸다.

"이봐요. 뭐라고 말 좀 해봐요. 이 사람이 지금……."

나꽃녀가 배를 문지르고 있는 게 보였다. 평소보다 볼록했다.

재빨리 시선을 찌개 냄비로 향했다. 텅 비어 있었다.

"뭐, 뭐예욧! 내 찌개! 다시 만들어욧!"

나꽃녀가 고개를 획 돌렸다.

"난 배불러요."

"그, 그럼 여기 당신의 공자를 위해서라도……."

정이산도 말했다.

"난 초반에 많이 먹었다."

"그럼 난 뭘 먹으라고……."

"밥 남았다."

진소영이 멍하니 있다가, 맨밥을 퍽퍽 퍼먹었다.

"흥. 난 그냥 밥도 잘 먹어요. 소금 없어요? 난 요즘 소금이 땡기더라."

*　　　　*　　　　*

마교 교주 마상진이 지방 시찰을 나섰다. 불시에 이루어진 시찰이라 호위 병력이 많이 따라붙지는 않았다.

밤에 야영을 할 때, 마상진은 심복부하 몇 명만 데리고 조용히 막사를 빠져나왔다.

숲으로 들어간 그를, 한 남자가 기다리고 있었다.

나이가 많은 남자였다. 몸은 마른 편이고, 키도 작은 편이었다. 키가 작지만 풍기는 기세는 범상치 않았다. 흰머리가 검은 머리 사이로 띠처럼 몇 줄 정도 나 있어, 마치 호랑이의 무늬를 연상시켰다.

마상진이 그를 보고 말했다.

"먼 길 오셨군."

남자가 낮게 웃었다.

"후후후. 복수의 날이 코앞인데 천릿길이라 해도 하루 안에 달려와야지."

마교 교주 마상진이 웃었다.

"복수가 참 달콤하기는 하지. 그 맛을 보려고 천하의 천마교주가 여기까지 달려왔으니까."

전대 천마교주 이호장이 이를 드러냈다.

"산천초목이 벌벌 떤다는 마교 교주가 나를 이용하기 위해서 없던 지방 시찰까지 만들어낸 건 어떻고?"

"흐흐흐. 신임 천마교주가 무공이 그렇게 대단하다고 소문이 자자하니까, 나도 미리 약을 쳐 둬야지."

"쓸데없는 소리는 그만하고, 준비는?"

"나주 지방 남쪽 섬 중에, 우리 비밀 시설이 하나 있는데,

거기에 무사 천 명이 가 있지."

전대 천마교주 이호장이 인상을 살짝 찌푸렸다.

"지금 겨우 천 명으로 천마교를 점령하라는 거요?"

"오늘을 위해 십 년 동안 키운 무사들인데 겨우라고 말하면 섭섭하구려. 그 중에는 고수도 많고."

"고수는 천마교에도 많소."

"그 고수 중에 서른 명은, 우리 교의 신검을 가지고 있다면 이야기가 달라지지."

"설마 그 신검이라는 게……."

"신검은 적의 칼을 나무토막 베듯 베어 버리니, 고수의 살 상능력을 몇 배는 높여주지. 신검의 선택을 받은 고수는 어지 간해서는 죽지 않는 반면에, 칼과 칼이 부딪치면 적은 무기를 잃게 되니까."

이호장의 표정이 대놓고 밝아졌다.

"오. 드디어 신검을 내놓을 생각을 했소? 그렇다면 이야기 가 달라지지. 마교의 신검이 무섭다는 말은 예전부터 들었소. 이건 기대가 크오."

"기대하시기를."

"그런데 신검이 서른 자루나 있었소? 내 열 자루 정도라고 들었는데?"

"알려진 게 열 자루고, 우리 교가 숨겨둔 신검 스무 자루까 지 전부 꺼낸 것이니, 내 얼마나 이번 일에 신경을 쓰는지 알아주시기를."

"내 그 마음 잊지 않겠소. 그런데 배도 필요하오만?"

"배는 해적들이 가진 것이 있지.. 해적도 데려가면 칼받이로 쓸 만할 테니 일석이조 아닐까 생각하지 않으시는지?"

"흐흐흐. 그건 그렇소."

이호장이 웃음을 멈추고 물었다.

"마교의 보물 중에서도 최고 보물이라는 신검을 맡긴 걸 보니 정말 제대로 키운 무사들인가 보오. 어느 정도요?"

마교 교주 마상진이 실실 웃었다.

"내가 준비한 천 명은 혈검군단이라 부르는데, 하나하나가 실력이 뛰어나지. 십 년 동안 특별히 훈련시켰으니까. 또 신검이 서른 자루나 있으며, 그 검을 다루는 서른 명은 모두 신검의 선택을 받은 고수이니, 내가 빌려주는 천명으로 천마교의 오천, 아니, 일만 군세를 상대할 수 있을 게요. 그만하면 충분하지 않으신지?"

"그만하면 충분하오. 주도에서 나와 내통하는 부하들이 많으니, 안과 밖에서 치면 승리는 따 놓은 당상이오. 마침 애송이 교주도 없다 하니 이건 정말 하늘이 내린 기회요."

마상진이 웃었다.

"내 천마교주가 준 그 정보를 보고, 자리를 되찾을 때가 되셨구나 생각이 들었지."

"확실히 좋은 때라오. 그 애송이가 섬을 비운 건 처음이니까."

"그런데 그가 얼마나 강한데 그리 경계하시는지?"

이호장이 얼굴을 살짝 찌푸렸다.

마상진과 손을 잡기는 했지만, 속내를 다 드러낼 만큼 미련하지는 않다. 어차피 둘 다, 이익을 위해 손을 잡은 사이다.

"놈이 나보다 아주 조금 더 강해서 내가 이렇게 됐지만, 이제 상황이 바뀌었지. 나는 놈의 무공의 약점을 알고, 당신이 빌려준 혈검군단이 있으니까. 거기에, 내가 천마교까지 되찾고 나면……."

전대 천마교주 이호장이 웃었다.

"후후후. 놈은 혼자가 되는 거요. 도망자 신세가 되서 쫓겨 다니다가 죽는 것. 그게 놈의 운명이오."

"말한 것처럼 강하면 혼자라고 해서 안심할 건 아니실 텐데?"

이호장의 기분이 살짝 상했다.

"놈과 내가 익힌 무공은 결국 같소. 놈의 무공의 약점을 나만큼 잘 아는 사람은 없소."

말하는 김에 마상진의 속을 살짝 긁었다.

"마교는 성자 때문에 고생 좀 한다고 들었지만, 나는 다르오."

마상진의 표정이 굳었다.

"흠. 성자에 대해 헛소문을 들으신 모양이시군. 그자는 곧 죽일 거요. 이미 놈을 죽이기 위해 부대를 불러오고 있으니까.

반면에 지금 천마교주 자리에 있는 자는 성자보다 훨씬 더 강할 텐데, 방심하지 마시기를."

마교는 성자로 불리는 자의 무공이 강하다는 걸 안다.

그런데 그들이 파악하고 있는 천마교주 정이산의 무공은 훨씬 더 강하다. 게다가, 마교는 천마교주 정이산이 마상진보다도 더 사악한 인간이라고 알고 있다.

거기에 더해 천마교주인 정이산의 이름은 알아도, 성자로 알려진 정이산의 이름은 모른다. 정이산이 밝힌 적이 없어서다.

결국 마교는 지금 돌아다니는 성자와, 천마교주 정이산을 완전히 다른 사람으로 보았다.

그건 전대 천마교주 이호장도 마찬가지다. 그가 아는 정이산은 절대로 성자라고 불릴 수 없는 인간이다.

"걱정 마시오. 내게 쫓긴다 해서 천마교주 자리에 있던 놈이 무림맹 밑에 들어갈 리도 없고. 무림맹은 체면을 따지니 그놈과 손을 잡을 수도 없고. 결국 그놈은 혼자요. 혼자서 천마교 전체를 상대할 수는 없소."

"상대할 수 없으면, 예전에는 어째 죽이지 못하셨는지?"

"흥. 그때는 남들 눈을 신경 쓰며 암살자들이나 보내던 때고, 앞으로는 천마교의 전력을 기울여 놈을 잡아 죽일 텐데, 그게 어찌 같겠소?"

이호장이 장담을 반복하자, 마상진도 마음을 놓았다.

"하긴. 혹시 그때 가서 도움이 필요하면 말씀하시길. 천마교주 정이산의 목을 베는 일이라면 내 도움을 아끼지 않을 테니까."

"흥. 성자를 잡는 일이 잘 안 되면 그때 연락이나 하시오. 내 빚을 갚는 마음으로 도와줄 터이니."

마상진이 실실 웃었다.

"어허. 그 큰 빚이 겨우 그런 일로 갚아지려고?"

"조금은 갚아지지 않겠소?"

서로 말은 잘했다.

마교 교주 마상진이 목소리를 낮췄다.

"그래서, 언제 출발하실 생각이신지?"

전대 천마교주였다가, 정이산에게 쫓겨난 인물, 이호장이 싸늘하게 웃었다.

"영약을 먹으면 그 힘으로 천마행을 하루 종일 펼칠 수 있소. 그러면 당신이 상상도 못할 속도로 남쪽 바다까지 갈 수 있소. 남쪽 바다에서 주도까지 바닷길은 어차피 멀지 않고. 이 삼 일 안에 천마교가 내 손에 완전히 떨어질 거요. 그 후부터는, 정이산을 죽이고, 약속대로 무림맹도 무찌릅시다."

"땅을 나누는 약속도 잊지 마시길."

"걱정 마시오. 나는 남쪽 두 지방만 가지는 것으로 충분하니까."

한마디 덧붙였다.

"정이산의 목만 얻는다면."

*　　　*　　　*

이호장은 영약을 먹어가며 남쪽으로 달렸다. 영약 덕분에 몸속에 기운이 충만했다. 이대로 천마행을 펼치면 정말 하루 만에 남쪽 바다까지 갈 수 있는 속도였다.

이호장이 달리다 잠시 멈춰 물을 마셨다.

"크흐흐. 예상보다 빨리 교를 되찾게 됐어. 일을 벌일 때 마교의 힘을 빌려 정이산도 같이 처리하려고 했는데, 놈을 이번 기회에 못 죽여서 아쉽군."

웃음이 다시 나왔다.

"멍청한 마상진. 내 계획대로라면 난 거의 피해 없이 완전한 상태로 교를 차지하게 될 거다. 마상진. 앞으로는 네가 나를 두려워해야 할 게다. 속 좀 쓰리겠구나. 크하하하."

*　　　*　　　*

돌아오는 길에 마교 교주 마상진이 마차에서 실실 웃었다.

"흐흐. 멍청한 이호장."

화려하고 커다란 마차 안에는 젊은 미녀도 타고 있었다.

그녀가 망설이다가 입을 열었다.

"교주님. 이호장은 믿을 수 없는 인간입니다."

"믿은 적 없다."

"그런데 어째서 그에게 천마교를 돌려주시는지요?"

"전쟁터에서 무능력한 지휘관보다 무서운 건 없지. 정이산보다는 이호장이 천마교주인 게 나에게 이익이니까 일을 벌인 게야."

"그럼 진즉에 그러시지 않은 건⋯⋯."

"모든 일은 때가 있는 법. 큰 일이 멀지 않았으니 슬슬 적의 시선을 다른 곳으로 돌려야지. 천마교는 당분간 나에게 신경 쓸 여유가 없을 게야. 그럴 시간에 정이산을 죽이려고 하겠지."

"이번에는 돌 하나로 새를 여러 마리 잡으시려나 봅니다. 다른 뜻도 있으신지요?"

"혈검군단이 잘 만들어졌는지 실력을 시험해야 하는데, 천마교를 예정하고 만든 녀석들이니 천마교를 상대로 시험하는 게 제일 좋겠지."

"이번 싸움으로 자칫 혈검군단의 힘이 천마교에게 알려질까 걱정이옵니다."

"그건 걱정할 필요가 없네."

마상진의 웃음이 짙어졌다.

"신검이 서른 자루밖에 없다고 속였으니까."

"명색이 천마교주였던 자라 정보에 밝을 텐데 속을런지요."

"한때 정보에 밝은 천마교주였으니까 속을 수밖에 없지. 신검은 옛날에는 열 자루가 전부였으니까."

"열 자루이던 것이 서른 자루가 된다면 숨겨둔 것이 더 있을지도 모른다고 의심하지 않겠사옵니까?"

"아니. 이호장은 내가 가진 신검이 열 자루뿐이라고 확신하고 있네. 신검이 스무 자루나 더 있다면 지난 전쟁에서 꺼내지 않았을 리가 없으니까."

"전투가 벌어지면 서른 자루 전부가 진품이라는 걸 이호장이 눈치챌 수 있사옵니다."

"스무 자루는 상급 보검인 척해야지. 혈검군단에 따로 말을 전해 놓았네."

"그러실 거라면 왜 처음부터 열 자루만 보내시지 않으셨는지요?"

"열 자루밖에 없는 심검을 서른 자루인 척하는 걸 병법에서 뭐라 이르던가?"

"허장성세……라 하옵니다."

"허장성세가 누가 쓰는 병법이지?"

"당연히 약한 자가……."

마상진이 소리 없이 웃었다.

"그래. 그거지. 나는 허장성세를 역으로 펼쳤네. 이호장은 나를 약하게 볼게야. 방심하겠지."

정이산은 마교의 본부를 향해 느릿하게 움직였다.

원래는 마교의 대응을 기다리느라 속도를 내지 않았다. 기대했던 대응이 나오지 않았다.

"마교 놈들. 꽤나 조심하는군. 힘을 모으는 걸까? 아니면……."

나꽃녀가 점심을 준비하다 말고 하늘을 올려다보았다.

"공자님. 요즘 비둘기가 많이 보이는 거 같지 않아요?"

정이산이 젓가락을 위로 던졌다.

마치 화살을 쏜 것 같았다. 공기를 매섭게 가르며 젓가락이 위로 솟구쳤다. 저 높은 하늘을 날던 비둘기의 목을 단번에 꿰뚫었다.

비둘기가 그대로 아래로 떨어졌다.

"가져와."

나꽃녀가 말했다.

"전 밥 하는 중인데요?"

정이산이 진소영을 돌아보았다.

진소영은 숟가락과 젓가락을 들고 요리가 다 되기만 기다리던 참이다.

그녀가 발끈했다.

"감히 누구에게!"

"꽃녀 꼬치구이 솜씨가 일품이지."

그녀가 침을 꼴깍 삼켰다. 못 이기는 척 일어났다.

"흐, 흥. 난 그냥 꼬치구이가 먹고 싶어서 가는 거예욧!"

그녀가 불평하며 비둘기를 주우러 갔다.

갈 때는 천천히 간 그녀가, 돌아올 때는 한걸음에 달려왔다.

"이것 봐요. 전서구를 잡았잖아요!"

정이산이 전서구 다리에 달린 전통을 떼어냈다. 통을 열고 안에 든 작은 쪽지를 펼쳤다.

진소영이 곁에서 아는 티를 냈다.

"우리 교의 암호전서네요."

정이산이 쪽지를 진소영에게 내밀었다. 그녀가 눈이 동그래져서 물었다.

"뭐, 뭐예요?"

"읽어."

"지금 나보고 우리 교를 배신하라는 거예요?"

정이산이 진소영을 보고 물었다.

"누가 먼저 배신했지?"

적어도 기억이 없어지는 건 그녀가 바라는 일이 아니다. 애초에 구곡폭포로 간 것도 그녀의 의사가 아니다.

배신당한 건 그녀다. 다만 아직 인정하지 않을 뿐이다.

"흐, 흥. 이번 한 번뿐이에요."

그녀가 쪽지에 적힌 암호문을 해석했다. 기본 암호라 그녀도 아는 것이다.

"이호장이 혈검군단과 함께 출발했음. 이게 다예요. 그런데 이호장? 어디서 들어본 이름인데요? 누굴까요?"

전대 천마교주의 이름을 듣자마자, 정이산의 얼굴에서 얼마 있지도 않던 표정이 완전히 사라졌다.

"원수."

〈4권에서 계속〉

박찬규 신무협 장편 소설

천리투안

「태극검제」, 「혈왕」 박찬규의 2007년 신작!
강호에 버려진 호운비의 처절한 생존 분투기!

하루아침에 억울한 누명으로 구족이 몰락하고,
두 눈마저 잃고 처참하게 노비로 전락한
좌승상부의 소공자, 호운비.
억울한 누명 속에 세상을 잃었으나
의지만은 잃지 않으리라!

dream books
드림북스

질주강호

수담·옥 신무협 장편소설

ORIENTAL FANTASY STORY & ADVENTURE

『사라전종횡기』, 『청조만리성』의 작가

수담·옥 신무협 장편소설

금마생로에 나아가 천중가의 잃어버린 명예를 되찾아라

정즉사(停卽死), 멈추면 죽는다

회즉사(廻卽死), 뒤돌아봐도 죽는다

사룡지주를 쟁취하는 자, 강호 군림하리라

dream
books
드림북스

적운의 별

강호풍 신무협 장편소설

『가상무공 탄류』, 『벽력왕』, 『마협전기』
베스트 작가 강호풍 신무협 장편소설!

의협(義俠)의 기치를 세우고
요동에서 중원으로 나아가는 대장정!

사나이로 태어나 기왕지사 꿈을 꾼다면
나의 꿈은 천(天) 강호를 아우르는 거목(巨木)이 되는 것이다!

dream
books
드림북스

문우영 신무협 장편소설
ORIENTAL FANTASYSTORY & ADVENTURE

화첩무적

『악공전기』의 감동적인 선율로 출사표를 던진
작가 문우영의 신무협 장편소설.

부드러운 붓끝에서 서공을 초월하는
놀라운 세계가 펼쳐진다.

일획지법(一劃之法) 만시만종(萬始萬終)!
단 한 번의 휘두름에 만물의 법을 담는다

dream
books
드림북스